KB045931

The Great Saint who was incarnated hides being a holy girl

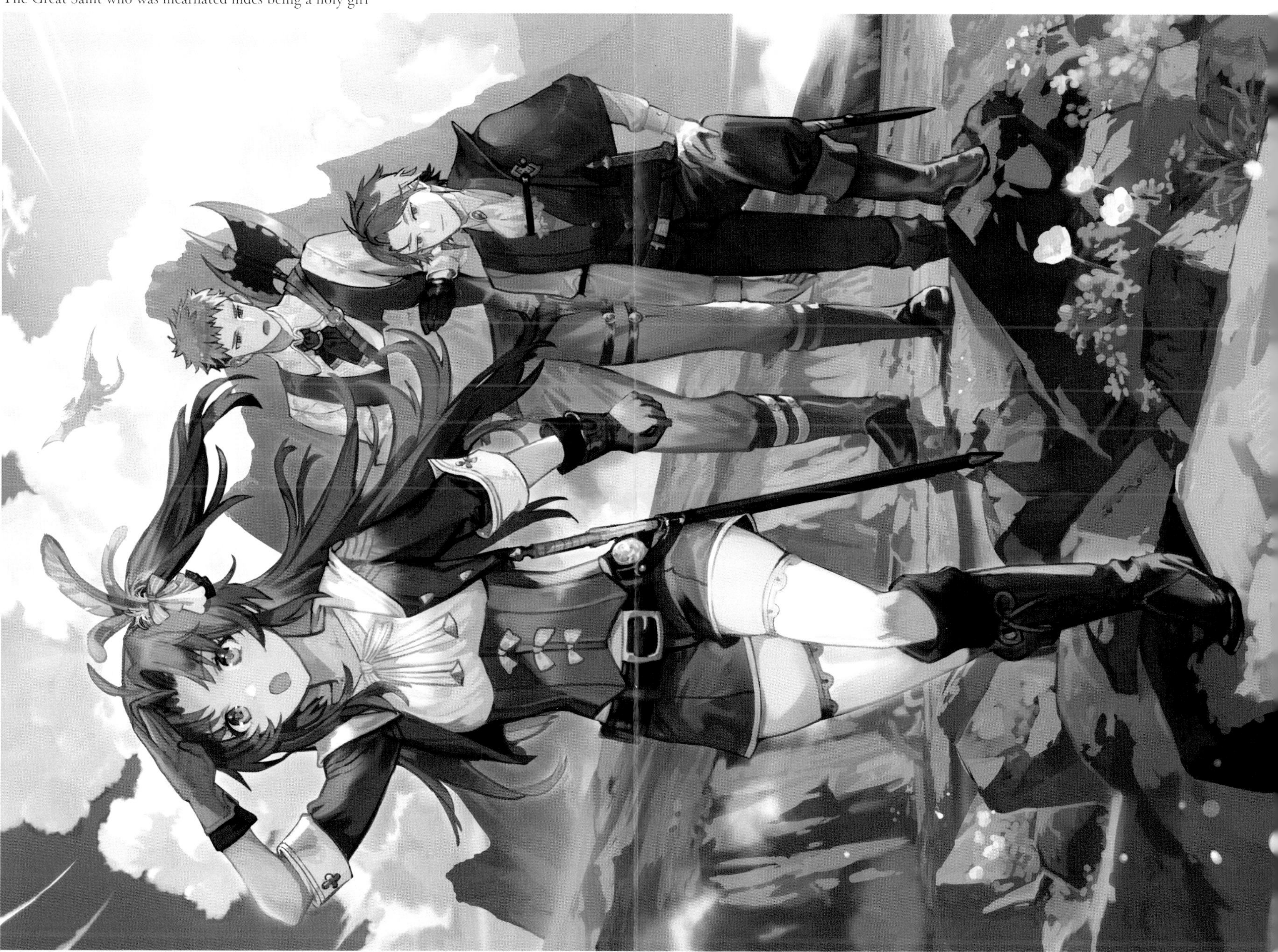

Illustration chi

전생한 대성녀는
성녀임을 숨긴다
5
토야
Illustration chibi

줄거리

전설의 대성녀였던 전생과 성녀의 힘을 숨기고
기사로서 노력하는 피아.

하지만 숨기려고 해도 숨겨지지 않는 성녀의 능력의 편린이며
그 언동으로 인해 기사들과 기사단장들에게 영향을 주고
어느새 그들은 피아의 곁으로 모여들게 되었다.

시릴 단장과 함께 그의 영지이자 대성녀 신앙의 땅이기도 한
서덜랜드를 방문한 피아였으나, 이런저런 일로 인해
대성녀의 환생으로 인식되고 만다.

더군다나 어떠한 오해로 인해 다친 서덜랜드의 기사단장 카티스는
300년 전에 대성녀의 호위 기사였던 과거를 떠올린다.
전생에 대성녀를 끝까지 지키지 못했다는 원통함이 남아있던 카티스는
서덜랜드를 떠나 왕도로 피아를 따라가겠다고 선언하는데…….

해묵은 문제였던 주민과 기사 사이의 골을 해소한 피아는
사람들의 배웅을 받으며 시릴, 카티스 등과 함께
왕도로 귀환하였다.

등 장 인 물 소 개

피아 루드

루드가의 막내.
전생에는 왕녀이자 대성녀.
성녀의 힘을 숨기고 기사가 되었지만….

자빌리아

피아의 사역마.
세상에 하나뿐인 흑룡.
이 대륙의
삼대 마수 중 하나.

사비스 나브

나브 왕국
흑룡 기사단 총장.
왕제(王弟)이자
왕위계승권 제1위.

시릴 서덜랜드

제1기사단장.
필두 공작가의 가주이자
왕위계승권 제2위.
'왕국의 용'이라는 이명을
지녔다. 검 실력은 기사단 최강.

카티스 바니스타

제13기사단장.
과거 제1기사단 소속.
전생은 「청기사」 카노푸스.

레드, 그린, 블루

아르테아가 제국의 황제(皇帝)
와 황제(皇弟)들.

300년 전

세라피나 나브

피아의 전생.
나브 왕국의 제2왕녀.
세상에 하나뿐인 「대성녀」.

시리우스 유리시즈

300년 전에 왕국 최강이라고
불리던 기사.
근위 기사단장을 맡았으며
은발에 은백색 눈동자를 지닌
미남.

The Great Saint who was
incarnated hides being a holy girl

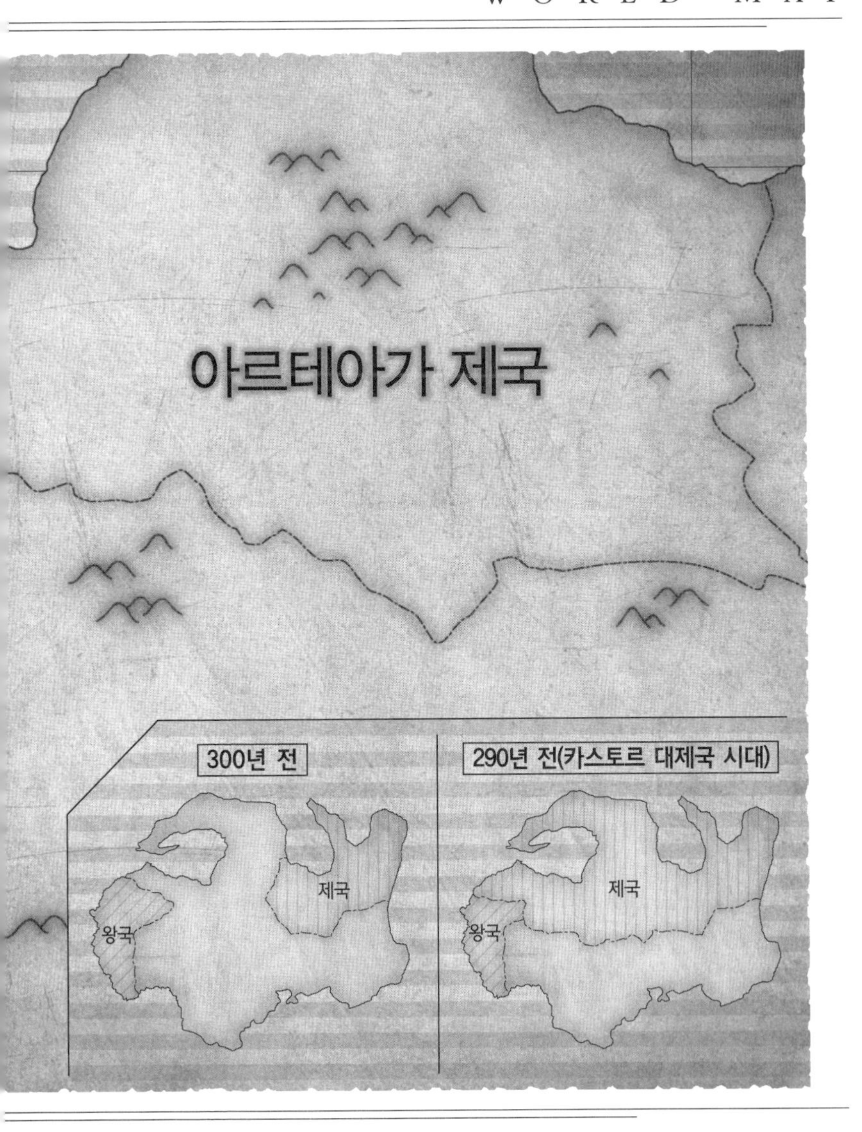
아르테아가 제국
300년 전
제국
왕국
290년 전(카스토르 대제국 시대)
제국
왕국

나브 왕국 흑룡 기사단

총장 사비스 나브

	기사단장	부단장	단원
제1기사단(왕족 경호)	시릴 서덜랜드		피아 루드, 파비안 와이너
제2기사단(왕성 경비)	데즈먼드 로난		
제3마도기사단(마도사 집단)	이노크		
제4마물기사단(마물사 집단)	퀜틴 아거터	기디온 오크스	파티
제5기사단(왕도 경비)	클라리사 애버네시		
제6기사단(마물 토벌, 왕도 부근)	재커리 타운젠트		
제7기사단(마물 토벌, 북방)			
제8기사단(마물 토벌, 동방)			
제9기사단(마물 토벌, 남방)			
제10기사단(마물 토벌, 서방)			
제11기사단(국경 경비, 북쪽 끝)	가이 오즈번		올리아 루드
제12기사단(국경 경비, 동쪽 끝)			
제13기사단(국경 경비, 남쪽 끝)	카티스 바니스타	코디	
제14기사단(국경 경비, 서쪽 끝)		돌프 루드	
제15기사단(국경 경비)			
제16기사단(국경 경비)			
제17기사단(국경 경비)			
제18기사단(국경 경비)			
제19기사단(국경 경비)			
제20기사단(국경 경비)			

C O N T E N T S

The Great Saint who was
incarnated hides being a holy girl

32 특별휴가 1

서덜랜드에서 돌아온 지 벌써 두 달이 흘렀다.

계절은 한여름.

이글거리는 햇살이 피부를 태우는 것을 느끼며, 나는 책상에 달라붙은 채 창문 너머로 카티스 단장님을 원망스럽게 쳐다보았다.

서덜랜드의 주민들이 내 호위로 붙여준다는 형태로 왕도에 돌아온 카티스 단장님은 그대로 제1기사단의 업무를 받게 되었다.

이렇게 말하지만 나는 신규 배속자로서 받는 훈련이 남아있는 상태였기 때문에 카티스 단장님과 함께 업무를 받는 일은 한 번도 없었다.

지금처럼 훈련을 받으면서 사비스 총장님을 호위하는 카티스 단장님을 부러워하는 마음으로 바라볼 뿐이다.

사비스 총장님의 뒤를 척척 걸어가는 카티스 단장님을 보면서, 마음속으로 나도 빨리 훈련을 끝내고 업무를 받고 싶다고 중얼거렸다.

하지만 한편으로는 카티스 단장님이 착실하게 일해서 다행이라고 안심했다.

서덜랜드에서 카티스 단장님의 상태가 너무나도 선을 넘었기 때문에, 왕도로 돌아온 뒤에는 전생에 호위 기사였을 때처럼 나에게 딱 달라붙는 건 아닌지 걱정했었다.

하지만 아무래도 기우였던 건지, 나에게 무슨 일이 있을 때 달려올 수 있는 거리에 있다면 카티스 단장님도 안심할 수 있는 듯했다.

아니면 실제로 전생처럼 딱 붙어서 호위하면 카티스 단장님도 나도 기사로서 업무를 할 수 없게 되니까 참고 있을 뿐일지도 모른다.

어느 쪽이든 카티스 단장님이 여러모로 나를 배려하고 최대한 옆에 있으려는 건 틀림없다.

덕분에 카티스 단장님은 '피아 담당 단장'이라는 알 수 없는 호칭으로 불릴 때가 있다는 모양이지만…… 데즈먼드 단장님이라거나 대충 그 선에서 놀리려고 하는 소리겠거니 하고 방치하고 있다.

"피아, 카티스 단장님께서 오셨어."

무사히 하루 훈련을 마치고 가장 큰 즐거움인 저녁을 먹고 있을 때, 식당 입구에 서 있는 카티스 단장님을 알아차린 파비안이 가르쳐주었다.

최근 몇 달 동안 훈련생들끼리 식사하는 게 습관이 되었기 때문에 파비안과 같이 밥을 먹는 날이 늘어났다.

어째서인지 요즘은 여기에 샬롯이 함께하기도 하고, 심지어 카티스 단장님이 추가될 때도 있고, 데즈먼드 단장님이나 퀜틴 단장님, 혹은 재커리 단장님이 낄 때도 있다.

……예전에 퀜틴 단장님과 점심을 먹을 때는 몰랐지만 이 식당

과는 별개로 기사단장 전용 식당이 있다고 한다.

그렇다면 카티스 단장님을 비롯한 단장님들은 그쪽에서 식사해야 하는 게 아닌가 의문이 들지만, 그렇게 찔러봐도 단장님들은 다들 애매모호한 표정을 지을 뿐 대답해주지 않았다.

하지만 단장님들은 괜찮아도 기사단장이 일반기사용 식당에 오면 다른 기사들이 불편하지 않을까.

그래서 은근슬쩍 주변 기사들을 관찰해봤는데 적어도 카티스 단장님 한정으로는 그런 걱정은 필요하지 않은 듯했다.

왜냐하면, 오늘도 카티스 단장님은 우리가 있는 자리로 바로 걸어오지 못하고, 중간중간 기사들이 말을 걸어서 붙잡히고 있기 때문이다.

예전에는 제1기사단 소속이었고, 그 전의 10년 정도도 다른 기사단 소속이었을 테니 아는 사람이 많은 건지도 모르지만 애초에 카티스 단장님은 주변 사람들에게 호감을 주는 성격인 모양이었다.

보고 있으면 다들 기사단장이라며 선을 긋지도 않고 친근한 태도로 카티스 단장님에게 말을 건다.

사람들에게 사랑받는다니, 역시 카티스 단장님이라며 기쁘게 생각하면서 내 옆에 선 단장님을 올려다보았다.

"고생했어, 카티스. 몇 시가 될지 알 수 없으니까 파비안과 먼저 먹고 있었는데 괜찮아?"

"물론입니다, 피 님. 함께 해도 괜찮겠습니까?"

고지식한 기사단장이 동석 허가를 받은 후에 식사를 가지러 가는 모습을 보며 파비안이 신기하다는 듯 고개를 갸웃거렸다.

"이 상태에 익숙해져 가고 있다는 것도 무시무시하지만, 기사단에 고작 20명밖에 없는 기사단장님 중 세 분이나 피아에게 존댓말을 사용한다는 것도 이상하단 말이지."

"어머, 파비안. 그 세 명의 기사단장님 중에 시릴 단장님을 추가하는 점이 파비안의 교활한 점이야. 시릴 단장님은 누구에게나 정중한 존댓말을 사용하시잖아."

안 속는다고 반론했지만, 파비안은 입꼬리에서 힘을 빼고는 재미있다는 양 대꾸했다.

"상황을 정확하게 표현한 것뿐이야. 그렇다면 말하는데, 카티스 단장님과 퀜틴 단장님께서 존댓말을 사용하는 상대는 기사단 안에선 총장님과 피아뿐이지."

"컥!"

생각지도 못한 반론을 당한 나는 사레들리고 말았다.

"이런 표현은 좀 껄끄럽지만, 한 분씩 계실 때는 괜찮아도 카티스 단장님과 퀜틴 단장님이 두 분 다 계실 때는 심각하단 말이야. 지난번에는 두 분께서 피아에게 어울리는 꽃은 무엇이냐는, 바쁜 기사단장님이 화제로 삼을 법하지 않은 주제로 끊임없이 토론하셨잖아? 그전에는 피아를 날씨로 비유한다면 무엇이 적절한가였는데 결론은 두 분 다 '폭풍'이었지. ……두 분께선 경쟁하시는 것 같으면서도 죽이 잘 맞더라?"

"파, 파비안. 살려줘……."

나는 두 손으로 얼굴을 덮은 뒤 파비안의 자비심에 매달렸다.

……그래, 당연히 눈치채고 있었지.

그 두 사람이 모이면 나와 관련된 사소한 주제를 두고 어째서인지 진지하게 끝없이 이야기한다는 것을.

저러다가 질릴 거라고 내버려 뒀는데, 두 달이 지났는데도 질리지 않다니. 얼마나 오락거리가 없는 생활을 하는 걸까.

그렇게 난감해하고 있을 때 요리를 들고 돌아온 카티스 단장님과 눈이 마주쳤다.

"피 님, 드디어 내일이면 훈련이 끝나시죠?"

카티스 단장님은 파비안의 옆자리에 앉은 뒤 뿌듯해하는 얼굴로 입을 열었다.

"이로써 드디어 피 님과 함께 경호업무를 받을 수 있게 되었습니다."

기쁨으로 넘쳐흐르는 카티스 단장님의 말투에, 내 훈련 종료를 손꼽아 기다리고 있었던 것 같아 기뻐졌다.

"그래! 나도 드디어 기사로서 도움이 되겠어."

대답하면서, 내가 배속된 제1기사단은 사실 나에게 아주 잘 맞는 곳일지도 모른다고 생각했다.

왜냐하면 전생의 나는 왕녀였기 때문에 늘 기사들에게 호위받았기 때문이다.

즉, 호위를 받는 쪽의 심정을 이해할 수 있다. 이건 아주 큰 강점이 아닐까?

그래, 누구보다 국왕 폐하와 사비스 총장님의 심정을 이해할 수 있다니 정말 대단한 일이지.

그렇게 생각하며 히죽거리고 있을 때, 카티스 단장님이 말하기 난감해하면서 입을 열었다.

"……피 님. 300년 전의 대성녀님 호위와 현재 호위는 많이 달라졌다고 봅니다. 그리 참고하지 않으시는 게 좋을지도 모릅니다."

"어?"

마음속을 읽은 듯한 발언을 듣고 나도 모르게 되묻자, 카티스 단장님이 진지한 표정으로 이쪽을 바라보았다.

"어쨌거나 먼저 휴가를 어떻게 보내실지 고민하시는 게 우선이라고 생각합니다. 아니, 그보다 어떤 것을 드시고 싶은지군요. 내일 밤은 훈련 종료를 축하하는 연회를 엽시다."

"와아!"

그렇다. 내일부터 3주 동안 휴가였다. 하지만 그보다 축하라는 단어에 정신이 팔렸다.

카티스 단장님도 참, 내 휴가 종료일을 기억하고 있는 것만이 아니라 축하 파티까지 열어주겠다니 고마워라.

그래. 그랬지. 확실히 지난 넉 달 동안 나는 내가 생각하기에도 충분히 열심히 했다.

시가를 계속해서 만들었고, (여러 기사의 발을 짓밟으며) 댄스 연습도 했고, 대륙 공용어도 잠꼬대로 중얼거릴 수 있을 정도까지 능숙해졌다.

이만큼 열심히 했는걸. 축하받아도 괜찮겠지?

그렇게 들뜬 마음으로 임한 다음 날 오전, ――실제로 모든 훈련이 무사히 끝났다.

훈련 종료 후, 모든 훈련생이 모여서 수료식이 열린다.

내 경우 훈련 도중에 제4마물기사단에 파견가거나 서덜랜드에 방문하는 등 일정에 구멍이 나서 일부 훈련은 미수강인 것 같은 느낌이 들었지만, 일단 뒤로 미루고 엄숙한 표정을 지으며 훈련생들과 함께 줄을 섰다.

그러자 시릴 단장님이 사람들 앞으로 나와 감개무량하다는 표정으로 기사들을 둘러보았다.

"오늘, 제 발언 후에 한 걸음 내디디면 여러분은 훈련생이 아니게 됩니다."

그런 식으로 시작한 단장님의 인사는 여느 때처럼 조용한 목소리로 이어졌으나 다들 진지한 표정으로 귀를 기울이게 하는 힘을 지니고 있었다.

이어서 단장님은 우리가 받은 훈련에 대해 하나하나 위트를 섞으며 격려하더니, 마지막에는 희망과 감사의 말로 마무리 지었다.

"훈련 수료 축하합니다. 그리고 그동안의 노력에 감사합니다. 새로운 '왕국의 방패'가 탄생한 것을 동료로서 환영합니다."

단장님의 인사가 끝나고, 늘어서 있던 기사들에게서 커다란 박수가 울려 퍼지자 수료식이 종료되었다.

짧지만 감동적인 수료식이었다고 생각하며 방으로 돌아가려 하자 뒤에서 목소리가 들렸다.

"피아."

"네, 부르셨어요?"

뒤를 돌아보자 시릴 단장님이 까딱까딱 손짓해서 부르기에 달려갔다.

“훈련 종료 축하합니다. 오늘 밤은 훈련 종료를 축하하기 위해 카티스와 식사하러 간다고 들었는데요. 저도 권유를 받았지만 도저히 빠질 수 없는 용건이 있어서 아쉽게도 같이 가지 못합니다. 대신 여기서 인사해두려고요.”

“어머나, 일부러 신경 써주시고 감사합니다.”

시릴 단장님을 불렀다는 건 몰랐으나, 애초에 소속 기사단장이 연회 참가자라는 건 카티스 단장님의 인선에 문제가 있다고 생각하면서 대답했다.

“그런데 오늘 오후부터 3주간 휴가에 들어가는데, 어떻게 보낼지는 정했나요?”

“아, 그거 말인데요…….”

지난 넉 달 동안 거의 쉬는 날도 없이 훈련을 받은 제1기사단의 신규 배속자는 오후부터 3주간의 특별휴가를 받게 되었다.

그 뒤에는 드디어 국왕 폐하 혹은 사비스 총장님의 경호 임무를 받게 되니, 그 전에 본가 등에 돌아가서 쉬고 오라는 배려인 모양이다.

다만 내 경우, 루드 영지에 돌아가도 가족은 아무도 없다.

아버지와 언니와 두 오빠가 다 기사이기 때문에 각각 근무지에 흩어져있기 때문이다.

“저는 가족 전원이 기사라 저마다 부임지에 있다 보니 집에는 아무도 없어서, 루드 영지에는 돌아가지 않을 생각입니다. 대신 언니를 찾아가려고 합니다.”

"당신의 언니라면 북방경비를 맡은 제11기사단 소속이었죠? 왕도에서 보면 루드 영지보다 한층 북쪽에 있는, 왕국의 최북단이죠?"

시릴 단장님은 질문의 형식을 취하고 있었으나 나는 속지 않고 대답하지 않았다.

시릴 단장님도 그렇고 데즈먼드 단장님도 그렇고 어마어마하게 기억력이 좋다.

가끔 확인하듯이 질문의 형식을 취하지만, 늘 10할의 확률로 전부 기억하고 있고 정보를 파악하고 있다.

그러니 이 대화도 전부 다 알고 있는 내용이고, 질문이라는 탈을 쓰고 있지만 실제로는 질문이 아니다.

그리고 시릴 단장님이 이미 아는 걸 질문 형식으로 물어볼 때면 높은 확률로 무언가 꿍꿍이가 있을 때다.

내 추측을 뒷받침하듯 침묵을 지키고 있는데도 불구하고 시릴 단장님은 이미 알고 있는 정보라는 양 술술 이야기를 이어갔다.

"북방 지역이라면, ……우리나라의 최북단에는 영봉흑악이 있었죠?"

"네헤?! 그, 그러고 보면 그렇네요! 그런 산이 있었죠. 하지만 그 산은 흉악한 몬스터가 많이 있다고 하고, 저, 저는 언니를 만나러 가는 것뿐이니까요."

포커페이스를 유지하려고 긴장하고 있었는데도 너무나 직구로 꽂히는 질문이었기에 나도 모르게 괴성이 나오고 말았다.

시릴 단장님은 잔걱정이 많다.

영봉흑악에 갈 생각이라고 말했다간 모처럼 받은 휴가마저 취소될지도 모른다.

그렇게 생각한 나는 순진함을 가장하며 생긋 웃는 얼굴로 시릴 단장님을 바라보았다.

시릴 단장님은 잠시 나를 빤히 쳐다보았으나, 내 표정에서 무언가를 읽은 건지 체념한 듯 한숨을 쉬었다.

"……알겠습니다. 그럼 카티스를 동행시키죠."

"네?"

시릴 단장님이 무슨 말을 한 건지 이해하지 못하고 되묻자, 단장님이 재미있다는 듯 피식 웃었다.

"당신의 생각을 꺾는 건 어려울 테고, 저는 영지민으로부터 '호위 기사로서 대성녀님을 제대로 지켜달라'는 역할을 부여받았으니까요. 하지만 내일부터 3주나 제가 당신을 따라가는 것은 어려우니, 또 다른 호위인 카티스에게 맡기기로 하죠."

"아니, 하지만, 카티스 단장님도 바쁘실 텐데요……."

"카티스에게는 제11기사단장에게 중요한 정보를 전달하는 역할을 의뢰하겠습니다. 애초에……."

시릴 단장님은 일단 말을 끊고는 길게 한숨을 쉬었다.

"카티스는 꽤 이전부터 3주간의 휴가 신청서를 제출했답니다. 역할 같은 게 없어도 당신을 따라갈 생각이 아닐까요?"

"어, 하지만 저는 카티스 단장님께 특별휴가 기간에 어딘가에 간다는 이야기는 한 번도 한 적 없는데요."

왜냐하면 카티스 단장님도 시릴 단장님과 마찬가지로 잔걱정이 많기 때문이다.

'안 됩니다' 하고 박을 가능성이 클 대니까 아슬아슬한 순간까지 숨기려고 했는데, 설마 내가 어딘가에 나가려 한다는 걸 미리 파악하고 따라올 생각이었다니.

놀라는 내 뒤로 누군가를 발견한 건지, 시릴 단장님이 먼 곳을 바라보며 '좋은 타이밍이네요'라고 중얼거렸다.

"마침 카티스가 왔습니다."

뒤를 돌아보자 심홍색의 장미 한 송이를 든 카티스 단장님이 다가오는 중이었다.

"훈련 수료 축하드립니다."

카티스 단장님은 내 앞에서 멈춰서더니 온화하게 웃으며 장미를 건넸다.

"고, 고마워."

꽃을 받으며 붉은 장미를 선택하는 부분이 역시 대단하다고 느꼈다.

시릴 단장님도 같은 생각을 한 듯 감탄하며 입을 열었다.

"전설의 대성녀님의 상징은 장미였다고 하죠. 그리고 확실히 대성녀님의 초상화에는 손목에 심홍색 장미를 휘감은 모습이 그려져 있습니다. 역시 서덜랜드의 주민들에게서 대성녀님의 기사로 불릴 만해요."

그러더니 시릴 단장님은 카티스 단장님을 향해 몸을 돌리고 내일부터 시작되는 일정을 이야기하기 시작했다.

"카티스, 피아는 내일부터 제11기사단에 소속된 언니를 찾아가기 위해 북방 지역으로 향한다고 합니다. 당신에게는 제11기사단장에게 중요한 서간을 전달하는 역할을 맡길 테니, 겸사겸사 피아와 동행하세요."

"알았다. 하지만…… 영봉흑악에 간다면 산을 여럿 넘어야 하지. 체류 기간을 고려했을 때 3주는 강행군이군."

갑작스러운 지시에도 불구하고 일절 당황하는 기색이 없다. 오히려 여정 걱정까지 하기 시작하는 카티스 단장님을 보고 나는 부루퉁해졌다.

……저는 올리아 언니를 만나러 간다고 했을 뿐이고 영봉흑악 이야기는 일절 안 했거든요.

그런데 왜 다들 제가 그 산에 갈 거라고 생각하는 건가요.

여기서 열 받는 건 실제로 저는 그 산에 갈 생각이었으니, 시릴 단장님과 카티스 단장님의 추측이 맞았다는 점이지만요.

카티스 단장님의 말을 들은 시릴 단장님은 생각에 잠기듯 한쪽 손으로 입술을 눌렀다.

"……그렇군요. 훈련을 수료하였으니 피아는 특별휴가가 끝나면 왕족 경호 임무를 받게 됩니다. ……사비스 총장님의 경우는 문제가 없지만, 국왕 폐하께선 사전에 당신의 눈으로 경호 임무를 받는 기사들을 확인하고 싶다고 하셨는데요."

시릴 단장님이 나를 힐끔 보더니 무언가 번뜩였다는 양 미소 지었다.

"그렇지만 폐하께서는 바쁜 분이시니, 이번 훈련 수료자 전원을 면담하기 위해서는 며칠씩 걸릴 테죠. ……그럼 피아의 면담 순서를 맨 마지막에 두도록 할까요. 그리고 그동안은 북방에서 수행할 업무를 부여하죠."

"네?"

뜬금없는 제안에 고개를 갸웃거리자, 시릴 단장님은 이해했다는 듯 고개를 끄덕이며 말을 이었다.

"최근 몇 달 동안 영봉흑악의 마물 분포도가 급격하게 바뀌고 있습니다. 마치 무시무시하고 흉악한 마물이 영봉흑악 중심에 갑자기 나타난 것처럼, 강한 마물이 자꾸만 산 밖으로 밀려나고 있죠. 그로 인해 일손이 아주 부족하다며 잇달아 지원요청이 올라오고, 거의 매달 그 땅으로 기사를 증원하고 있었습니다."

"아, 아하. 그렇군요."

……큰일이다. 짐작이 너무 간다.

틀림없이 자빌리아가 그 산에 돌아간 게 원인일 텐데…….

다행이다! 시릴 단장님에게 '제 사역마는 흑룡입니다'라고 밝히지 않아서 정말 다행이다.

만약 고백했었다면 '그런 흉악한 마물을 쉽게 풀어놓으면 안 됩니다. 사역마이니 제대로 제어하세요'라는 식으로 설교를 들었을 것이다.

그리고 이 반응을 보아 재커리 단장님은 내 사역마가 흑룡이라는 걸 시릴 단장님에게 보고하지 않은 모양이다.

좋아, 모처럼 들키지 않았으니까 계속 시치미를 떼자.

"와, 그렇군요. 갑자기 강한 마물이 나타나기도 하는군요. 아! 영봉흑악은 대륙 최북단이라 바다에 가까우니까, 말미잘이나 대형 어류 마물이 바다에서 기어 올라온 것일지도 몰라요."

"……그런 마물은 폐로 호흡하지 못하니 바다에서 뭍으로 올라올 수 없습니다. 갑자기 나타났다면 하늘에서 내려왔다고 생각하는 게 타당하죠."

"하, 하늘에서 내려왔다! ……그, 그렇군요. 조류형 마물 중에 강한 게 있던가?"

점점 핵심으로 가까워지는 느낌이 들어서 목소리가 떨리는 나를 시릴 단장님이 힐끗 쳐다봤다.

"본래 영봉흑악은 흑룡의 둥지이니, 제11기사단은 흑룡이 돌아왔다고 생각하는 모양입니다."

"아, 그렇군요! 흑룡이군요! 그렇겠죠! 맞아요, 저도 흑룡이라고 생각했어요!"

이젠 뭐가 정답인지 알 수 없어서 일단 시릴 단장님의 말에 전면적으로 동의하기로 했다.

그런 나를 시릴 단장님이 황당하다는 듯 바라보더니 커다란 한숨을 쉬었다.

"정말로, ……피아는 진저리가 날 만큼 솔직하네요. 카티스, 이런 사람을 혼자 두는 건 매우 걱정되니 아무쪼록 잘 부탁드립니다."

"그래."

카티스 단장님이 무겁게 고개를 끄덕이는 걸 확인한 뒤, 시릴 단장님은 안도한 듯 말을 이었다.

"피아, 그런 상황이므로 당신을 마물 제어를 위해 증원한 기사 중 한 명으로 대해도 문제없겠죠. 당신이 제11기사단과 합류한 후 그 땅에 머무르는 기간은 업무로 취급하겠습니다. 단, 지휘계통은 카티스 밑입니다. 괜찮나요?"

"네, 시릴 단장님. 알겠습니다!"

사실 괜찮고 뭐고, 파격적인 대우 아닌가.

북쪽 땅에 머무르는 동안은 업무 취급인데다 심지어 카티스 단장님이 상사라니.

카티스 단장님이 나에게 일을 시키는 건 상상이 가지 않는데, 정말로 업무로서 성립이 되는 걸까?

그런 의문이 솟았지만 시릴 단장님과 카티스 단장님은 만족한 듯 마주 보며 고개를 끄덕이고 있으니 부정할 일은 아닌 것 같아 침묵을 지켰다.

……결국 내가 북방으로 가는 건 허락해주었으니 가장 큰 소원은 이뤄졌다. 여기에 이런저런 쓸데없는 소릴 할 필요 없지.

그렇게 생각하며 나는 하늘을 올려다보았다.

이 하늘이 이어져 있는, 저 먼 곳에 있는 친구를 그리며.

……자빌리아. 왕이 되고 싶다고 날아간 널 방해하진 않을 테지만, 만나러 가는 건 괜찮지?

서덜랜드 여행 선물도 주고 싶고, 카티스 단장님이 따라온다고 하니 소개도 해주고 싶어.

네가 없으니까 잘 때 배 위가 가벼워서 외롭다고.

귀엽고 강한 내 친구. 만나러 갈 테니까, 기다려줘.

시릴 단장님, 카티스 단장님과 헤어진 후 나는 일단 기숙사로 돌아갔다.

결국 카티스 단장님이 기획한 '훈련 수료 축하연'의 참가자는 카티스 단장님과 나 둘뿐인 모양이다.

어? 나 인기 없는 거야?! 하고 충격을 받았지만 시릴 단장님은 다른 용건이 있다고 하고, 파비안은 오늘 오후부터 영지로 출발하고, 샬롯은 어린아이라서 밤에 외출하자고 권할 수 없었던 것 뿐이고, ……등 전원에게 제대로 된 이유가 있었기에 내 인기와는 상관이 없다고 스스로를 설득했다.

아직 점심이 조금 지난 시각이기 때문에 카티스 단장님과는 저녁에 만나기로 약속한 후 오후에는 혼자 쇼핑하러 나가기로 했다.

내일부터 3주가 넘는 여행길에 오를 예정이니 오늘 내로 필요한 것을 사 놓아야 한다는 걸 깨달았기 때문이다.

나는 재빨리 외출용 옷으로 갈아입은 뒤 마을로 나왔다.

대륙에서도 1, 2위를 다투는 대국 나브 왕국의 왕도인 만큼 그곳에는 온갖 것들이 갖춰져 있었다.

시야에 보이는 것을 신기해하면서 가게를 하나씩 둘러보기로 했다.

여행에 쓰려고 가져갈 수 있는 건 한정적이니까, 너무 많이 사면 안 된다고 결심했는데도 불구하고 계속해서 쓸데없는 것들이 늘어났다.

나는 품에 안은 귀여운 펜과 일기장, 폭신폭신한 솜인형을 보며 왜 이런 걸 사 버린 건지 고개를 갸웃거렸다.

틀림없이 이번 여행에 가져갈 물건이 아닌데.
난감하네. 이번에야말로 수건이랑 속옷 등 진짜로 필요한 걸 사야겠다고 다짐하고 있을 때 뒤에서 귀여운 목소리가 날아왔다.
"어머나, 피아잖아? 쇼핑 중이니?"
뒤를 돌아보자 분홍색 머리카락에 호박색 눈동자를 지닌 미소녀가 서 있었다.
그 사랑스러운 인형 같은 외모를 잘못 볼 리가 없다.
"클라리사 단장님, 오랜만입니다!"
"그래, 오랜만이야. 피아."
생글생글 웃으며 인사를 돌려준 사람은 왕도 경비를 관장하는 제5기사단의 클라리사 단장님이었다.
아무래도 클라리사 단장님은 근무 중인 듯 단정…… 이라고 하기에는 가슴께가 너무 벌어져 있는 것 같은 느낌도 들지만 어쨌든 기사복을 입고 있었다.
분홍색 머리카락과 하얀 기사복이 절묘하게 어울린다고 생각하며 클라리사 단장님을 넋 놓고 바라보았다.
그러자 클라리사 단장님은 흥미롭다는 듯 내가 안고 있는 종이봉투들에 시선을 보냈기에 의문에 대답하기 위해 입을 열었다.
"내일부터 왕국 최북단으로 향할 예정이므로 필요한 것을 사러 왔습니다."
실제로 내가 안고 있는 짐 중에는 내일 가져갈 것은 하나도 없었지만, 그 설명은 생략하기로 했다.
"왕국 최북단이라면 영봉흑악이 있는 가자드 변경백령? 음, 거기는 험난한 곳인데?”

걱정된다는 듯 가르쳐주는 클라리사 단장님의 말에 나는 방긋방긋 대답했다.

“가르쳐주셔서 감사합니다. 언니가 북방경비를 맡은 제11기사단에 소속되어 있으므로 만나러 가려고요.”

“어머나, 그렇다면 무언가 경사스러운 보고라도 있는 걸까?”

내 말을 들은 클라리사 단장님이 신이 난 기색으로 질문을 거듭했다.

“네?”

“나는 한 번 피아의 원픽이 누구인지 물어보고 싶었거든.”

“원픽이요?”

원픽이라면 경주마 우승 제1후보를 말하는 거였지? 클라리사 단장님은 경주마에 관심이 있으신가?

“그래. 기사단 중 누가 원픽이니?”

……기사단 중 우승 제1후보? 가장 강한 기사는 누구냐는 뜻으로 해석하는 게 맞나?

클라리사 단장님은 어엿한 기사단장이니까, 가장 강한 기사가 누구냐는 건 이미 알고 있을 테지만 신입 기사의 의견도 들어두고 싶다는 걸까.

그렇게 생각한 나는 머릿속으로 강한 기사를 떠올리며 대답했다.

“그러게요. 얼마 전까지는 시릴 단장님이었지만 최근에는 카티스 단장님이 만만치 않다고…….”

그렇게 말하던 도중, 퍼뜩 중요한 사실이 생각났다.

아, 그래! 나는 예전에 시릴 단장님이 총장님보다 강하다는 건 비밀로 하겠다고 시릴 단장님과 약속했었지!

위, 위험해라! 깜빡 잊어버리는 바람에 무심코 말하면 안 되는 것까지 나불나불 불어버릴 뻔했다.

"……보기도 하지만, 총장님이죠! 원픽은 원톱으로 사비스 총장님입니다!"

내 대답을 들은 클라리사 단장님은 눈을 반짝반짝 빛냈다.

"어머! 피아의 원픽은 사비스 총장님이었어?! 와아, 그건 조금도 예상하지 못했는데! 사비스 총장님이라…… 의외네. 피아는 좀 더, 초심자용 상대가 취향인 줄 알았거든."

들뜬 목소리로 잘 이해할 수 없는 이야기를 하고 있지만, 클라리사 단장님은 몹시 즐겁고 신이 난 것 같았다.

역시 기사단의 수장인 사비스 총장님이 가장 강하다는 건 기쁜 일인 모양이다.

클라리사 단장님의 들뜬 태도를 본 나는 새삼 적절한 대답을 해서 다행이라고 확신하며 가슴을 쓸어내렸다.

그 후 클라리사 단장님과 헤어지려고 했는데 갑자기 주변이 소란스러워졌다.

"어라? 무슨 일이지?"

그렇게 말하며 클라리사 단장님은 난처해하는 기색도 없이 시끄러운 곳을 향해 척척 걸어갔다.

허둥지둥 따라가자 한눈에 봐도 질이 나빠 보이는 세 남자가 한 여성을 둘러싸고 있었다.

여성은 멀리서 봐도 사랑스러운 인상으로, 바들바들 떨고 있었기에 무심코 말을 걸고 싶어질 만큼 가련한 타입이었다.

반면 남성 3인조는 위로도 옆으로도 건장한 데다가 히죽히죽 웃는 표정을 보아하니 같이 식사하고 싶다거나 같이 쇼핑하자는 둥 여성에게 강압적인 데이트 신청을 하는 듯했다.

"저런, 곤란해라. 물론 억지로 밀어붙이는 남자가 제일 나쁘지만, 구경만 하는 관객이 된 다른 사람들도 문제라니까……."

클라리사 단장님은 불만스럽게 중얼거리며 소란의 중심을 향해 걸어갔다.

……클라리사 단장님의 주장은 이해합니다.

하지만 저 날건달 3인조는 체격이 좋은 데다 복장도 고급스럽고, 전원이 허리에 검을 차고 있는걸요.

만약 3인조가 어느 정도 신분이 좋은 사람이라면 저들을 거슬렀다가 나중에 지독한 일을 당하게 될지도 모르고, 애초에 주의를 주는 사람에게 갑자기 검을 들이대는 성급함도 지니고 있을지도 모르잖아요.

실력을 전혀 알 수 없는 상대란 무서운 법이니, 어지간히 자신이 없는 한 도저히 구하러 끼어들지 못할 겁니다.

하지만 그러한 모든 것을 상관없다는 양 주저 없이 구하러 가는 클라리사 단장님은 최고로 멋있어요!

그렇게 생각하면서도 클라리사 단장님의 실력을 알 수 없는 이상, 아무리 그래도 1대 3은 무모할 테니 (기사복을 착용하지 않았기에 내가 소지하고 있는 건 단검뿐이긴 했지만) 도와드리기 위해 빠른 걸음으로 뒤를 쫓아갔다.

하지만 우리가 소란의 중심에 도착하기 전에 포위당한 여성을 향해 느긋한 목소리가 날아갔다.

"오오, 나비 모양의 머리핀이구나. 흐음, 이런 게 요즘 유행인가 봐? 아가씨, 바쁜 와중에 미안하지만 그 머리핀은 어디서 사는지 가르쳐주지 않을래?"

어? 이 위태로운 상황에 무슨? 하고 놀라서 쳐다보자, 여성을 에워싼 세 사람을 밀어내며 한 명의 남성이 여성에게 말을 걸고 있었다.

새로 나타난 그 남성은 거구로 분류되는 날건달 3인조보다도 머리 하나는 더 크고, 이쪽에 등을 보이고 있었기 때문에 뒷모습밖에 보이지 않았지만, 그것만 봐도 체격이 아주 좋다는 게 보였다.

"어라……."

서둘러 현장으로 달려가던 클라리사 단장님도 새로 등장한 남성을 본 순간 재미있다는 듯한 소리를 내며 걸음을 늦췄다.

하지만 나는 클라리사 단장님처럼 재미있어할 마음은 들지 않아 조마조마한 마음으로 거구의 남성과 3인조에게 시선을 고정한 채 빠르게 걸어갔다.

내 나쁜 예상대로 밀쳐진 3인조는 성질을 내며 새로 끼어든 남성의 팔에 거칠게 손을 올렸다.

"이봐, 머리핀인지 뭔지 모르지만 이쪽은 바쁘다고. 다른 곳을 알아봐!"

하지만 거구의 남성은 분위기를 파악하지 못하는 건지 일촉즉

발의 상황임에도 불구하고 계속 태평한 목소리로 말했다.

"하지만 여동생이 왕도에서 유행하는 머리핀을 사 달라고 부탁했단 말이야. 이 나비 머리핀은 여동생에게 어울릴 것 같으니까, 같은 걸 사가면 내 호감도가 천장을 뚫어버릴 것 같은데."

"이 새끼, 웃기고 있어!"

"여동생에게 줄 선물이라면 길거리에 난 꽃이라도 꺾어가!"

"맞아, 맞아. 형님 말씀대로 해!"

거구 남성의 말을 듣자마자 3인조는 금방 격양했고, 그중 한 명은 허리에 찬 검으로 손을 가져———갔다고 생각한 순간, 그 남성은 땅바닥에 엎어졌다.

""어?""

엎어진 남성과 내 목소리가 딱 겹쳐졌다.

무슨 일이 일어난 건지 알지 못한 사이에 거구 남성은 양쪽 손으로 남아있는 두 명의 팔을 각각 붙잡았다.

"너희들, 여동생 없지? 여동생은 말이다, 믿어지지 않을 만큼 까다롭다고. 오랫동안 여동생을 지켜본 나조차 어떻게 대해야 할지 알 수 없을 정도니까. 그리고 잘못 대했다간 대놓고 불만을 토하는 대신 훌쩍거리면서 어두운 반응을 하니까 한층 더 어떻게 해야 할지 알 수 없게 돼."

거구 남성은 자신이 팔을 잡은 두 명을 향해 여동생 정보를 주절주절 늘어놓았으나, 그들은 당연히 이야기를 들을 마음이 없기에 한층 더 흥분할 뿐이었다.

"시끄러워! 됐으니까 손 놔!"

"맞아, 맞아. 형님의 손을 봐."

자신의 이야기에 일절 귀를 기울이려 하지 않는 두 사람을 보며 거구 남성은 어쩔 수 없다는 듯 어깨를 으쓱이고는――― 어째서인지 그 두 명도 땅바닥에 엎어졌다.

"뭐, 지금은 이해하지 못할 수도 있지만 언젠가 너희에게 여동생이 생겼을 때……."

거구의 남성은 한숨을 한 번 쉬고는 쓰러진 세 명의 얼굴을 들여다보면서 말을 이어가다가 갑자기 놀란 듯 멈춰버렸다.

그러더니 세 명의 얼굴을 빤히 뜯어본 후 떨떠름하게 말을 이었다.

"몰상식한 행동을 하고 있기에 발육만 좋은 어린애인 줄 알았는데, 나이가 꽤 있잖아? ……으음, 너희 나이에 이제부터 여동생이 생기는 건 어려울지도 모르겠네. 그렇다면 제수씨나 딸이 생겼을 때의 마음가짐으로 받아들여."

거구의 남성은 고개를 갸웃거린 뒤 설득하듯 마무리를 지었다.

체격 좋은 남성이 고개를 갸우뚱 기울이는 모습은 뒤에서 보기에는 귀여웠지만, 그 남성이 들여다보는 세 명에게는 공포였던 건지 순식간에 얼굴이 시퍼렇게 질리더니 땅바닥에 쓰러진 채 고개를 끄덕끄덕 크게 흔들어 동의했다.

그걸 본 거구의 남성은 만족한 듯 고개를 한 번 끄덕인 뒤 계속 벌벌 떨고 있던 여성에게 말을 걸었다.

"방해해서 미안해. 이 이상 폐를 끼칠 수도 없으니까, 머리핀은 내가 직접 찾아볼게."

그 말을 들은 순간 클라리사 단장님이 감탄하며 말했다.

"와우, 좀처럼 보기 드물 정도로 좋은데! 기사도 정신이 넘쳐나는 데다 강하고, 생색도 내지 않는다니. 이런 식으로 행동하면 홀랑 넘어가 버리겠어."

그렇게 말하며 클라리사 단장님은 흥미진진한 얼굴로 거구의 남성을 계속 바라보았으나, 남성이 돌아본 순간 놀란 듯 입을 떡 벌렸다.

"……어? 뭐야, 얼굴까지 잘났잖아……."

클라리사 단장님의 진심으로 놀란 목소리가 들렸지만, 나도 마찬가지로 입을 떡 벌리고 있었기 때문에 맞장구를 치지 못했다.

……어라? 왜 저 사람이 이런 곳에 있지?

어? 본국으로 돌아갔을 텐데?

그렇게 생각하며 눈앞에 보이는 아는 사람의 얼굴을 망연히 중얼거렸다.

"……그린?"

작은 목소리였고 거리가 벌어져 있으니 들리지 않을 거라고 생각했는데, 어째서인지 그는 퍼뜩 고개를 들고는 클라리사 단장님과 나 이상으로 경악한 얼굴이 되어 바라보았다.

"피아!"

놀란 듯 튀어나온 그 목소리는 틀림없이 내가 아는 '그린'의 목소리였다.

———그린은 기사단에 입단하기 전에 만난 모험가다.

이렇게 말해도, '그린'은 가명이고 분명 본명은 따로 있겠지만…….

그렇게 생각하며 나는 그린 형제와 만났을 때의 일을 반가운 마음으로 회상했다.

———지금으로부터 반년 이상 전의 이야기지만, '성인식' 도중에 흑룡 자빌리아에게 공격을 받아 죽을 뻔한 나는 전생의 기억을 되찾았다.

전생에서는 대성녀였지만 이번 생에서는 3살과 10살 때 받는 성녀 검사에서 회복마법 제로라는 판정을 받은 몸이다.

대성녀의 기억은 있어도, 전생의 힘을 얼마나 쓸 수 있는 건지 알 수 없었기에 기사단 시험을 받을 때까지 석 달 동안 다양한 회복마법을 나에게 걸어가며 성녀의 힘을 시험했다.

하지만 상처 회복이나 상태 이상 회복은 피험자 없이 확인하기 어렵다는 것을 깨닫고 부상을 입을 법한 모험가와 함께 모험하며 회복마법을 시험해보자는 아이디어를 떠올렸다.

그런 내 앞에 나타난 것이 그린 3형제였다.

형제는 자기소개 때 장남은 '레드', 차남은 '그린', 삼남은 '블루'라며 각자 본인의 머리카락에서 딴 가명을 댔다.

처음 만난 순간부터 레드와 그린은 얼굴에서 피를 흘린다는 수상하기 짝이 없는 존재였기 때문에, 만약을 위해 가명을 사용한 건 당연하다고 본다.

자세한 사정은 호지부지 덮었기 때문에 잘 알 수 없었지만, 그린 형제는 나브 왕국과 대륙의 세력을 양분하는 거대제국 아르테아가 출신이었다.

레드는 장남으로 가주를 이어받아야 할 몸이었으나 태어났을 때부터 '얼굴에서 피를 흘린다'는 저주에 걸렸고, 그걸 이유로 이복동생이 후계자를 이어받을 예정이라는 설명을 들었다.

단, 점술사로부터 나브 왕국에만 서식하는 마물을 토벌하면 그 저주가 풀린다는 점괘를 받았기 때문에 형제 셋이서 머나먼 우리 왕국까지 마물을 토벌하러 왔다고 했다.

동행하면서 알게 된 사실로, 이 형제는 정말로 강했다.

그리고 결과적으로 훌륭하게 마물을 토벌했다.

단, 저주는 자동으로 풀린 게 아니라 내가 도와주겠다고 나서서 성녀의 힘으로 해주했다.

물론 조심성 많은 나는 다시는 만나지 않을 상대라고 해도 성녀로 인식되면 안 되니까 저주에는 저주로, 위화감이 없는 설정을 늘어놓았다.

즉, 나도 '성녀의 힘으로 모험가를 돕지 않으면 혼기를 놓친다'는 저주에 걸렸으며, '저주로 인해 성녀도 아닌데 성녀의 힘을 쓸 수 있다'고 설명했다.

그러자 셋 다 순순히 믿어주었으니 그 세 사람은 어마어마하게 남을 잘 믿는 사람인 모양이다.

다만 그때의 나는 성녀의 약체화에 대해 잘 이해하지 못했기 때문에, 지금 떠올려보면 힘을 좀 과하게 사용했던 건지도 모른다.

평균적인 성녀의 힘을 사용하면 의심받지 않을 거라며 힘 조절을 한다고 했는데, ……형제에게 신체 강화 마법을 걸었고, 마물에게 속성 약체화 마법을 걸었고, 신체 결손을 재생시켰고, 태어났을 때부터 걸려있었다는 상태 이상을 회복시켰다.

……아, 지금 생각해보니까 너무 많이 사용한 것 같은 느낌이다.

뭐, 하지만 반년도 더 전의 일인 데다 단순해 보이는 이 두 사람이라면 '저도 저주에 걸렸으니까, 저주의 힘입니다!'라는 한마디로 넘어갈 수 있을 것 같다. 음, 분명, 아마도, 괜찮을 거다.

그렇게 생각하며 그린을 올려다보자, 전에 헤어졌을 때와 변함없이 가명대로 고운 녹색 머리카락을 지닌 거구의 남자가 서 있었다.

그 표정은 전보다도 시원스러워서 지난 반년이 그린에게 유익한 시간이었음을 말해주는 것 같았다.

그걸 보고 기뻐진 나는 생긋 웃었다.

레드는 장남임에도 불구하고 저주 때문에 후계자가 되지 못했으며 3형제는 가족에게 냉대받는다고 했다.

하지만 3형제는 마물을 쓰러트리고 저주를 풀어 고국으로 돌아갔다.

그로 인해 그들의 상황이 호전되어 조금이라도 집에서의 환경이 좋아지면 좋겠다고 생각했는데, ……저 개운한 표정은 지금 생활이 좋다는 걸 보여주는 것이 아닐까.

적어도 밝은 표정을 지을 수 있게 될 정도로는 만족스러운 생활을 보내는 거겠지.

그렇게 생각한 나는 눈앞에 있는 그린과 여기에는 없는 레드, 블루를 떠올리며 마음속으로 잘 됐다고 축복했다.

과거의 모험을 하나하나 회상하니 건강한 그린과 다시 만났다는 게 무척 귀중한 일인 느낌이 든다.

그래서 그런가, 같이 모험한 건 닷새뿐이었고 헤어진 지 반년밖에 지나지 않았는데도 오랜 친구와 재회한 것 같은 반가움과 기쁨이 치밀어 올랐다.

나는 그 기쁨이 떠미는 대로 그린에게 달려가 와락 끌어안았다.

"그린!"

하지만 어째서인지 조금 전에는 천연덕스럽게 덩치 좋은 남성 3인조를 바닥에 눕혀버린 거구의 남자는 '끄악!' 하는 비명을 지르며 뒤로 나자빠졌다.

"어? 그린?"

아니, 아무리 관성의 힘이 더해졌다고 해도 고작 나만 한 체격에 부딪힌 것만으로 쓰러지는 건 부자연스럽잖아.

그런 의문에 고개를 갸웃거리고 있자 그린은 새빨개진 얼굴로 두 손을 앞으로 불쑥 내밀었다.

"피아, 너는 아직 그 흉악한 성격을 못 고친 거야? 왜 결혼도 하지 않은 상대를 끌어안는 건데? 그건 완전히 외설 행위야!"

"어? 호들갑스럽긴."

완전한 트집에 얼굴을 찌푸렸다가 한발 늦게 떠올렸다.

그랬지. 레드와 그린은 태어났을 때부터 20년인지 30년인지 계속 얼굴에서 피를 흘렸기 때문에 무섭다고 기피당해서 여성과는 대화한 적도 없다고 했었나.

그래서 그런가 무슨 말을 해도 금방 얼굴을 붉히며 부끄러워하는 남자들이었다.

하지만…….

"맞다, 그린은 되게 미형이었죠. 피를 흘리는 인상이 너무 강해서 미형이었다는 걸 잊고 있었어요."

새삼 정면에서 그린을 바라본 나는 솔직한 감상을 늘어놓았다.

그러자 그린은 바닥에 주저앉은 채 펄쩍 뛰어올라 뒤로 1미터쯤 물러났다. 재주도 좋다.

"히익! 너는 대놓고 무슨 소릴 하는 거야? 날 죽이려고?!"

"네? 그런 게 아니라요. 헤어진 지 반년 정도 지났으니까 출혈이 멈춰서 미형이 된 그린에게 여성 쪽에서 먼저 접근해서 조금은 익숙해지지 않았을까 했는데요."

"미안하게 됐네! 내 비호감의 이유는 얼굴에서 피를 흘리기 때문이라고 했지만 아니었어! 순수하게 내 매력의 문제더라. 그 증거로 얼마 전에도 수많은 여성을 초대한 식사회를 열었는데 처음부터 끝까지 아무도 나에게 말을 걸지 않을 만큼 인기가 없었다고!!"

"와, 다들 보는 눈이 없네요. 그린은 이렇게 잘생겼는데."

진심으로 신기해서 중얼거리자 그린은 상반신을 풀썩 쓰러트려서 완전히 바닥에 엎드렸다.

"크읏, 무리야! 처음부터 이런 식이면 내 숨이 끊어지는 것도 시간문제……."

하지만 그런 모습도 머리카락은 녹색으로 예쁘게 반짝거리고,

옷 위로도 단련된 육체라는 게 보이고, 깜짝 놀랄 만큼 매력적이다.

그런 그린을 보며 나는 '으음?' 하고 고개를 갸웃거렸다.

그린은 틀림없이 잘생겼고, 잠시 같이 지내보면 바로 알 수 있을 만큼 배려심도 좋고, 친절하고 강한데 뭐가 문제인 걸까?

제국 출신이라고 했었는데, 제국의 여성은 그린처럼 날카로운 타입은 취향이 아닌 걸까? 하며 고개를 갸웃거리자 내 뒤에 있던 클라리사 단장님이 낮은 목소리로 중얼거렸다.

"……사교장에선 신분이 낮은 사람은 높은 사람에게 먼저 말을 걸 수 없지. 즉 이 '그린'이라는 사람은 그 수많은 여성 중에 누구도 먼저 말을 걸 수 없을 만큼 높은 신분을 지녔다는 말인가?"

"클라리사 단장님, 죄송합니다. 잘 안 들렸는데요."

낮게 중얼거린 클라리사 단장님의 말을 제대로 듣지 못했기 때문에 되묻자, 단장님은 대답하지 않고 오히려 진지한 표정으로 나에게 질문했다.

"저기, 피아. 이분은 정체가 뭐니?"

"네? 모험가예요. 제가 기사가 되기 전의 일인데, 며칠간 함께 마물의 숲을 모험한 적이 있죠."

대답하던 도중 그러고 보면 그린 형제는 제국민이라는 걸 숨기고 싶어 했다는 걸 떠올리고 출신에 대해서는 언급하지 않기로 했다.

애초에 제국에서는 무슨 일을 했는지에 대해 일절 물어보지 않았다는 걸 뒤늦게 깨닫고 고개를 갸웃거렸다.

예전에 설명을 들은 내용으로는 제국에서 모험가를 하는 인상도 아니었으니 어쩌면 다른 일을 하는 건지도 모른다는 것까지는 추리했지만, 구체적으로 무슨 일인지에 대한 이야기는 하지 않았기 때문에 답을 모른다.

그래서 난감한 얼굴로 클라리사 단장님을 쳐다보자 단장님의 입술이 살짝 일그러졌다.

"……그래, 피아도 모른다는 거지. 하지만 내가 늦게 알아차릴 만큼 기척을 능숙하게 숨기는 기사들이 백 명 단위로 호위하고 있다니, ……흔히 볼 수 없을 만큼 높은 신분일 텐데."

"클라리사 단장님?"

또 무언가를 작게 중얼거리고 계시기에 무심코 이름을 부르자 등 뒤에서 목소리가 들렸다.

"피아!!"

"어?"

들어본 적 있는 목소리에 설마? 하며 돌아보자 이번에는 그린의 동생인 블루가 서 있었다.

흔치 않게 빼어난 미형이 보석보다도 아름다운 푸른 머리카락을 흩날리며 환한 얼굴로 이쪽을 바라보고 있다.

"피아! 놀라워라. 정말로 너를 만나다니!!"

블루는 감격에 겨운 듯 소리치더니 나를 향해 일직선으로 달려왔다.

나는 그린을 만났을 때와 마찬가지로 너무 기뻐져서 '블루!' 하고 소리치며 두 팔을 벌려 끌어안으려고 했으나, 또다시 '끄아악!' 하는 비명과 함께 회피당했다.

"피아! 너는 성인이라고 들었어!! 무분별하게 남성과 접촉하면 안 되잖아!!"

이름을 체현하기라도 하듯 더없이 푸르고 고운 머리카락을 지닌 어마어마하게 잘생긴 얼굴이 요즘 세상엔 듣기 힘들 만큼 고지식한 소릴 했다.

"……후후."

변함없는 형제를 보자 나는 무심코 웃음을 흘렸다.

두 사람에게 들은 설명에 의하면, 그린과 블루는 휴가를 이용해 나브 왕국 왕도로 놀러 왔다고 한다.

아르테아가 제국과 나브 왕국 사이에는 소국이라고는 하나 국가가 하나 끼어있다.

그래서 가볍게 놀러 올 수 있을 만큼 짧은 거리는 아닐 텐데, 이 두 사람은 긴 휴가를 받아서 왕국까지 놀러 와도 생활이 곤궁하지 않을 만큼 좋은 직업을 갖고 있는 걸까.

그런 생각을 하며 그린과 블루를 힐끔 올려다보자 그린이 내 의문에 답해주었다.

"왜 그래? 피아."

"아뇨, 두 분은 긴 휴가를 받은 것 같아서요. 그렇게 오래 일을 쉬어도 괜찮은 건가요?"

"아, 그건 괜찮아. 피아가 도와준 덕분에 우리는 가업을 이어받게 되었거든. 우리가 노는 동안 레드가 힘내면 그만이야.”

“그, 그렇군요. 그래서 장남인 레드는 없는 거였네요.”

……불쌍해라. 채소 가게인지 수산업자인지 모르겠지만 레드는 지금 혼자 일하고 있다는 소리다.

어라? 그러고 보면 좋은 집안 출신이라고 했으니 의외로 상회 같은 걸 운영한다거나…… 하는 느낌은 없네.

몸을 움직이는 게 특기인 듯했으니…… 으음. 조금 전에는 부정했지만, 역시 제국에서도 모험가를 하는 건지도 모른다.

그렇게 생각에 잠겨있을 때 조용히 대화를 듣고 있던 클라리사 단장님과 눈이 마주쳤다.

“앗! 죄, 죄송합니다! 저도 참. 소개를 안 했네요!”

이크, 큰일이다. 그러고 보면 그린, 블루와 클라리사 단장님은 첫 만남이었지. 내가 소개해야만 했는데.

나는 허둥지둥 각각을 소개했다.

“이분은 왕국의 클라리사 기사단장님입니다. 왕도 경비를 맡은 제5기사단의 단장님이시죠. ……그리고 이쪽은 반년 전에 함께 모험했던 그린과 블루입니다. 이 둘은 형제예요.”

묵묵히 내 소개를 들은 클라리사 단장님은 소개가 끝나자 생글생글 웃는 표정으로 그린과 블루에게 한쪽 손을 내밀었다.

“처음 뵙겠습니다, 클라리사입니다. 설마 피아에게 이런 멋진 친구가 있다니 몰랐어. 피아는 연애치인 줄 알았는데…… 의외로 이런 아이가 좋은 남성을 많이 만나는 건지도 모르겠네.”

“……그래.”

"……감사합니다."

클라리사 단장님에게 칭찬받은 그린과 블루였지만 무표정하고 무뚝뚝한 대답으로 끝나버리는 반응이라 깜짝 놀랐다.

어?! 이 두 사람은 부끄럼을 잘 타고 얼굴이 쉽게 붉어지는 체질인 줄 알았는데 갑자기 엄청 담백해졌잖아.

헉! 설마 너무나 사랑스러운 클라리사 단장님의 미모에 긴장하는 바람에 의식적으로 무게를 잡아서 부끄러움도 숨겨버린 건가?

그런 생각을 했다가, 그렇다면 조금도 의식하지 않고 매번 빨개진 얼굴을 보는 내가 너무 불쌍한 것 같아서 생각을 멈췄다.

두 사람이 여느 때와 달리 담담한 대응을 하고 있다는 건 눈치채지 못한 듯 클라리사 단장님은 평소처럼 생글거리며 말을 걸었다.

"그런데 두 사람은 외국에서 왔어?"

"……왜, 그렇게 생각하지?"

순수해 보이는 클라리사 단장님의 질문에 그린이 신중하게 되물었다.

반면 클라리사 단장님은 역시나 순수해 보이는 표정으로 특이한 대답을 했다.

"나는 직업상 국내의 모든 중요 인물의 얼굴을 기억하고 있거든. 하지만 두 사람의 얼굴은 완전한 초면이니까."

"클라리사 단장님, ……그게, 그린과 블루는 중요 인물이 아닐걸요. 으음, 제 추측이지만요……."

내가 발언하자마자 그린과 블루는 움찔 몸을 굳히더니 둘 다 머리카락을 쓸어올렸다.

티를 내시 않고 주변을 둘러보고 있던 클라리사 단징님의 입술이 흥미롭다는 듯 곡선을 그렸다.

"……흐음, 피아의 말이 절대적이란 거구나? 피아가 두 사람을 중요 인물이 아니라고 표현하자마자 주변에 있던 호위를 해제하고 중요 인물이 아닌 것처럼 위장하다니. ……피아를 향한 충성이 좀 지나치지만, 위해를 끼칠 느낌은 아니네."

"클라리사 단장님, 뭐라고 말씀하신 거예요?"

또다시 낮게 중얼거린 클라리사 단장님의 말을 알아듣지 못했기 때문에 되물었다.

……혹시 클라리사 단장님은 입속으로 혼잣말을 중얼거리는 타입인가.

그렇다면 자꾸만 되묻는 것도 실례겠지.

"후후후, 그렇게 흥미를 돋우는 상대를 만나는 건 오랜만이라고 했어. 아쉽게도 나 같은 건 눈에 들어오지도 않을 만큼 이미 특정한 아가씨에게 푹 빠져버린 모양이지만. 혹시, ……그 영애를 만나기 위해 이 나라에 방문한 거려나?"

클라리사 단장님의 질문에 그린도 블루도 일절 반응하지 않았기 때문에 단장님에게 실례되는 태도가 아닌가 생각했으나, 단장님은 무언가를 이해했다는 듯 웃어서 의아해졌다.

그린과 블루는 미동도 하지 않은 것처럼 보였는데, 사실은 무언가 대답을 했고 나만 읽어내지 못한 건가?

"……후후, 놀라워라. 설마 그럴 리는 없다고 생각했는데 정말 그런 목적으로 이 나라에 방문하다니. 한 가지 물어보고 싶은데,

피아의 의사를 무시하고 무언가를 강행하진 않을 거지?"

생글생글, 하지만 간이 서늘해질 정도의 박력으로 희미하게 미소 짓는 클라리사 단장님을 향해 그린은 무표정한 채 입을 열었다.

"피아의 의사에 반하는 행동이나 위해를 가하는 행동은 절대로 안 해."

"……그래. 우선은 그 말에 만족해야겠지. 만약 당신들이 중요인물이라면 이 이상 파고드는 건 서로에게 너무 위험할 테니까. 게다가…… 진짜 호위가 온 모양이고."

클라리사 단장님은 만족한 듯 싱긋 웃었으나, 그 미소가 사라지기도 전에 나를 부르는 목소리가 들렸다.

"피 님!"

"카티스?"

어라? 약속 시각은 저녁이었을 텐데? 의문을 느끼면서도 그 목소리를 잘못 들을 리가 없기에 이름을 부르며 돌아보았다.

예상했던 대로 카티스 단장님이――아니, 기사복을 벗고 사복에 검을 착용해서 용병 같은 모습이었지만――달려오더니 나와 그린 형제 사이를 가로막고 섰다.

"카, 카티스. 왜 그래?"

불러봐도 대답하지 않는 데다, 보기에 따라서는 그린과 블루를 경계하는 것처럼 보이는 행동에 당황했다. 한 번 더 불러왔지만 역시 카티스 단장님은 대답하지 않았다.

심지어 등을 보인 채, 마치 나를 지키는 높은 벽이라도 된 것처럼 눈앞을 계속 가로막았다.

◇ ◇ ◇

눈앞에 있는 넓은 등을 바라보며 나는 눈을 깜빡였다.

카티스 단장님도 참, 왜 이러지?

그런 의문을 느끼다가 '아, 맞다. 카티스 단장님은 그린과 블루를 처음 만나는 거지?' 하고 깨달았다.

기본적으로 카티스 단장님은 나를 몹시 과보호한다.

모르는 사람이 보면 그린은 건달처럼 볼 수도 있기는 하기에 걱정된 건지도 모른다.

카티스 단장님이 보인 행동의 이유를 안 나는 단장님의 뒤에서 사샤 움직여 옆에 선 뒤 안심시키듯 그의 팔을 토닥토닥 두드렸다.

"카티스, 이 두 사람은 나와 아는 사이야. 녹색 머리의 남자는 그린이고, 파란 머리의 남자는 블루. 반년쯤 전에 루드 영지 근처에 있는 마물의 숲을 함께 모험했어."

"……그렇군요. 제국에서 굳이 우리나라까지 모험하러 오신 겁니까? 마치 왕후 귀족의 유람 같군요."

"흐억?!"

나는 괴성을 지르며 아무런 힌트도 없이 두 사람이 제국 출신임을 알아맞힌 카티스 단장님을 놀란 얼굴로 쳐다봤다.

그린과 블루도 신중한 표정으로 말없이 카티스 단장님을 바라보았다.

……카티스 단장님도 참, 이런 때까지 유능함을 발휘할 필요는

없지 않아?

힌트도 없이 답을 맞히다니, 보통 사람은 불가능한 재주거든요.

그걸 자연스럽게 맞혀놓고 틀렸을 가능성은 조금도 고려하지 않는 듯한 태도가 대단하다. 아니, 실제로 정답이긴 한데.

하지만 정답이기 때문에 문제란 말이지.

아군에게는 든든하지만, 이번 같은 경우에는 너무 유능한 것도 골칫거리다.

그런 생각에 얼굴을 찡그리고 있을 때 기사 중 한 명이 클라리사 단장님에게 급히 달려왔다.

"클라리사 단장님! 중앙지구의 레스토랑에서 가터 자작의 아들이 난동을 부리고 있습니다. 저희는 손을 쓸 수 없으니 대응을 부탁드릴 수 있겠습니까?"

"아이참, 딱 재밌어지는 참이었는데! ……어쩔 수 없네. 월급을 받는 이상 일해야지. 하아, 또 보자. 피아. 그리고 카티스, 뒷일은 부탁해."

클라리사 단장님은 몹시 아쉬워하며 한숨을 쉬고는 부르러 온 기사와 함께 떠나갔다.

분위기 메이커인 클라리사 단장님이 사라지자 그 자리는 서늘하고 조용한 분위기로 뒤덮였다.

어라. 이거 좀 곤란한데. 나는 심각한 분위기를 눈치채지 못한 척 애써 밝은 목소리를 꾸며내 소개를 이어갔다.

"……그리고 이쪽은 카티스 단장님입니다. 카티스 단장님은 왕국의 최남단인 서덜랜드를 수호하는 기사단장님인데, 지금은 잠시 서딜랜드를 떠나 왕도에서 근무하고 있죠."

생글생글. 과할 정도로 미소를 지으며 소개했지만 나 말고 다른 세 명은 여전히 무표정이었다.

심지어 각자 말없이 노려보듯 날카로운 시선을 주고받고 있다.

나는 견딜 수 없어서 큰 소리로 물어보며 세 사람을 둘러보았다.

"좀! 셋 다 왜 그러시는 거예요! 친구의 친구는 친구잖아요?"

"피 님, 반드시 그렇다고 단정할 수 없습니다. 그보다도 반년 전에 함께 모험하셨다는 이야기는 처음 듣습니다. 문제가 없다면 동행한 일원을 가르쳐주실 수 있겠습니까?"

"어?"

카티스 단장님의 목소리에서 불길함을 느끼고 퍼뜩 올려다보자, 강렬한 시선이 나를 노려보았다.

……크, 큰일이다. 큰일 났어!

카티스 단장님이 전생의 호위 기사 모드에 들어갔다.

『반년 전에 동행한 파티원은 초면이었던 레드, 그린, 블루 3형제와 저입니다☆』

……같은 말을 할 분위기가 아니다.

말했다간 10할의 확률로 혼날 예감이 든다. 밝게 말해도, 미안해하며 말해도, 어느 쪽이든 혼날 것 같다.

크, 큰일이야…….

진퇴양난에 빠진 나는 실실 웃으며 얼버무리기를 시도했다.

"우후후후후, 카티스도 참. 이미 끝난 일 같은 건 아무래도 상관없잖아. 그들은 신사였어. 그보다 왜 그린과 블루가 제국 출신이라고 생각한 거야?”

하지만 카티스 단장님은 넘어가 줄 마음이 없는 건지 날카롭게 노려볼 뿐이었다.

“즉 초면인 남성들과 피 님만으로 모험하러 나가셨다는 말씀이군요. 좋습니다. 남들 앞에서 할 이야기는 아니니 나머지는 둘만 있을 때 여쭙겠습니다. 그리고 이 두 사람의 출신에 대해서는…….”

말을 이어가는 카티스 단장님을 보며 ‘어라. 나 실수했나’ 하고 내 행동을 후회했다.

그냥 여기서 혼나는 게 어딜 봐도 짧게 끝났을 것 같은데.

그런데 새삼 둘만 있을 때를 지정해서 다시 끄집어내겠다니, 구구절절 잔소리를 듣게 될 것이 뻔하다. 아아아. 실수했어어어어어!

축 고개를 떨구는 내 머리 위로 카티스 단장님의 말이 내려왔다.

“이 훌륭한 머리색과 ‘그린’, ‘블루’라는 이름에서 최근 제국의 무대에 등장한 어떤 형제가 연상됩니다. 여기에 또 한 명, 붉은 머리카락의 ‘레드’라는 사람이 있다면 완벽하군요.”

“헉, 용케 알았네? 그린과 블루의 형이 레드야! 앗, 아니, 하지만 이건 가명인데.”

형제의 형의 이름을 맞히는 바람에 놀라서 고개를 들자, 무언가 이해했다는 듯한 표정이 된 카티스 단장님이 작게 고개를 끄덕였다.

“네, 그런 이야기였죠. 여신께 가명을 대고 말았으니 그 가명을 그대로 본명으로 삼았다고……. 제국의 어떤 유명한 형제의 이야기가 그렇습니다."

"흐응? 제국은 여신신앙이 있는 나라니까 실제로 여신을 만났다는 사람이 제국에 있구나? ……으음, 그러니까 그 여신을 만난 것으로 유명한 '레드, 그린, 블루' 3형제가 제국인인데 그 사람들의 이름에서 따온 가명을 사용했으니 이 그린과 블루도 제국인이라 추측했다는 거야?"

"…………대략 그렇습니다."

카티스 단장님은 내 추측을 들은 후, 무언가 하고 싶은 말이 있는 듯 나를 바라보았지만, 곧 이해했다는 양 고개를 끄덕였다.

"네, 피 님께선 그들이 누구인지 모르시는군요."

"응?"

"아뇨, 모르시는 것을 굳이 가르쳐드릴 필요는 없습니다. ……큼, 두 분. 처음 뵙겠습니다. 카티스라고 합니다. 그리고 안녕히. 피 님은 제가 호위하고 있으니 안심하고 고국으로 돌아가셔도 됩니다."

카티스 단장님은 무언가 수긍한 듯 중얼거리고는 갑자기 냉담한 분위기가 되어서 그린과 블루를 향해 칼같이 잘라내는 듯한 짧은 인사를 건넸다.

"카티스! 당신이 나를 소중히 여겨서 처음 만난 사람을 경계하고 싶은 마음은 이해해. 하지만 부탁이니까 이야기를 나눠봐. 분명 멋진 사람들이라는 걸 알 수 있을 거야."

너무나도 냉담한 태도에 놀라서 카티스 단장님에게 친절하게 대하라고 부탁했으나, 그는 드물게도 동의해주지 않았다.

"당신보다 더 멋진 사람은 없습니다. 저는 최상을 알고 있기에 불필요한 행위입니다."

"카티스!"

진짜 나를 지나치게 편애한다니까! 답답해하면서 카티스 단장님을 흘겨보았다.

"카티스, 오늘 밤 훈련 수료 파티 말인데. 우리 둘만 있는 건 적적하다고 했었지? 그린과 블루를 부르는 건 어때?"

"그건 전혀 찬동할 수 없는 아이디어라고 말씀드리겠습니다."

"하지만 그린과 블루를 만나는 건 반년 전에 헤어진 뒤로 처음이란 말이야. 나는 더 대화하고 싶어."

"…………피 님을 축하하는 자리이니 피 님께서 원하신다면."

카티스 단장님과 그린, 블루 형제가 친해지길 바라는 내 마음을 마지막에 간신히 이해해준 건지, 카티스 단장님은 마지못해 받아들인다는 느낌이긴 했지만 내 제안을 승낙해줬다.

……후후. 카티스 단장님은 과보호가 심하지만, 무척 다정하니까.

한 번만 받아들이게 하면 된다. 그럼 분명 그린과 블루가 마음에 들어서 친절해질 거야.

그렇게 생각하며 그린과 블루 쪽으로 몸을 돌렸다.

"그린과 블루는 얼마나 왕도에 있을 건가요? 오늘 밤은 카티스와 저 둘이서 저녁을 먹을 예정인데, 괜찮다면 같이 드실래요?"

"괜찮겠어?"

"당연히 가야지!"

내 질문에 그린과 블루가 동시에 대답했다.

음, 역시 형제구나. 호흡이 딱 맞아. 나는 생긋 웃으며 대답했다.

"그럼 기다리고 있을게요. 으음, 저녁 6시에 저기 보이는 분수에서 만나기로 하죠. 그럼 이따 봐요."

반가운 두 사람을 만난 것이 기쁘고, 같이 저녁을 먹기로 한 게 기대되어서 나는 두 사람이 보이지 않게 될 때까지 계속 손을 붕붕 흔들었다.

【SIDE】 제13기사단장 카티스

……정말, 무슨 터무니없는 인물을 주워버리신 건지.

보석처럼 반짝반짝 빛나는 머리색을 지닌 두 남성이 피 님에게서 한시도 눈을 떼지 않는 것을 보고 나는 마음속으로 성대한 한숨을 쉬었다.

현장에 도착했을 때, 피 님은 제5기사단장 클라리사에 더해 두 명의 남성과 함께 있었다.

이 2인조가 길거리에 널린 민간인이 아니라는 건 한눈에 알 수 있었다.

분위기나 행동거지가 딱 봐도 일반인과 달랐기 때문이다.

더불어 우리를 둘러싼 왕도민 사이사이에 백 명 단위의 호위 기사가 숨어있다는 걸 주위를 둘러볼 필요도 없이 감지할 수 있었다.

얼핏 보기만 해서는 알 수 없을 만큼 깔끔하게 기척을 숨기고 변장도 한 수많은 기사가 아무도 눈치채지 못하도록 이 두 사람을 호위하고 있다.

어지간한 상위 귀족이라고 해도 우수한 호위를 이렇게 다수 갖추는 것은 어렵다.

그리고 국내 요인의 얼굴을 모두 기억하는 내가 그들을 식별하지 못한다는 건, 이 두 사람이 외국인이라는 뜻.

그렇게 생각하며 관찰하자 두 사람에게는 틀림없이 군림하는 자 특유의 분위기가 있었다.

……이거 성가시군.

이미 불길한 예감만이 느껴진다.

하지만 못 본 척하고 싶어도 햇빛을 받아 보석처럼 빛나는 아름다운 녹색과 파란색의 머리카락이 눈에 들어왔다.

그 머리카락을 본 순간 아르테아가 제국 황실의 이야기를 떠올렸다.

보석처럼 아름다운 머리카락 색을 지닌, 아르테아가 제국에서 가장 고귀한 세 명이라 일컬어지는 형제의 이야기를.

……나는 왜 이 타이밍에 떠올려버린 걸까.

절묘한 타이밍으로 관련이 있을 법한 정보를 끌어내는 자신의 기억력에 오늘만큼은 불평하고 싶은 기분이 솟아올랐다.

———아르테아가 제국은 소국을 하나 사이에 두고 우리 나브 왕국과 마주 보고 있는 대국이다.

국경을 맞댄 인접국은 아니기 때문에 제국의 정점에 선 황제의 이야기라고 해도 우리나라에서는 거의 들을 일이 없다.

그럼에도 그들의 머리카락 색을 보자마자 나는 바로 떠올렸다.

『아르테아가 제국의 황제는 최근에 새로 즉위했다.』

『황제와 그의 두 동생은 머리카락 색에서 딴 보석의 이름을 지니고 있다.』

그런 식으로 아르테아가 제국 황실에 관련된 정보가, 떠올려선 안 된다는 감정과는 반대로 속속 떠올랐다——— 나에게 두통을 주는 정보임을 뻔히 알고 있음에도.

가장 먼저 머릿속에 떠오른 정보에 의하면 그 나라의 황제와 두 동생은 지금으로부터 반년 정도 전에 국민 앞에서 '여신을 만났다'고 선언했다.

그때 황제와 두 동생은 여신에게 가명을 댔기 때문에 그 불경을 시정하는 목적으로 가명을 본명에 덧붙이는 형태로 개명했다.

황제의 머리색은 보석의 붉은색이며, 그 머리색을 지닌 보석명에 가명을 붙였다나.

그리고 두 동생은…….

녹색 머리카락을 지닌 제1황제(皇弟)는 '에메랄드'라는 이름을 '그린 에메랄드'로 개명하고, 파란 머리카락을 지닌 제2황제(皇弟)는 '사파이어'라는 이름을 '블루 사파이어'로 개명했다고 들었다.

즉 본래의 이름이던 보석 이름에 '그린', '블루'라는, 여신 앞에서 사용했다는 가명을 덧붙였다는 소리인데…….

잇달아 떠오르는 정보를 머릿속에서 정리하며, 피 님을 뚫어지게 쳐다보는 녹색 머리카락의 남성과 파란 머리카락의 남성에게 시선을 옮겼다.

……참으로 불길한 우연이다.

아르테아가 제국의 두 황제(皇弟)처럼 보석 같은 아름다운 녹색 머리카락과 파란 머리카락을 지녔고, 명백하게 고귀한 출신인 외국의 요인들이라니.

더군다나 조금 전 피 님에게 들은 설명에 의하면, 피 님이 그들을 만난 건 황제와 두 동생이 여신을 만났다고 하는 시기와 마찬가지로 반년 전.

심지어 피 님이 두 사람을 부르는 이름은 황제와 두 동생이 여신에게 밝혔다고 하는 '그린', '블루'라는 가명과 일치한다.

……불쾌할 정도로 모든 것이 딱 들어맞는다.

나는 마음속으로 커다란 한숨을 쉰 뒤 입을 열었다.

"이 훌륭한 머리색과 '그린', '블루'라는 이름에서 최근 제국의 무대에 등장한 어떤 형제가 연상됩니다. 여기에 또 한 명, 붉은 머리카락의 '레드'라는 사람이 있다면 완벽하군요."

말을 하기 전에 답을 알고 있었으나, 마지막 발버둥을 치듯 아르테아가 제국 황제가 여신에게 댔다는 가명을 피 님에게 이야기했다.

안타깝게도 정황증거가 가리키는 사실이라는 건 흔히 들어맞기 마련이라, 예상대로 피 님은 놀란 듯 눈을 동그랗게 떴다.

"헉, 용케 알았네? 그린과 블루의 형이 레드야! 앗, 아니, 하지만 이건 가명인데."

……피 님, 가명이라는 것까지 설명해주시면서 제게 쐐기를 박을 필요는 없었습니다.

마음속으로 또다시 깊은 한숨을 내쉰 뒤 나는 체념하고 피 님의 말에 동의했다.

"네, 그런 이야기였죠. 여신께 가명을 대고 말았으니 그 가명을 그대로 본명으로 삼았다고……. 제국의 어떤 유명한 형제의 이야기가 그렇습니다."

수많은 이목이 있는 와중에 제국 황실 사람이라고 단언할 수도 없었기에 애매모호한 표현을 사용한 내 앞에서 피 님이 고개를 갸웃거렸다.

"흐응? 제국은 여신신앙이 있는 나라니까 실제로 여신을 만났다는 사람이 제국에 있구나? ……으음, 그러니까 그 여신을 만난 것으로 유명한 '레드, 그린, 블루' 3형제가 제국인인데 그 사람들의 이름에서 따온 가명을 사용했으니 이 그린과 블루도 제국인이라 추측했다는 거야?"

"…………대략 그렇습니다."

신기하다는 얼굴로 생각지도 못한 발언을 하는 피 님을 앞에 두고 한 가지 사실을 깨달았다.

"네, 피 님께선 그들이 누구인지 모르시는군요."

……그랬지. 이분은 옛날부터 사람을 신분으로 가늠한다는 발상이 일절 없는 분이었다.

입장 상 필요할 때는 대단한 통찰력을 발휘하여 상대방의 신분을 맞힐 수 있기에 본래는 예리한 분이지만, 필요하지 않을 때는 무관심함이 앞서는 바람에 상대방의 신분을 놓치는 일이 많았던 걸 떠올렸다.

그리고 이번에도 그 수없이 많이 있었던 케이스 중 하나이리라.

그렇다면 굳이 말썽을 부를 필요는 없다.

나는 그렇게 결론을 내린 뒤 눈앞에 반듯한 자세로 서 있는 '그린'과 '블루'라고 불린 2인조에게 시선을 던졌다.

이 반짝이는 머리카락을 지닌 2인조는 아르테아가 제국 황위 계승권 제1위인 그린 에메랄드와 마찬가지로 황위 계승권 제2위인 블루 사피이어임이 틀림없다.

우리 나브 왕국과 대륙의 세력을 양분하는 아르테아가 제국의 두 황제(皇弟)가 비밀리에 왕국에 잠입했다니, 가볍게 볼 수 있는 사안이 아니다.

이 정도로 신분이 높은 이가 자국을 떠나는 일 자체가 없고, 있다고 해도 외국인 우리나라에 입국할 때는 정식 절차를 밟을 것이다――― 보통은.

그럼에도 나를 포함한 기사단장 모두가 아르테아가 제국 황실의 방문에 대해 일절 알지 못하는 지금 상황으로 미루어 보건대, 이 두 사람은 분명 신분을 숨기고 우리나라에 입국했으리라.

즉, 지금 이 상황은 더없이 이상 사태라는 소리다.

그렇게 생각했지만 나는 전혀 조급해지지 않았다.

―――피 님과 관련된 사건이군.

그걸 눈치챘기 때문이다.

이 흐름대로라면 제국 황제와 두 동생이 만났다는 '여신'은 피 님일 것이다.

고작 며칠간 같이 있었을 뿐인데 이렇게나 확고하게 여신으로 인정받다니, 대체 이 분은 무슨 짓을 저지르신 것인지.

그리고 실제로 대성녀의 능력을 지닌 피 님의 주변을 어슬렁거리는 외국의 황족이라면 완벽한 골칫거리다. 빠르게 차단하는 게 최선이다.

그런 결론을 내리고 피 님에게 얼마나 집착하는지 가늠하는 의미도 포함해 제국 황족에게 하기에는 거만한 태도를 보였으나,

두 사람은 나에게 뭐라고 하지도 않고 심지어 적대하는 기색도 없이 그저 냉정하게 침묵을 유지했다.

……놀라운 일이다.

신분은 인격을 만든다.

제국에서 지엄한 존재로 숭상되는 황제와 그 황제와 나란히 서는 것을 허락받은 단 둘뿐인 황제(皇弟)들은 제국의 정점에 군림한다.

즉 이 두 사람은 공경을 받고, 숭배를 받고, 존귀한 대우를 받는 것이 일상일 터.

그런 두 사람이 명백하게 무례한 내 행동을 지적하지도 않고 그저 묵묵히 받아들이다니.

……상황이 생각했던 것보다 훨씬 곤란한 단계에 와 있는 모양이었다.

대륙에서도 1, 2위를 다투는 대제국의 황위 계승권 제1위와 제2위가 그 신분에 맞지 않은 불경한 대우를 받아도 얌전히 받아들일 만큼 피 님에게 심취했다는 뜻이니까.

그리고 소문으로 들은 두 황제(皇弟)의 성격과 눈앞의 두 사람은 전혀 일치하지 않았다.

두 황제(皇弟)는 영애들에게 일절 관심이 없고 늘 무표정하며 무관심하기 때문에 뒤에서는 '얼음 기둥 황제(皇弟)'라 불린다고 들었다. 그런데 지금은.

피 님 앞에서는 과장 없이 표현해도 꽃밭이다. 얼음이 사르르 녹아서 봄이 온 수준이다.

……이걸 어떻게 해야 하나.

아니, 이래저래 걸리는 건 많지만 엮이지 않는 게 최선이겠지.

그래서 빠르게 헤어지려고 했으나, 정작 피 님은 그들과 대화하고 싶다고 한다.

나는 체념과 동시에 전생에서도 비슷했었다는 걸 떠올렸다.

예전에는 특히 현저했지만, 이분 주위에 모여들 수 있는 사람은 한정적이었다.

———인간은 누구나 한두 개쯤 문제를 끌어안고 있다.

그리고 안타깝게도 신분이 높은 사람의 문제일수록 규모가 큰 경향이 있다.

그렇기에 세라피나 님은 가벼운 마음으로 이야기를 듣고 싶다거나, 만나고 싶어 했지만 그러한 행위로 인해 무용한, 그리고 중대한 트러블에 휘말리곤 하지 않았던가.

그런데도 피 님은 왜 아직 질리지도 않고 같은 일을 반복하시려는 건지.

아니면……… 그래, 아마도 이 분은 그게 트러블이었다고 생각하지 않는 거겠지.

나는 이번에야말로 마음속이 아니라 실제로도 성대한 한숨을 쉬었다.

———완벽히 이해했다.

옛날이나 지금이나 피 님의 주변 사람은 고생하는 운명을 짊어진다.

그렇게 체념하며 피 님을 바라보자, 무슨 생각을 한 건지 활짝 웃으면서 마주 바라보았다.

"그린과 블루와 같이 저녁을 먹게 되다니, 기대된다! 카티스, 당신은 분명 그들과 친해질 거야."

"……네, 기대되는군요."

그래. 이분의 주변 사람은 옛날이나 지금이나 이분의 미소에는 이기지 못한다.

하지만…….

나는 피 님의 미소에 더없는 기쁨을 느끼면서도 어금니를 꾹 깃씹었다.

———하필이면 아르테아가 제국이라니.

속으로 중얼거린 뒤, 씁쓸함을 느끼면서 뭐라 말할 수 없는 기분으로 피 님을 바라보았다.

내 시선 끝에는 피 님이 싱글벙글 기뻐하며 웃고 있었다.

『……아아, 내가 지켜드려야지.』

다시금 마음속으로 맹세한다.

왜냐하면 피 님은 모르고 계시니까.

그 나라에서——— 아르테아가 제국에서 본격적인 여신신앙이 시작된 것은 대성녀 세라피나 님이 돌아가신 직후였다는 걸. 그리고…….

생각에 휩쓸리자 의도치 않게 내 입술이 냉소적으로 일그러졌다.

———아아, 정말로 아이러니한 우연이다. 아르테아가 제국의 현 황제가 피 님을 여신으로 인지하다니.

왜냐하면 실제로 그 나라의 '어신'은 '대성녀'이기 때문이다…….

33 특별휴가 2

그린, 블루와 헤어진 뒤 '피곤하실 테니 잠시 쉬도록 하죠' 하고 다정하게 말을 건넨 카티스 단장님이 나를 디저트 가게에 끌고 갔다.

물론 나는 생글거리는 미소에 속지 않고 '안 피곤해' '아직 사고 싶은 게 있어' 하며 저항했는데도 불구하고 온화하지만 의외로 단호한 카티스 단장님에 의해 어느새 의자에 앉아있었다.

……그 후로는 평소와 같다.

성인 여성이 초면인 남성 셋과 숙박 여행을 떠나다니 무슨 경솔한 짓이냐며 호된 잔소리를 들었다.

처음에는 카티스 단장님의 말도 타당하다고 생각해서 묵묵히 들었는데, 너무 오래 이어지는 바람에 중간에 싫증이 나서 끼어들었다.

"카티스, 정확하게는 숙박 여행은 아니었어. 그린 형제의 운명을 바꾸는 모험 여행이었다고!"

어쩔 수 없었다는 느낌을 부여하고 싶어서 살짝 호들갑스럽게 말했지만 그게 되레 독이 된 건지 두 배로 돌아왔다.

"그 점이 더 문제입니다! 그들의 운명은 그들의 것입니다. 피님께서 구원하실 필요는 없습니다. 인간이 여신을 만나면 죽자고 매달려서 큰일이 일어난단 말입니다!"

웬일로 카티스 단장님이 무슨 말을 하는 건지 이해할 수 없었다.

아마 제국의 여신신앙을 끌어와 무언가의 비유를 하는 것 같았지만, 그게 뭘 말하는 건지 통 와닿지 않았다.

하지만 모른다고 물어보면 조금 전처럼 두 배가 되어 돌아올 것 같은 분위기를 느낀 나는 이해한다는 표정으로 경청했다.

후후후, 이렇게 저도 하루하루 성장하고 있다는 말씀.

그리고 얌전히 들은 보람이 있었던 건지, 카티스 단장님은 한바탕하고 싶은 말을 마친 뒤엔 만족한 듯 '결국은 고생하는 역할을 맡게 되는 자는 늘 같았으니 이미 포기했습니다만'이라는 말로 마무리를 지었다.

어라라? 매번 잔소리를 듣는 건 나인데 왜 카티스 단장님이 피해자인 양 구는 거지?

의아함을 느꼈지만, 잔소리를 듣는 쪽만이 아니라 하는 쪽도 고생이 많다는 주장인 모양이다.

둘 다 손해 보는 역할이라면 잔소리를 안 하면 되지 않나?

그런 생각을 하면서 그 후엔 카티스 단장님과 함께 쇼핑하러 갔다.

그렇게 한창 쇼핑하던 도중에 깨달은 사실이지만, 유능함이란 쇼핑이라는 단순한 행위에서도 발휘되는 모양이다.

나에게서 뭘 위한 쇼핑인지 들은 카티스 단장님은 머릿속에 지도라도 들어있는 건지 가장 짧은 동선으로 주저 없이 필요한 것만을 사 나갔다.

어어어? 하는 사이에 카티스 단장님의 손에는 내일부터 갈 여행에 필요한 짐이 전부 갖춰졌다.

여기서 또 카티스 단장님은 짐을 전부 오늘 내로 기사단 여자 기숙사에 보내 달라는 배달까지 부탁하는 재치를 보여줬다.

평소의 나였지만 배달비가 아까워서 아무리 무거워도 직접 들고 갔을 테지만, 카티스 단장님은 익숙하다는 듯 내가 눈치채지 못하는 사이에 대금마저 지불해주었다.

물론 뒤늦게 알아챈 내가 돈을 내려고 했지만 카티스 단장님은 받아주지 않았다.

나중에 무언가 보답해야겠다고 생각하며 나는 카티스 단장님에게 인사했다.

"고마워, 카티스. 기사단장은 월급을 넉넉히 받을지도 모르지만, 무리는 하지 마."

그러자 카티스 단장님은 무언가 하고 싶은 말이 있다는 얼굴로 나를 바라보았다.

"왜? 카티스."

의아해하며 물어보자 영문을 알 수 없는 중얼거림이 돌아왔다.

"아뇨, (어지간히 관리를 실수하지 않는 한 성석의 소유주인 피 님께선 기사단장 따위보다 몇 배는 더 부자이실 테지만…… 그래도 아마) 피 님께선 어지간히 실수하실 테죠."

"어? 내가 무슨 실수를 한다고?"

"아뇨. 개의치 마십시오. 피 님 주변에는 다양한 인재가 필요함을 재확인했을 뿐입니다."

홀로 고개를 주억거리는 카티스 단상님을 보며 나는 한마디 해주고 싶어졌다.

"저기 말이지. 말대꾸처럼 들리겠지만 나는 계속 혼자서 많은 것들을 잘 해왔거든?"

그러자 카티스 단장님이 담담히 대답했다.

"네, 손해 득실을 일절 계산하지 않는 피 님께서 보신다면 전부 잘해온 것처럼 보이실 테지만, 손해 득실도 포함해서 계산하는 제가 보기에 피 님의 행동에는 여러모로 개선의 여지가 있습니다."

"끄윽!"

확실히 조금 전에 산 솜인형을 다른 가게에서 1할 정도 싸게 팔고 있다는 건 눈치챘습니다요.

그리고 카티스 단장님이라면 같은 상품을 더 저렴하게 판매하는 가게를 제대로 파악하고 바가지를 쓰는 일도 없을 테죠.

그렇게 고백해서 카티스 단장님의 말을 이해했음을 보여주었는데도 불구하고 '제가 주장하고 싶은 바와는 비슷하지도 않군요. 완전히 틀리셨습니다'라는 대답이 돌아왔다. 끄으윽! 괜히 고백했어!

그 후 관심이 가는 가게를 둘러보는 등 시간을 보내다 약속 시각이 다가왔기에 중앙광장의 분수로 향했다.

분수 앞에 도착한 건 약속 시각 15분 전이었는데도 그린과 블루는 이미 도착해 있었다.

그리고 두 사람은 옷을 갈아입었다.

조금 전에는 한눈에 봐도 모험가라고 주장하는 듯한 간소한 셔츠를 입고 있었는데, 지금은 제대로 목까지 단정하게 가리는 옷을 입고 그 위에 화려한 색의 겉옷을 겹쳐 입었다.

복장만 보면 문관이나, 보기에 따라서는 귀족으로도 보인다.

애초에 조금 고급스러운 옷을 입었다고 높으신 분으로 보이다니. 자세인지 행동거지인지가 좋구나.

"그린, 블루, 기다리셨죠! 그리고 옷을 갈아입으셨네요? 목깃을 세운 셔츠를 입은 건 처음 봤는데, 마치 귀족 같고 잘 어울려요."

"히이익! 그러니까 피아, 왜 너는 그렇게 흉악한 거야! 명심해. 나를 일찍 죽게 하고 싶은 게 아니라면 앞으로는 절대 나를 칭찬하는 말을 하지 마!"

칭찬했는데도 내 말을 듣자마자 그린은 마치 저주라도 들은 것처럼 얼굴을 구겼다.

"형 말대로야! 피아, 다음에 나를 칭찬하면 그때마다 나는 너를 3배로 칭찬할 거다!"

블루는 영문을 알 수 없는 복수를 주장했다.

그게 다방면으로 웃겨서 푸흐흡 웃음이 튀어나왔다.

"웃기지? 카티스. 클라리사 단장님 앞에서는 너무 의식해서 딱딱하게 대응하는데, 나를 상대할 때면 본래의 부끄럼쟁이 성격 때문인지 얼굴이 빨개지더라."

하지만 내 말을 들은 카티스 단장님은 전혀 재미없다는 듯, 오히려 미간에 주름을 만들며 대답했다.

"제가 보기에는 굳이 따지라면 피 님의 해석이 더 웃기다고 말씀드려야 할지, 참신합니다만. 왜 피 님께 보이는 반응을 그들의 평소 태도라고 생각하시는 겁니까?”

“어? 그야 이 두 사람은, 정확하겐 두 사람의 형도 포함하면 세 명인데, 셋 다 처음 만났을 때부터 금방 부끄러워하고 금방 얼굴이 빨개졌거든. 태어났을 때부터 계속 여성들이 피했고 최근에도 식사회 때 아무도 말을 걸어주지 않을 만큼 여성과는 연이 없었대. 즉 익숙하지 않으니까 여성과 대화하기만 해도 수줍어하는 거야.”

솔직하게 대답했는데도 카티스 단장님은 의심하는 듯한 눈빛을 보냈다.

“겸손에서 나오는 말을 고스란히 믿는 점이 피 님의 장점입니다만……. 현시점에서는 틀림없이 여성이 대거 몰려들 터이니, 오히려 식상해진 게 아닌가 추측됩니다.”

“후후후, 남자인 카티스가 봐도 그린과 블루는 미남인 거구나?”

“아뇨. 여성들이 그들의 신분에 매료될 것이라 말씀드렸을 뿐, 저는 그러한 의미는 일절 내포하지 않았습니다.”

카티스 단장님은 찌푸린 얼굴로 그렇게 대답했지만. 아니 그런데, 카티스.

당신 지금 여자들이 그린과 블루에게 많이 달려올 거라고 말했잖아.

그건 두 사람이 미남이라고 말하는 것이나 마찬가지라고 보는데?

아니면 외모만이 아니라 두 사람의 내면적인 매력이 보였다고 하고 싶은 건가?

그렇게 따지니 역시 이 조합은 잘 지낼 수 있을 것 같은 느낌이 들었다.

친구의 친구는 친구라는 말이 들어맞는 상황 아닐까.

새삼 그렇게 생각하며 나는 세 사람을 데리고 카티스 단장님이 예약해준 레스토랑으로 향했다.

카티스 단장님이 선택한 레스토랑은 메인스트리트에서 한 골목 떨어진 길에 있는 차분한 분위기의 가게였다.

가게 급사에게 이름을 밝히자 네 명이 앉기에는 충분히 넓은 룸으로 안내해주었다.

처음부터 넓은 룸을 잡아둔 건지, 그린과 블루가 같이 오기로 한 뒤에 예약을 변경한 건지는 불명이지만 역시 센스가 좋다.

카티스 단장님은 정말 모든 분야에서 유능하다고 생각하며 차가운 잔을 들자 보글보글 예쁜 거품이 퐁퐁 올라오는 분홍색 액체를 따라주었다.

"훈련 수료 축하드립니다. 피 님의 미래에 행복이 있기를 기도합니다."

그런 카티스 단장님의 목소리와 함께 다 같이 잔을 맞댔다.

잔에 따른 술을 한 모금 마시자 목구멍 안쪽에서 맛있음이 통통 튀었다.

"와, 맛있어! 이 술 너무 맛있다."

이렇게 맛있는 술을 마실 수 있다니 정말 행복하다고 생각하며 옆에 앉은 카티스 단장님을 향해 웃은 뒤, 눈앞에 앉은 그린과 블루에게 시선을 주었다.

그러자 그들은 이미 잔을 다 비우고 나를 가만히 바라보고 있었다.

"앗, 실례했습니다. 술 더 드시고 싶은 거죠?"

첫 번째 잔을 따라준 급사는 손님들끼리 편안하게 먹도록 배려한 건지 이미 룸에서 나가버렸기 때문에 허둥지둥 술병으로 손을 뻗었다.

하지만 먼저 그린이 병을 가져가 내 손이 닿지 않는 장소로 옮겼다.

큭, 이럴 때는 팔이 짧은 게 불리하구나.

그런 생각에 불만 어린 눈으로 그린을 바라보자 진지한 얼굴이 마주 바라보았다.

"피아, 먼저 고맙다고 인사하게 해줘."

"고맙다고요? 오늘 같이 저녁 먹는 거요?"

"물론 그것도 있지만, 처음 시작부터. 지난번 쌍두거북 토벌 때 우리를 구해준 것에 다시금 인사하고 싶어."

그렇게 말하며 머리를 숙인 뒤, 그린은 카티스 단장님을 힐끔 쳐다봤다.

그린과 시선이 마주친 카티스 단장님은 떨떠름하게 어깨를 으쓱했다.

"나는 신경 쓰지 말고 마음대로 이야기해. ……그대들은 눈치

챘을 테지만, 나는 아마도 그대들의 사정을 대부분 추리해냈다. 따라서 그대들이 어떠한 고백을 하든 그리 놀랄 일도 없지. 더불어 나에게는 직책에 걸맞은 책임이 부과되어있긴 하나 확실한 증거가 없는 것을 보고하는 건 내 스타일이 아니야."

카티스 단장님의 말을 들은 그린은 가볍게 고개를 숙였다.

"배려에 감사한다. 사실은 그 말대로 실행할 수 있을 만큼 가벼운 지위도, 경솔한 행동을 하는 타입도 아닐 테지. 물론 그대가 융통성을 발휘해준 것은 우리를 위해서가 아니라 부과된 직무보다도 더 소중한…… 피호위자의 희망을 이뤄주기 위해서라는 건 이해하고 있다."

눈앞에서 머리 아픈 대화를 시작한 카티스 단장님과 그린을 보고 나는 고개를 갸웃거렸다.

……어라? 이 두 사람은 처음 만나는 사이인데도 공통 화제로 대화가 성립하고 있네? 벌써 친해진 건가?

그런 생각에 기뻐하는 내 앞에서 한쪽 손을 병에 올려둔 녹색 머리카락의 남자가 고개를 갸우뚱 기울였다.

"피아, 한 가지 부탁을 들어줄 수 있을까?"

오오, 떡대남의 동작치고는 참 귀엽구나.

"물론이죠."

"나와 블루, 그리고 레드에게 존댓말을 쓰는 걸 멈춰줄 수 있겠어?"

"네?"

"나이는 우리가 연상이지만, 너는 성인이고 함께 모험한 동료로서 대등한 존재잖아?"

"그렇게 들으니 그런 느낌도 드네요."

그린의 말에도 일리가 있다고 생각하며 고개를 기울였다.

모험가의 룰은 기사단의 룰과는 다를 터. 파티를 맺고 함께 모험했으니 동료…… 라고 볼 수 있는 건가?

판단을 망설이고 있을 때 그린이 이상한 소릴 했다.

"애초에 우리는 100만 배 정도의 은혜를 입었으니까 네가 허락해준다면 우리야말로 온갖 예의범절을 갖춰서 극상의 대우를 하고 싶거든?"

그린도 참, 진지한 얼굴로 무슨 소리냐며 즉시 반론했다.

"그건 무리죠! 그린은 정중한 존댓말 같은 건 못 쓰잖아요?"

장남인 레드와 삼남인 블루라면 모를까, 그린이 고상하게 예의 차리는 건 무리 아닐까.

한두 마디 정도라면 그린의 정중한 존댓말을 들은 적이 있는 것 같기도 하지만, 그 정도가 한계겠지.

그런 생각에 솔직한 감상을 뱉자 그린은 눈을 부릅뜨고 항의했다.

"뭐? 아니, 네 안에서 나는 무슨 양아치 같은 이미지인 거야!"

불만인 그린을 블루가 웃기다는 듯 놀려먹었다.

"푸흐흡, 형이 늘 자기 입으로도 말씀하셨잖아요? 영애들이 형을 교양이 없는 남자라며 경원시한다고. 거짓말이 진짜가 되어버렸군요."

"아니, 그게 뭐야! 나는……."

그린이 반론하려고 하기에 '안 돼. 이걸 허락했다간 길어질 거야!'라고 판단한 나는 나급히 끼어들었다.

"그린은 그린이죠! 정중한 말투를 잘 구사하지 못한다고 해도, 여성의 손을 잡아본 적이 없다고 해도 제 멋진 동료예요!"

"피아……."

내 말을 들은 그린은 감동한 듯 얼굴이 환해지더니 엄지와 검지로 미간을 꾹 눌렀다.

그 옆에서는 블루가 '역시 자비로운 여신님……'이라며 뺨을 붉히고는 두 손으로 입을 틀어막았다.

좋아, 지금이다! 나는 즉시 그린의 눈앞에 텅 빈 술잔을 내밀었다.

"그린, 한 잔 따라주세요!!"

"어?"

감격하던 그린은 내 말을 들은 순간 마치 기상천외한 소릴 들었다는 양 눈을 동그랗게 떴다.

그걸 본 카티스 단장님이 재미있다는 듯 웃음소리를 냈다.

"하하하하하, 피 님. 너무하십니다! 그들에게 감격의 여운 정도는 맛보게 해주세요."

카티스 단장님의 웃음소리가 울려 퍼지는 가운데 그린은 한 손으로 술병을 잡고는 도전하듯 나를 바라보았다.

"피아, 너는 정말…… 좋아. 알았어! 그 존댓말을 때려치우면 마음껏 마시게 해주마!!"

"그린, 술! 술 줘! 내가 배부르게 술을 마실 수 있게 따라줘!!"

그린의 말에 받아치듯 대답하자 그는 어이없다는 얼굴이 되어 눈을 부릅떴다.

"이렇게 쉽게……."

그러더니 그린은 한숨을 한 번 쉰 다음 내 잔에 술을 가득 따라 주었다.

"아, 아, 앗! 그린, 이건 그렇게 잔을 꽉 채울 만큼 따르는 술이 아닌데! 어휴, 평소에 비싼 술을 자주 마셔보지 않아서 가치를 모르는구나!! 뭐, 나야 좋지만. 우후후. 거의 두 잔급이야."

그렇게 가득 채운 잔에 입을 대는 건 예법에 어긋난다고 카티스 단장님에게 혼나기 전에 서둘러 마시기 시작했다.

"맛있어! 아아, 이 술은 왜 이렇게 맛있을까."

그 후 한동안 요리와 술을 즐기며 넷이서 다양한 대화를 나눴다.

가장 먼저 화제에 오른 건 내가 받았던 훈련에 대하여.

때문에 나는 희희낙락 훈련에서 고생한 이야기를 늘어놓았다.

즉, 시릴 단장님이 시가 수업을 살펴보러 왔을 때 나와 짝을 이뤄 합동 시를 만들고 서로 칭찬을 나누던 도중 '당신에게 페어가 없었던 이유를 알았습니다!'라면서 도망쳤다거나, 체스애호가 데즈먼드 단장님이 48시간 철야 업무 후에 초췌한 상태로 체스를 두러 왔다가 부하가 일을 더 가져오자 격양했다거나, 댄스 연습 때 3회 연속 파비안의 발을 밟았는데도 불구하고 웃으면서 신사의 예절을 잊지 않았던 반짝반짝한 왕자님 모드라거나, 그런 이야기들이다.

하지만 블루가 부러워하는 표정으로 '왕국 기사단의 훈련은 재밌어 보이네'라고 말한 걸 보면, 훈련이 얼마나 고된지 알리기 위해 시작한 이야기였지만 아무래도 그 의도는 전혀 전해지지 않은 모양이다.

그 후 화제는 앞으로의 예정으로 넘어갔다.

이때 내일부터 왕도를 떠난다고 밝히자 그린과 블루는 눈을 부릅뜨며 놀랐다.

“그래서 오늘 두 사람을 만나서 다행이야. 내일은 북방 지역으로 출발하니까 오늘이 아니었다면 못 만났을 거야.”

그렇게 재회할 수 있었던 게 행운이었다는 이야기를 하자, 블루가 조급해하는 목소리를 냈다.

“뭐?! 북방 지역이라니 어디쯤인데? 피아는 훈련이 끝났으니까 정식 기사로서 북방 지역 경비를 맡게 된 거야?”

진심으로 놀라서 물어보기에 득의양양하게 대답했다.

“그건 아니고! 우후후후, 놀랍게도 나는 3주가 넘는 휴가를 받았단 말씀! 그래서 훌륭한 기사로서 왕국의 최북단을 지키는 우리 언니를 만나러 가는 거야.”

모를 테지만, 내 언니는 뛰어난 기사거든.

정말로 멋지게, 기사로서 일하고 있지!

그런 자랑스러움에 가슴을 펴고 우쭐거렸다.

“어?! 나브 왕국의 최북단이라면 죄다 산이잖아! 산에는 흉악한 마물이 살고 있으니까 위험해.”

그렇지? 그렇지? 그런 위험에도 우리 언니는 그 땅에서 기사로 일한다는 거야.

블루의 한마디 한마디가 올리아 언니를 칭찬하는 것처럼 들려서 나는 계속 히죽거렸다.
"그게 말이지. 이건 비밀인데, 나에게는 사역마가 있어. 하지만 일시적으로 둥지인 영봉흑악으로 돌아갔으니까, 언니를 만나러 갈 때 그 애도 만나러 가려고. ……비유하자면 친정으로 돌아간 아내에게 딸랑거리러 간다고 해야 하나?"
"여, 영봉흑악……."
내가 꺼낸 단어의 임팩트가 강렬했던 건지, 블루가 멍한 얼굴로 중얼거렸다.
한편 카티스 단장님은 냉정하게 나의 표현을 지적했다.
"피 님, 계약자와 사역마는 주종관계이므로 부부관계에 비유하는 것은 적절하지 않습니다."
"어, 어라? 그래? 으음, 그럼 아직 아기였던 마물을 사역마로 삼았는데, 하고 싶은 일이 있다고 자기 집으로 돌아가 버렸어. 아직 어린아이인 데다 처음 만났을 때는 크게 다친 상태여서 걱정되고, 무엇보다 그 애가 없으면 쓸쓸하니까 이 기회에 만나러 가려고."
"영봉흑악…… 에, 새끼 마물? 그 마물은 강하지도 않을 테니, 살아남을 가능성은……."
내 손목에 각인된 사역마의 증표의 굵기를 확인한 블루는 안쓰러워하는 표정을 짓고 무언가 말을 하려 했지만, 옆에서 그린이 찰싹 머리를 때렸다.
"아야! 아, 어, 실수했다! 물론 그 새끼 마물은 건강하게, 무사히 잘 지내고 있을 테지만. 그래도 위험해, 피아!"

"내가 늘 곁에 있을 것이니 문제없다."

카티스 단장님이 즉각 블루의 걱정을 해소했다.

하지만 카티스 단장님의 말을 들은 블루는 한층 더 걱정된다는 듯 얼굴을 찌푸렸다.

"뭐? 그렇다면 피아의 동행자는 카티스 뿐인 거야? 영봉인데? 흑악인데? 흉악한 마물이 득시글거리는 곳이니까 둘만 가는 건 무모해!!"

그렇지만 마물을 토벌할 생각도 없고, 자빌리아를 만나러 가는 것뿐이니까 위험할 일도 없을 텐데.

그런 생각에 대답을 안 하고 있었더니 블루가 결심했다는 표정으로 입을 열었다.

"……알았어. 피아, 사실 말은 안 했는데 나는 저주에 걸렸거든."

"뭐라고?!"

갑작스러운 블루의 고백에 놀란 나는 요란한 소리를 내며 의자에서 일어나 그의 전신을 샅샅이 살펴보았다.

"저주라고? 어어어, 어떡하지? 어떤 저주에 걸린 건지 전혀 모르겠어!! 블루, 그건 분명 어마어마하게 강력하고 흉악한 저주인 게 분명해!! 직접 보고도 해주법을 알 수 없는 저주는 처음이야!!"

몇 번을 살펴도 어느 부위에 어떤 저주가 걸린 건지 일절 알 수 없다.

나는 내 무력함에 슬퍼져서 울상을 짓고 난처해하며 블루를 바라보았다.

그러자 블루는 동요한 듯 시선을 이리저리 배회하더니 갈라진 목소리를 냈다.

"어, 응, 그, 그럴지도……. 으음, 죄송합니다, 잘못했습니다, 면목 없습니다."

블루의 얼굴이 점점 새빨개지는 게 의아해서 이름을 불렀다.

"블루?"

그러자 블루는 목까지 빨개져선 눈을 돌린 채 안절부절못하는 모습으로 말을 이었다.

"……그러니까, 내가 걸린 건, 그, 그래! 상급 주술사나 상급 성녀는 풀 수 없는 저주니까, 피아는 풀지 못할 수도 있어. 그, 그게, 능력이 낮은 자만 풀 수 있는 특수한 저주거든."

"어? 그, 그런 게 있구나?!"

놀라서 소리치자 옆에서 카티스 단장님의 냉정한 목소리가 들렸다.

"그런 저주가 있을 리 없습니다. 그리고 여러분께서는 잊고 계신 모양이지만, 애초에 통상 성녀는 상태 이상 회복이 불가능하므로 상급 성녀든 하급 성녀든 저주를 풀지는 못합니다."

"카티스?"

어라. 뭔가 지금 카티스 단장님이 중요한 말을 한 것 같은데. 취한 머리로 생각하려고 했지만 통 말을 듣지 않았다.

뚝뚝 끊어지는 사고회로를 어떻게든 이어보자 늦게나마 중요한 사실을 떠올리고 화들짝 두 손으로 입을 틀어막았다.

맞다! 예전에 그린과 블루 앞에서 성녀의 힘을 사용했기 때문에 그들 앞에서는 성녀임을 인정해도 문제없다고 생각했는데, 그때는 '저주에 걸려서, 그 저주의 힘으로 일시적으로 성녀의 힘을 쓸 수 있다'고 설명했었지.

위험해라!

지금의 나는 저주가 풀려서 성녀의 힘을 쓰지 못한다는 설정이다.

즉 '통상 성녀'는커녕 '성녀'조차 아니야!

조금 전, '블루에게 걸린 저주를 간파하지 못한다'는 참으로 성녀 같은 내 발언을 아무도 지적하지 않고 받아들였기 때문에 성녀로서 발언하면 안 된다는 걸 눈치채지도 못했다.

하지만 이런 중요한 사실을 아무도 눈치채지 못하다니, 다들 어마어마하게 취했다는 증거이니 이대로 방치해도 문제없겠지.

……아니다, 그래도 만약을 위해서 놀란 척을 하자.

"어, 어라?! 블루의 저주에 영향을 받아서 이미 풀린 내 저주도 일시적으로 부활한 모양이야! 세상에, 그럼 성녀의 힘도 다시 쓸 수 있나?"

이 발언으로 조금 전 성녀 같은 발언을 수습할 수 있을까? 그렇게 생각하며 세 사람을 둘러보자 그린과 블루는 입을 떡 벌린 채 나를 쳐다보고 있고, 카티스 단장님은 두통이라도 느끼는 듯 머리를 누르고 있었다.

"……카티스?"

무언가 이상한 발언이라도 했나? 쭈뼛거리며 카티스 단장님의 이름을 부르자 단장님은 가볍게 머리를 저으며 신음하는 듯한 목소리를 흘렸다.

"피 님, 제가 잘못했습니다. 이 자리에서 냉정하게 지적하면 더욱 성가신 일이 발생한다는 걸 이해했습니다. 그렇군요, 피 님께선 이미 소상하게 드러난 사실을 숨기려고 하시는 거군요?"

"어?"

"아뇨, 이 두 사람이라면 입장 상 경솔하게 당신에 대해 이야기하지 못할 테고 수습할 수도 없을 만큼 힘을 행사하신 듯하니 비밀을 밝히실 생각이신 줄 알았습니다. 아무래도 여기에 있는 전원이 오해하고 있는 모양입니다만. ……네, 즉 무난하게 화제를 되돌리기 위해서라면. 제국에는 참으로 괴상한 저주가 다 있군요. 감탄했습니다."

카티스 단장님은 무언가 알 수 없는 소리를 중얼중얼 들어놓았지만, ……그리고 취한 내 머리로는 전부 이해하는 건 불가능했지만, ……카티스 단장님의 마지막 발언만이 머릿속에 남아 씩 웃었다.

우후훗. 즉 내 발언에 아무도 지적하지 않고 다른 이야기로 넘어간다는 건, 적절히 속여넘겼다는 소리겠지?

심지어 카티스 단장님은 감탄했다는 발언까지 했다.

나는 기쁜 마음으로 블루를 바라보았다.

"블루, 카티스가 감탄하다니 대단한 일이야! 칭찬받았어!"

하지만 어째서인지 그는 두 손으로 얼굴을 가리고 있었다.

"아니, 피아. 이건 완곡한 비아냥이야. 그리고 카티스, 조잡한 설정인 건 이해하고 있으니까 넘어가 주시고. ……그러니까, 피아. 그래서 내가 걸린 저주 말인데. '왕국 기사를 따라가서 기사가 사역마를 만나는 걸 지켜보지 않으면 결혼할 수 없다'는 내용이거든……."

블루의 목소리가 점점 작아지는 게 신기했지만, 그 이상으로 블루가 말하는 내용에 놀라서 옆에 앉은 카티스를 올려다보았다.

"세상에나! 블루의 저주는 예전에 저 형제와 모험했을 때 내가 걸렸다고 설명한 저주와 거의 같아!"

"그것도 참, 몹시 조잡하군요."

기가 막힌다는 듯한 카티스 단장님의 목소리를 들은 블루는 움찔 몸을 굳혔다가 체념한 듯 얼굴을 가리고 있던 손을 내렸다.

그리고는 자포자기한 모습으로 입을 열었다. 얼굴이 새빨개진데다 살짝 눈물이 고인 것처럼 보이기도 했다.

"피아, 나를 포함한 제국민은 다들 여신의 종복이야! 네가 명령하고 거기에 따르는 것은 나에게는 극상의 기쁨이니까 부디 영봉 흑악에 동행하게 해줘!!"

"응?"

블루의 이야기가 너무 뜬금없어서 당황한 나는 눈을 깜박였다.

하지만 블루는 매달리기라도 하는 것처럼 열렬한 표정으로 나를 바라보았다.

"그러니까, 네가 네 사역마와 만나는 자리에 동석시켜주는 걸 허락하면 나도 저주에서 풀려난다는 거야! 그게, 그러니까, 하급 주술사의 말로는 해주에 실패하면 나쁜 반동이 돌아오니까 최대한 주술사가 해주하는 게 아니라 저주의 조건을 충족해서 해방되는 길을 모색해야 한다고……, 그러니까…….”

초반의 기세는 어디로 간 건지, 말을 이을수록 블루의 목소리가 또다시 점점 작아졌다.

나는 그런 블루를 이상해하면서도 제안에 대해 고민해봤다.

“으음, 그린도 블루도 강하니까 동행해주는 건 고맙지만, 3주일지 4주일지 5주일지 모르는데 그렇게 오랫동안 레드 한 명에게 가업을 떠넘겨도 괜찮은 거야?”

““괜찮아!””

즉시 두 개의 목소리가 터져 나왔다.

나는 진지한 표정으로 나를 바라보는 그린과 블루를 보고 눈을 깜빡였다.

……와, 깔끔하게 겹쳤네.

레드가 모르는 곳에서 그린과 블루의 장기 추가 휴가가 확정될 것 같은 기세다. 장남이란 참 불쌍하구나. 그리고 차남과 삼남은 자유롭구나.

그런 생각을 하며 두 사람의 기세에 휩쓸려 긍정적인 대답을 하려던 순간, 동행자인 카티스의 의견을 확인하지 않았다는 걸 깨달았다.

“그, 그래. 그렇다면 같이 가도 괜찮을 것 같은 느낌이 드는데. ……어떻게 생각해? 카티스.”

“피 님께서 원하신다면 상관없습니다. ……저는 피 님의 바람을 이루기 위해 곁에 있는 것이니까요.”

"고마워, 카티스."

300년이나 지났는데도 충성심이 대단하다는 생각을 하며 인사하자 그린과 블루도 머리를 깊게 숙였다.

"결단에 감사한다."

"카티스, 고마워! 나는 피아를 지키는 방패가 되겠다고 약속할게."

기뻐하는 두 사람의 표정을 보니 어지간히 모험에 가고 싶었나 보다.

하지만 장남인 레드와 함께 가업을 이어받았다고 했는데, 레드 혼자 일하게 하고 자기들끼리만 한 달이 넘는 휴가를 받다니. 정말로 괜찮은 걸까?

이 두 사람은 근본이 선해서 나쁜 사람은 아니지만, 분명 조금 게으름뱅이인 모양이다.

그래도 다시 두 사람과 함께 모험할 수 있다는 걸 기뻐하고 있을 때 그린이 감탄한 듯한 목소리를 냈다.

"하아. 그나저나 피아, ……너는 정말로 말 구석구석에서 대단함이 느껴져."

"어?"

"여태까지 네가 직접 보고도 해주법을 알 수 없는 저주는 없었다니, 얼마나 대단한 거야! ……아니, 그 이상 말하지 마. 취한 너에게서 정보를 끌어내는 짓은 하고 싶지 않아. 하지만 네가 이렇게 술술 밝히는 건 취했기 때문이지? 평소에는 조금 더 조심하지?"

갑자기 걱정하는 표정으로 바뀐 그린을 카티스 단장님이 가차

없이 쳐냈다.

"무슨 일이 있다고 한들 내가 곁에서 모시고 있으니 문제없다. 피 님께선 그대가 생각하는 것보다 몇 배는 더 대단한 분이시지. 그 점을 이해하고 선을 지키며 필요 이상 접근하지 마라."

하지만 카티스 단장님의 말을 들은 블루는 튀어 오르듯 고개를 들었다.

"미안하지만 그건 불가능해! 피아가 우리에게 어떤 것을 베풀어 준 줄 알아? 피아는 우리의 운명을 바꿔주었어!! 이길 수 없는 마물을 상대로 싸우게 되어서 하다못해 자긍심을 지키며 죽으려고 했던 우리 앞에 나타나 얼굴을 들라고 해줬어! 아무리 격 위의 상대라고 해도 앞을 보며 맞선다면 승리한다는 걸 가르쳐주었다고!!"

"음……!"

카티스 단장님이 신음하는 듯한 목소리를 흘렸다.

"그리고 피아가 함께라면 결코 질 것 같지 않았지. 마물이 어떤 공격을 해도 절묘하게 막을 수 있고, 신이 날 정도로 공격이 들어가. 다쳤어도 순식간에 낫지. 절대적인 격 위의 마물을 상대로 그렇게 질 것 같지 않은 싸움은 처음이었어."

반짝반짝 눈을 빛내며 열변을 토하는 블루를 보며 카티스 단장님은 한 손으로 얼굴을 덮었다.

"아아, 이럴 수가! 피 님께서는 전투 중에 그 감각을 저들이 맛보게 하신 겁니까! 그건 아무리 그래도 지나치셨습니다……."

축 고개를 떨군 카티스 단장님에게 마무리 공격을 날리듯 이번에는 그린이 입을 열었다.

"마물을 토벌한 뒤에, 너무나도 큰 일을 해냈기에 반신반의 상태로 어안이 벙벙해져 있었던 우리와는 다르게 피아는 태연한 얼굴로 강물을 떠왔지. 그러니 이런 대사건조차 그녀에게는 아무것도 아닌 일이고, 진정으로 지고한 존재임을 떨리는 마음으로 깨닫고 있을 때. ……다음 순간, 아무런 징조도 없이 갑자기, 이번에는 나와 형의 저주를 풀었어. 태어났을 때부터 계속 걸려있었고, 죽을 때까지 풀 수 없을 줄 알았던 저주를 순식간에."

그린의 이야기를 들은 카티스 단장님은 감당할 수 없다는 듯 두 손으로 얼굴을 덮었다.

"……아아, 들을수록 이미 늦어버렸다는 생각만 드는군요. 하지만 제게 위안이 있다면 설령 제가 동행했다고 해도 막지 못했으리라는 점입니다. 피 님의 본질과 엮인 부분이니 결코 막아야 할 행위가 아니었으니까요."

카티스 단장님의 두 손 밑에서 신음하는 듯한 목소리가 새어 나왔다.

그린은 고개를 크게 끄덕인 뒤 천천히 말을 이었다.

"피아를 만나고 우리의 운명은 바뀌었어. 자긍심을 되찾았고, 미래로 나아갈 수 있게 되었지. 우리는 생을 부여받고, 제국의 미래를 만드는 걸 허락받은 거야."

무언가 결의한 듯한 그린을 카티스 단장님은 잠시 말없이 바라보았으나, 체념한 듯 한숨을 한 번 쉬었다.

"……그 점이 제국민에게 행복이길 기도하지. 나에게도 제국은 무연한 나라가 아니라, 내가 두 번째로…… 존경했던 분의……

나라이기도 하니까."

카티스 단장님은 고개를 들고는 드물게도 말을 고르듯 뚝뚝 잘라가며 말했다.

그걸 본 나는 아주 기뻤다.

이러니저러니 해도 세 사람에겐 공통 화제가 있는 모양이고, 덕분에 대화가 이어지는 것 같았으니까.

"후후후, 역시 친구의 친구는 친구였어!"

그러자 한동안 말이 없던 내가 갑자기 입을 연 것에 놀란 건지 눈을 부릅뜬 세 쌍의 시선이 이쪽을 쳐다봤다.

"친구. ……피 님의 눈에는 모든 것을 호의적으로 해석하는 '행복 필터'가 씌워져 있군요. 지금 대화가 친구 간의 화기애애한 대화로 보이다니."

"행복 필터라고 해야 하나, ……단순 필터라고 해야 하나, ……아니, 아니야. 확실히 행복 필터지. 너의 그 모든 것을 선의로 해석하는 견해를 진심으로 존경해."

"그런 형이야말로 피아에 관련된 일이라면 뭐든 멋있어 보이는 미화 필터에 씐 모양인데!"

봐봐, 어느새 셋이서 사이 좋게 대화하고 있잖아.

"후후후, 내일부터 가는 여행이 기대된다……."

싱글벙글 입을 열자 바로 블루가 대답했다.

"피아, 나는 이번에야말로 네게 도움이 될 거야!"

그린도 블루의 말에 동의하듯 고개를 끄덕였다.

"그래. 맡은 소임을 조금이라도 완수해야지."

카티스 단장님은 포기한 듯 한숨을 쉬었다.

"……피 님, 당신께선 옛날부터 그랬죠. 커다란 소란에 휘말리는 일이 많이 있었습니다만, 주변에 모이는 건 언제나 당신을 위해 무언가를 하려는 인간들입니다."

이렇게 그날 밤은 화목하게 우정이 깊어져 갔고, 다음 날 아침――― 전날 밤에 모였던 네 명은 왕국 최북단인 가자드 변경백령을 향해 출발했다.

34 가자드 변경백령 1

"피아, 이건 그냥 질문인데. 그 머리 장식은 뭐야?"

왕도를 출발한 지 닷새가 지나고, 우리는 가자드 변경백령의 입구인 산기슭에 도착했다. 그 산을 넘기 위해 여행복으로 갈아입은 나에게 날아온 그린의 질문이 이것이다.

나는 득의양양하게 그린을 돌아본 뒤 자랑스럽게 외쳤다.

"후후후, 잘 물어봤어! 짜자잔. 이건 나브 왕국이 자랑하는 마물기사단장님의 사역마의 깃털을 사용한 머리끈입니다!!"

그렇게 말하며 보드라운 깃털을 꽂은 머리끈이 잘 보이도록 머리를 젖혔다.

마물기사단장의 사역마란 당연히 퀜틴 단장님이 애지중지하는 그리폰을 가리킨다.

그 그리폰이 털갈이 시기에 흘렸다는 깃털을 받아온 나는 손재주를 발휘해 머리끈을 만들었다.

황금색의 커다란 깃털을 세 장 사용해서 리본으로 묶자 참으로 귀여운 머리끈이 완성되었기에 자랑하고 싶어서 견딜 수 없었다.

그런 내 대답을 들은 그린은 놀라서 소리쳤다.

"머리끈! 뭐야, 지금은 그런 기상천외한 장신구가 유행인 거야?! 앗. 나는 여동생에게 줄 선물로 고전적이고 평범한 나비 모양 머리핀 같은 길 사버렸는데. 그런 걸 선물하면 시대착오적이고 촌스럽다고 무시당할 게 분명해!"

하지만 카티스 단장님은 머리를 부여잡는 그린을 힐끔 보더니 냉정하게 말했다.

"그린, 그대의 선물이 더 일반적으로 선호되는 물품이니 문제는 없을 거다. 피 님의 장신구는 피 님 같은 빼어난 내면이 필요하다. 피 님에게만 어울리지."

……어라라? 칭찬인데 은근슬쩍 험담을 들은 듯한 느낌이 드는 이유가 뭘까?

석연치 않은 기분으로 그린을 보자 그는 시무룩한 표정을 짓고 있었다.

"카티스, 그대의 말은 타당하지만 동생은 피아를 어마어마하게 동경하고 있어. 피아와 같은 것을 원할 거야."

그린은 난감하다는 듯 내 반짝반짝 빛나는 머리끈을 본 뒤, '아니, 하지만 이 머리끈을 동생이 꼈다간 집안 식구들이 깜짝 놀랄 거야' 하고 중얼거렸다.

그러게. 확실히 내가 사용한 깃털은 황금색이니까 좀 눈에 띌지도.

그렇게 생각한 나는 그린에게 대안을 제시했다.

"그렇다면 조금 더 수수한 색의 깃털을 입수하면 이거랑 세트로 머리끈을 만들어서 그 여동생에게 줄게."

"뭐? 네가 동생에게 직접 만들어준다고?! 네가 만든 것이라면 낙엽 머리끈이라고 해도 감격의 눈물을 흘릴 거야! 아, 그래. 아예 낙엽으로 만들어줘. 너무 멋진 머리끈을 선물하면 동생이 너무 기뻐서 죽어버릴지도 몰라."

"아니, 낙엽 머리끈이라니……. 제작 과정에서 이파리가 부서질걸. 오히려 한층 까다로운 요구가 되어버렸잖아."

나는 황당해하며 그린을 바라보았다.

그린이 여동생을 아낀다는 건 멋진 일이지만, 어딘가 핀트가 엇나가있단 말이지. 낙엽 머리끈을 받고 기뻐하는 묘령의 여성이 세상 어디에 있다고.

그런 생각을 하면서도 우리 오빠들과 비교하면 동생을 위하는 마음가짐이 완전히 달라서 조금 부러워졌다.

전생에서도 이번 생에서도 오빠들에게 나는 방해꾼이었으니, 그린과 블루처럼 여동생을 예뻐하는 오빠를 보고 깜짝 놀랐다.

흐흥. 하지만 나에게는 누구보다 멋진 언니가 있으니까 괜찮아!

———그런 식으로 우리 네 사람은 순조롭게 산을 넘었다.

이틀을 들여서 두 개의 산을 넘었다.

도중에 마물이 나오기도 했지만, 나는 검을 뽑을 새도 없고 상처를 치유할 필요도 없을 정도였다.

카티스 단장님, 그린, 블루 세 사람이 모두 입이 떡 벌어질 만큼 강했기 때문이다.

왕도에서 출발할 때, 카티스 단장님에게 '어젯밤 저녁 식사 때 피 님께서 다시 저주에 걸려 성녀의 힘을 쓸 수 있게 되었음을 전원이 이해했습니다'라는 설명을 들었다.

……응? 내가 성녀의 힘을 사용해도 아무도 의문을 느끼지 않는다는 거야?

그렇게 놀라며 카티스 단장님을 올려다보자 진지한 얼굴로 고개를 끄덕였으니, 아무래도 그런 모양이었다.

술이 들어갔을 때의 일이기 때문에 평소처럼 하나도 기억나는 게 없었지만, 카티스 단장님이 그 두 명에게 적당한 변명을 늘어놓아 설득한 모양이다.

역시 유능한 동료가 최고라니까!

그렇게 생각하며 히죽거렸던 게 엊그제 같은데, 그 힘을 사용할 기회가 한 번도 없다니.

검으로 싸우지도 않고, 성녀의 힘도 사용하지 않는다면 나는 그냥 짐짝이잖아!

면목이 없었지만 끝내 한 번도 성녀의 힘을 사용하는 일 없이 제11기사단이 주둔한 요새에 도착하고 말았다.

———기사단의 요새는 산에 둘러싸인 땅에 세워졌다는 게 믿어지지 않을 만큼 견고하고, 한참 올려다봐야 할 만큼 커다란 석조 건물이었다.

붉은 바탕에 흑룡이 그려진 기사단의 깃발이 여럿 펄럭이고 있으니 이 요새가 기사단의 주둔지라는 건 틀림없다.

여기에 언니가 있다고 생각하자 너무 만나고 싶어져서 말 위에서 훌쩍 뛰어내렸다.

그리고는 입구에서 요새를 지키는 기사들을 향해 달려갔다.

가자드 변경백령에 체류하는 동안에는 기사단의 임무를 수행하는 셈이 되므로, 나는 기사복으로 갈아입은 상태였다.

그 때문에 문제없이 기사 동료로 받아들여 줄 줄 알았는데, 어째서인지 내 얼굴을 보자마자 문지기 임무를 수행하던 기사가 깜짝 놀란 듯 눈을 부릅떴다.

의아해하면서도 신입 기사답게 각 잡힌 기사의 예를 취하며 인사했다.

"제1기사단 소속 피아 루드입니다! 제13기사단의 카티스 단장님과 함께 찾아왔습니다. 잠시 신세 지겠습니다."

"어, 어어. 카티스 단장님의 방문은 들었어. ……그런데 너 대단하다! 그런 화려한 머리끈에 기사복을 입다니. 왕도에선 그런 게 유행하는 거야?"

아무래도 조금 전 문지기들이 놀란 건 내 머리끈에 시선을 빼앗겼기 때문인 모양이다.

후후후, 보는 눈이 있으시네요! 하지만 아니랍니다. 요즘 유행하는 게 아니라, 앞으로 유행할 아이템이죠!

그렇게 대답하려던 차에 카티스 단장님과 그린, 블루 세 사람이 내 뒤에 서는 바람에 기사들이 놀라서 눈을 크게 떴다.

……아, 세 명 다 키가 크니까 경계할 만도 하지.

사실 그린과 블루는 '우리는 밖에서 기다릴게'라며 요새에 들어가는 걸 사양했지만, 카티스 단장님은 '두 사람은 협력 기사로 친다. 앞으로도 가자드 령에서는 우리와 동행할 테니, 요새에 들어갈 때마다 이탈하는 건 효율이 너무 나쁘잖아'라면서 거절했다.

그래도 주저하는 두 사람에게 카티스 단장님이 '그대들의 눈썰

비가 탁월하다는 건 안다. 한 가지를 보면 10, 20의 정보를 자연스럽게 입수해버린다는 것도. 그러니 요새에 들어가는 걸 주저하는 거겠지만, ……그대들은 그 정보를 악용하지 않을 테지?'라고 하자 놀란 듯 숨을 삼켰다.

나는 남자들끼리 쑥덕거리고 있는 걸 사이가 좋다고 흐뭇해하면서 옆에서 지켜보았는데, 아무래도 카티스 단장님의 아이디어대로 협력 기사가 된 모양이었다.

참고로 '협력 기사'란 각지의 귀족 등에게 고용된 기사가 일시적으로 왕국 기사단에 협력할 때의 명칭이다.

그린과 블루는 모험가일 텐데. 카티스 단장님이 일시적으로 기사로 대우할 생각인 건가?

확실히 협력 기사 대우를 받기로 정해진 뒤로는 둘 다 셔츠 위에 저채도의 조끼를 착용해서 모험가라기보다는 기사로 보이도록 했지만.

어라? 하지만 겉모습으로 따진다면, 처음 만났을 때는 멋진 갑옷을 입고 있길래 기사라고 추측했던 적도 있었지.

그 후의 행동이 기사로 보기에는 너무 품위가 없어서 모험가로 수정했는데……. 그런 생각을 하며 요새로 들어가 안내해준 방에서 기다리자 빠른 걸음으로 걸어오는 발소리가 들렸다.

앉아있던 자리에서 얼른 일어나자 진갈색 머리카락의 미녀가 문을 열고 들어왔다.

"언니!"

눈을 반짝이며 나에게 다가온 사람은 '성인 의례' 이후 만나지 못했던 올리아 언니였다.

기뻐서 달려가자 언니가 두 팔을 벌리고 맞아주었다.

"피아, 이렇게 먼 곳까지 용케 왔구나! 정말 훌륭한 기사가 됐어!"

언니는 펄쩍 뛰어든 나를 꽉꽉 끌어안고는 즐겁게 웃었다.

"언니, 올리아 언니!"

나도 기뻐서 언니를 꽉꽉 마주 끌어안았다.

잠시 언니와 재회를 즐기고 있었더니 문 근처에서 작게 중얼거리는 목소리가 들렸다.

"우와, 매혹의 붉은 마녀를 길들이다니. 올리아 대단한데!"

"어?"

이상한 호칭으로 불린 느낌이 들어서 돌아보자 하얀 기사복을 입은 기사가 문을 가로막듯이 서 있었다.

햇빛에 그을린 피부에 체격이 좋아서 올려다봐야 할 만큼 키가 크며, 조금 긴 금발이 사자 갈기처럼 삐죽삐죽 솟아있다.

그 황금색 머리카락에는 검은 머리카락이 일부 섞여 있었다.

어라? 나 이 머리카락 아는데. 의아함에 그 남성의 얼굴로 시선을 내리자 날카로운 얼굴의 중심에 황금색 홍채가 특징적인 검은 눈동자가 보였다.

이, 이 눈은……!!

"전설의 마인(魔人) 가이 오즈번!!"

그 기사를 바라본 채 경악해서 소리치자, 이름을 불린 기사도 눈을 부릅떴다.

"왜 내 이름을 알고 있는 거야! 역시 너는 나쁜 마녀구나!!"

하얀 기사단장복을 입은 기사――― 북방경비를 관장하는 제11기사단장 가이 오즈번은 나를 보며 그렇게 외쳤다.

◇ ◇ ◇

"피아는 가이 단장님과 아는 사이니?"

언니가 의아해하며 고개를 갸웃거렸지만, 그게 중요한 게 아니었던 나는 언니를 등 뒤로 감싸며 가이 오즈번 앞을 가로막았다.

"마, 마인 가이 오즈번! 아무리 언니가 아름답고 다정하고 강하다고 해도 애원해봤자 소용없어! 안 줄 거야!"

내 말을 들은 언니는 기쁜 듯 후후 웃었다.

"어머나, 기뻐라. 피아가 나를 지켜주는 거구나?"

한편 가이 오즈번은 얼굴이 시뻘게져서 무시무시한 목소리로 외쳤다.

"무, 무, 무슨, 내, 내가 올리아를 좋아한다니! 너, 대, 대, 대체, 뭘 근거로……!!"

"근거는 너의 그 동요하는 태도겠지."

의자에 앉은 채 카티스 단장님이 심드렁하게 중얼거렸다.

"가이, 너는 서른을 한참 넘겼잖나. 피 님께서 억측으로 던진 말씀에 그 정도로 당황하다니, 사춘기로 돌아가서 다시 시작해라."

카티스 단장님의 말을 들은 나는 한층 더 내 말에 자신감을 가졌다.

"세상에, 카티스마저 그렇게 느끼다니. 역시! 이 갈기 마인 같

으니! 언니는 절대 못 줘!!"

"'갈기 마인'? ……그러고 보면 나를 그런 식으로 부르던 꼬맹이가 있었지. 빨간 머리카락의…… 아! 너, 피아냐?!"

가이 오즈번이 미심쩍은 표정으로 내 이름을 부르는 바람에 나는 다급해하며 외쳤다.

"흐아아아아악! 마인이 이름을 불렀어어어어!!"

"아니, 그러니까 나야! 가이 오즈번이라고!!"

"안다고! 가이 오즈번이라는 갈기 마인이잖아!!"

"……아무래도 아는 사인 모양이네. 가이 단장님도 피아도 성인이니까 자기 일은 직접 해결해야 한다고는 보지만, 나는 오랜만에 동생을 만났으니까 시간이 아깝거든?"

언니는 그렇게 말한 뒤 서로를 노려보는 가이 오즈번과 나 사이에 끼어들어 짝 손뼉을 쳤다.

"자, 일단 휴식!"

그 소리에 정신을 차린 가이 오즈번과 나는 놀라서 언니를 보았다.

"어? 오, 올리아!"

"언니!"

그러자 언니는 압박감이 느껴지는 미소를 지으며 가이 오즈번을 바라보았다.

"그래서 가이 단장님? 어째서 제 동생은 단장님을 마인이라고 믿고 있는 겁니까?"

"그, 그건……!"

"그건?"

"네 동생이 착각이 심하기 때문이야!!"

가이 오즈번의 대답에 올리아 언니는 동의할 수 없다는 듯 눈을 가늘게 떴다.

———가이 단장님의 설명은 이렇다.

제11기사단의 부단장님이었던 약 5년 전부터 가이 부단장님(당시)은 며칠씩 긴 휴가를 받을 때마다 이웃 영지 여기저기를 돌아다녔다.

그리고 불행스럽게도 우리 루드 기사령은 제11기사단의 주둔지에서 말을 타고 하루 정도 거리에 있다.

그 때문에 루드 영지로 훌쩍 놀러 온 가이 부단장님은 그곳에서 붉은 머리카락의 어린아이를 만났다.

가이 부단장님은 체격이 좋고 머리도 거꾸로 선 데다 삼백안이라서 무섭게 생겼다.

그래서 아이들은 반드시 무서워한다고 한다.

"끄아아아아아악!"

아니나 다를까, 루드 기사령에서 만난 붉은 머리의 아이도 가이 부단장님을 보고 비명을 질렀다.

하지만 그때 무슨 생각을 한 건지 가이 부단장님은 비명을 지르는 아이에게 자신이 마인이라고 주장했다.

"흐하하하! 소리치지 마라, 아이야! 나는 전설의 마인 가이 오즈번이다! 소리치면 잡아먹는다!"

"히익, 끅, 으, 으, 으, 으, 으으——."

——이어진 설명에 따르면 가이 단장님의 출신지에는 독특한 풍습이 있는데, 1년에 한 번 어른들이 마인으로 분장해서 아이들을 위협하는 행사가 있다고 한다.

마인을 보고 크게 우는 아이일수록 그 해는 건강하게 보낼 수 있다는 미신으로 치러지는 행사가.

그 때문에 정기적으로 루드 영지를 찾아오던 가이 단장님은 언제 봐도 붉은 머리 아이의 검 실력이 늘어나지 않고, 매번 다른 아이들에게 지는 걸 보고는 속상해서 기운 내라는 의미로 마인인 척하며 아이를 울렸다고 한다.

"……그렇군요. 그렇게 가이 단장님은 아무런 잘못도 없는 동생을 겁주며 놀았다는 거죠. 어딜 들어도 너무합니다. 정말이지, 제 귀여운 동생에게 무슨 짓을 하신 거예요!"

이야기를 다 들은 언니는 진심으로 기가 막힌다는 듯한 표정으로 가이 단장님을 내려다보았다.

"네, 정말로 면목이 없습니다."

반면 가이 단장님은 언니 앞에서 바닥에 무릎 꿇고 앉아 두 손을 허벅지 위에 올려놓고는 얌전한 얼굴로 머리를 숙이고 있다.

나는 언니의 뒤에 숨어서 고개만 쏙 내밀고 가이 단장님을 노려보았다.

카티스 단장님과 그린, 블루는 떨어진 테이블에 앉아 차를 마시고 있다.

언니가 가이 단장님에게 실컷 잔소리한 뒤 한숨 돌린 것을 본 카티스 단장님은 확인하듯 입을 열었다.

"……올리아, 개운해졌나? 그렇다면 다음은 내가 가이에게 설교하고 싶다만."

"카티스!!"

가이 단장님은 카티스 단장님이 도와주려고 한다고 생각한 건지, 살았다는 표정으로 카티스 단장님을 올려다보았다.

하지만 글쎄다? 아마 카티스 단장님은 말 그대로 설교할 생각일걸요.

왜냐하면…… 카티스 단장님은 전생의 내가 마인의 손에 죽었다는 걸 알고 있을 테니까.

분명하게 확인한 적은 없지만, 예전에 마왕성이 전생의 내 묘비라고 했으니, 그 성에서 마인에게 죽었다는 걸 카티스 단장님은 알고 있을 터이다.

그러니 전생에 내 목숨을 거둔 존재와 같은 종족명을 대고 나를 위협한 가이 단장님을 카티스 단장님이 무죄방면 할 것 같지 않은데…….

그런 생각을 하며 나는 덜덜 떨기 시작한 내 두 손을 바라본 뒤 눈썹을 팔자로 휘었다.

'전설의 마인에게서 언니를 지켜야 해!'라며 정신이 없었을 때는 공포를 느끼지 않았지만, 가이 단장님이 가짜 마인이라는 걸 안 이제야 마인에 대한 공포가 되살아났기 때문이다.

참 한심하게도.

떨리는 몸을 얼버무리듯 뒤에서 언니에게 꼭 매달리자 카티스 단장님이 안쓰러워하는 표정으로 입을 열었다.

"어린 시절의 경험은 강렬한 체험으로 계속 기억에 남는다고 합니다. 안타깝게도, 어린 피 님께서는 얼마나 무서우셨을지……."

카티스 단장님은 거기서 일단 말을 끊은 뒤 올리아 언니에게 시선을 던졌다.

"올리아, 미안하지만 피 님을 부탁한다. 그동안 나는 이 남자와 할 이야기가 있다."

이어서 카티스 단장님은 가이 단장님을 날카롭게 노려보았다.

"이 경솔한 기사단장이 피 님께 얼마나 어리석고 극악무도한 짓을 했는지 차근차근 설명할 필요가 있으니까. 문제는 이 갈기 밑에 있는 머리가 워낙 빈약하여 내 설명을 이해하지 못하리라는 점이지만…… 다행히 내일 아침까지 시간은 충분하군."

카티스 단장님의 말을 들은 가이 단장님은 놀란 듯 눈을 부릅떴다.

"뭐라고? 아니, 카티스. 내일 아침까지라니? 지금은 아직 아침이라고! 농담이지? 게다가 바쁜 제13기사단장님인 네 시간이 낭비되잖냐! 어? 진짜로 지금부터 잔소리할 거야? 자, 잠깐. 진정해! 다른 해야 할 일이 얼마든지 있잖아! 네가 찾아온 이유도 못 들었고, 심상치 않게 존재감이 넘치는 저 남자들도 소개해주지 않았고………."

온갖 저항을 시도하던 가이 단장님이었으나 한 귀로 흘려듣는 카티스 단장님을 보고 중간부터 작전을 바꿨다.

포기할 줄 모르고 다양한 화제를 꺼내서 화살을 돌리려고 했으나, 카티스 단장님에게는 전혀 효과가 없었다.

심지어 카티스 단장님은 말없이 가이 단장님을 한 번 노려보고는 목덜미를 붙잡고 문을 향해 질질 끌고 갔다.

다만 배려심이 넘치는 카티스 단장님은 문을 닫기 직전에 언니와 나를 돌아보고는 머리를 숙였다.

“피 님, 대단히 면목 없습니다만 가이의 못난 행위를 도저히 간과할 수 없으므로 그에게 설명하는 것을 우선하도록 하겠습니다. 피 님께선 내일 아침까지 가족분과 느긋하게 보내시길 바랍니다. ……그리고 올리아. 미안하지만 저기에 있는 두 사람을 위해 방을 하나 준비해줘.”

그렇게 말한 후 카티스 단장님은 저항하는 가이 단장님을 끌고 방에서 나갔다.

……정말로 설명이 부족한 전직 호위 기사로구나.

하지만 평소 카티스 단장님답지 않은 거친 행동을 보이며 나가버린 건, 자칭이라고는 해도 ‘마인’이라 칭한 남자를 한시라도 빨리 나에게서 보이지 않는 곳으로 끌고 가기 위해서다.

그리고 나를 위로하는 건 자신의 역할이라고 생각하지 않으니까 내가 언니에게 응석 부릴 수 있는 환경을 만들어주려고 한 것이다.

……이런 식으로 설명 하나 없는 상황에서 이렇게까지 카티스 단장님을 이해할 수 있는 사람은 나밖에 없겠지!

그렇게 생각하며 모처럼 카티스 단장님이 마련해준 상황이니 한 번 더 언니를 꽉 끌어안았다.

◇ ◇ ◇

'마인'이라는 단어를 듣고 연상한 공포는 바로 진정되었다.

카티스 단장님이 가이 단장님을 끌고 간 후 잠깐은 손이 떨렸지만, 그걸 본 언니가 의자에 앉아 나를 무릎 위에 앉히고 껴안아줬기 때문이다.

언니는 키가 커서 나와는 키 차이가 꽤 나기 때문에 품에 쏙 집어넣고 천천히 머리를 쓰다듬어주었다. 그러면 아주 기분이 좋아지면서 안정을 찾게 된다.

손의 떨림도 금방 사라지고, 오히려 기분 좋아서 후후후 웃음소리가 나왔다.

그러자 언니도 즐겁게 웃었다.

"피아, 너는 어릴 때부터 변함이 없구나. 머리를 조금만 쓰다듬어주면 바로 기분이 좋아지니 말이야."

그래. 언니가 있으면 나는 언제나 안심하고 기분이 좋아진다.

그렇게 생각하며 언니에게 찰싹 달라붙자 언니가 커다란 아기라며 웃었다.

언니는 내가 안정된 것을 확인한 후 그린과 블루를 바라보았다.

"하지만 아기치고는 데리고 다니는 동료는 훌륭한 기사인 모양이네."

언니의 말에 두 사람의 자세를 바로잡았다.

나도 부리나케 언니의 무릎 위에서 내려와 등을 곧게 폈다.

"처음 뵙겠습니다, 왕국 기사인 올리아 루드입니다."
언니는 일어나서 두 사람에게 다가가 한쪽 손을 내밀었다.
그린과 블루도 즉시 일어난 뒤 각각 손을 잡고 악수했다.
"영자(令姉)와는 처음 만나 뵙는군. 그린이야. 이 땅에 있는 동안에는 협력 기사로서 카티스, 피아와 동행하고 있지."
"마찬가지로 블루라고 합니다. 영자께서 건강해 보이셔서 다행입니다. 앞으로 잘 부탁드립니다."
언니는 악수한 손에서 느껴지는 강인함에 만족스러운 듯한 표정을 지었으나, 두 사람의 인사가 끝나자 고개를 갸웃거렸다.
"영자라니……. 처음 들었어. 즉 당신들은 피아를 기준으로 나를 본다는 거구나?"
""아니, 그런 게 아니고……!""
당황한 듯 두 사람의 목소리가 겹쳐졌지만, 올리아 언니는 무시하고는 기뻐하는 표정으로 나를 바라보았다.
"이렇게 체격이 좋은 기사가 관심을 가지다니, 대단한데! 피아는 작으니까 상대방은 체격이 좋은 사람이 좋겠다고 늘 생각했었거든."
"언니!"
언니가 나를 생각해주고 있다는 말에 기뻐졌다.
언니는 나에게 싱긋 웃은 후 다시 그린과 블루를 향해 몸을 돌렸다.
"이 아이를 잘 부탁해. 눈에 확 띄는 점은 없지만, 하지 못하는 일이 있어도 포기하지 않고 거듭 도전하는 노력가야. 좋은 아이지. 그런 피아를 주목하다니, 생각이 건전한 사람들인가 봐. 피아의 장점을 알아봐 줘서 기뻐."

언니의 과도한 칭찬을 듣고 나도 모르게 얼굴이 빨개졌다.

"어, 언니! 그렇게 억지로 칭찬해봤자 그린과 블루는 같이 모험한 적이 있으니까 나에 대해서도 잘 알고 있을 테니 미화가 안 통해!"

하지만 내 말과는 반대로 세심한 타입인 블루는 언니의 말을 전력으로 긍정했다.

"올리아 씨, 물론 우리는 피아가 대단하다는 걸 이해하고 있지만 실제 그녀의 대단함에 비교하면 파편밖에 이해하지 못한 수준이지. 우리가 모르는 부분을 보충하여 그녀의 대단함을 한층 더 이해할 수 있도록 도와준 것에 감사를 표한다."

……블루는 참 착하구나.

뭐, 그래서 언니가 만족한다면 좋은 일일지도 모르지.

그렇게 생각한 나는 그 이상 아무 말도 하지 않고 만족스러워하는 언니와 그린, 블루와 방에서 나왔다.

그 후 언니는 평소처럼 친절한 태도로 우리 세 사람에게 요새를 안내해주었다.

중간중간 만나는 기사들은 모두 언니에게 말을 걸었다.

역시 언니는 어디에 가도 인기가 많구나! 하며 자랑스러워하는 사이에 요새 안내가 끝나고, 언니는 마지막으로 만난 기사에게 그린과 블루를 부탁했다.

"이 두 사람은 협력 기사야. 며칠 정도 이 요새에 머무를 테니까 숙박할 방을 안내해줘."

그날은 딱히 할 일이 없어서 언니와 딱 붙어 다녔다.

언니는 유능해서 일이 들어오는 대로 착착 해치우기 때문에 같은 타이밍으로 계속 새 일거리가 늘어난다.

나는 언니의 반의반도 돕지 못했지만, 언니는 늘 기뻐하며 칭찬해주었다.

그리고 언니와 붙어 다닌 덕분에 요새 내부의 많은 기사와 친해질 수 있었다.

밤에는 언니와 같이 잤다.

언니는 내가 어릴 때 얼마나 귀여웠는지, 얼마나 손이 많이 갔는지, 영지에서 같이 훈련했던 시절의 추억, 성인 의례 때 걱정했었다 등등의 이야기를 내가 잠들 때까지 계속해주었다.

그런 이야기를 듣고 있다 보면 가이 단장님을 봤을 때부터 술렁거리던 가슴이 차분하게 가라앉아서, '아아, 그랬지' 하고 받아들이는 감정 상태가 되었다.

———그래, 나는 피아 루드야.

전생의 기억이 있고, 그 기억과 함께 대성녀의 힘을 지니게 되었지만. 그래도 나를 이루는 건 15년간 살아온 피아 루드로서의 나이다.

기사가 되고 싶어서 어릴 때부터 훈련해온 나.

언니에게 실컷 신세를 졌던 나.

그런 모든 것이 지금의 나를 이루고 있다.

……그러니까 나는 앞으로도 피아 루드로서 살아가기 위해 과거와 마주 봐야만 한다.

이불 속에서 나 자신을 끌어안듯 웅크린 뒤 천천히 숨을 내쉬었다.

……괜찮아. 괜찮아.

지금의 나는 안전해.

하지만, ……내일의 나, 내일의 언니는 안전한지 아닌지 알 수 없으니까. ……나는 도망쳐선 안 된다.

끌어안은 팔에 힘을 주자 자연스럽게 의식이 전생의 마지막으로 넘어간다.

그러자 어마어마하게 빠른 속도로 심장이 뛰고 땀이 흘렀다.

언니의 목소리를 들으면서 잠들어가던 몸은 기분 좋은 온기에 둘러싸여 있었는데, 순식간에 전신이 덜덜 떨리기 시작했다.

끈적한 불쾌감이 전신을 기어 다니고 숨이 막히면서 오한이 밀려든다.

……아아, 안 돼.

'마왕의 오른팔'에 대해 생각하려고 하면 늘 몸이 거부반응을 보인다.

그래서 전생의 마지막 기억은 애매모호하다.

안개로 덮인 것처럼 흐릿한 기억뿐, 선명하게 돌아오지 않는다.

하지만…….

나는 두 손으로 입을 누른 뒤 두려움으로 딱딱 잇소리를 내기 시작한 것을 멈추기 위해 이를 악물었다.

몸 전체가 공포에 질려 기억의 각성을 거절한다.

지금까지의 나였다면 틀림없이 생각을 포기하고 전신의 긴장 상태를 푸는 걸 우선했을 상황이다.
하지만, ———그러면 안 된다.
'전생의 마지막이 어땠는지 떠올려야 한다'는 강한 의지가 가슴 속 깊은 곳에서 끓어올랐다.
그건 전생의 기억이 되살아난 이후 나와 엮인 모든 사람이 준 용기 덕분이었다.
———나의 소중한 사람들을 지키고 싶다.
———내가 좋아하는 사람들과 함께 미래를 걷고 싶다.
그 감정이 등을 떠밀어주듯 조금씩 전생의 기억이 개방되었다.
처음 기억이 돌아왔을 때는 눈치채지 못했던 사실이 조금씩 보이기 시작했다.
나는 '마왕의 오른팔'을 만나기 직전의 시간을, ……전생의 오빠들과 함께 마왕성을 공략했을 때의 일을 떠올렸다.
———아아, 그래. ……나는 마왕을……….
눈앞에는 마왕과 대치했을 때의 풍경이 뚜렷하게 떠오른다. 그 후 마왕과 싸움을 마친 뒤의 풍경이.
———마왕은 마지막에 어떻게 되었는가. (……기억한다. 생각난다.)
———피투성이가 되어 바닥에 쓰러져있었나. (……아니, 아니야. 그 자리에 마왕의 모습은 없었어.)
왜냐하면……, 왜냐하면…….
딱, 딱, 딱. 이가 부딪친다.
아무리 몸을 끌어안아도 떨림이 멈추지 않는다.

눈을 감고 있어도 300년 전의 광경이 눈꺼풀 뒤에 선명하게 떠오른다.

피투성이가 된 오빠들. 피투성이가 된 나. 그리고, 상자 하나.

―――그 상자에 가둬놓은 것은 무엇인가.

간단한 질문이다. 이제는 확실하게 떠올릴 수 있다.

……아아, 그래.

나는 300년 전, 마왕을――― '봉인'했다.

감은 눈꺼풀 뒤에 비치는 텅 빈 마왕성의 옥좌. 흥분한 오빠들. 그 손에 들린 상자 하나.

―――그 상자 안에 우리는 마왕을 봉인했다.

전력을 다해서, 마력을 모조리 사용해서, 너덜너덜해질 때까지 싸워서, 오빠들과 내가 마왕을 그 상자에 가뒀다.

………그래.

300년 전의 '대성녀'였던 나는 마왕의 활동을 정지시켰을 뿐, 죽인 건 아니었다…….

지금 생각해보면 전생을 떠올렸을 때의 결심은 강렬한 암시였다.

'마왕의 오른팔'이라 불린 마인의 손에서 죽은 나.

그걸 떠올리고, 다시 마인과 대치하게 될지도 모른다고 생각한 순간 필요한 힘을 비축할 때까지는 은밀하게 살아야겠다고 결심했다.

그러니까.

『나 혼자서는 '마왕의 오른팔'을 이기지 못하니까, 전생의 오빠들 수준의 검사를 세 명 정도 동료로 모을 때까지는 성녀라는 걸 숨기자』……라고.

새삼 다시 뜯어보면 왜 이렇게 현실성이 없는 생각을 한 건지 고개를 갸웃거리게 된다.

왜냐하면, 정령과의 계약을 잃어버린 지금의 나는 전생에 사용하던 회복마법의 1할 정도밖에 사용하지 못하니 힐러로서 능력이 현격히 떨어지기 때문이다.

그런 내가 전생의 오빠들 수준의 검사와 손을 잡는다고 해서 '마왕의 오른팔'과 대등하게 싸울 수 있을 리 없지만, 그때의 나는 옳은 결심을 했다고 믿었다.

이토록 '마왕의 오른팔'에게 두려움을 느끼는데도, 마왕과 싸울 때와 동등한 수준의 공격력과 1할의 회복력으로 '마왕의 오른팔'과 맞설 수 있다고 생각한 것이다.

'마왕의 오른팔은 마왕보다 한참 약하다'는 전제가 없으면 불가능한 발상이다.

그때의 나는 마인의 역량을 제대로 떠올리지 못하고 있었거나. 아니면 실현 가능한 미래를…… 전생의 오빠들 수준의 검사라면 모을 수 있다고, 그러면 나는 살 수 있다고 미래에 희망을 품고 싶었거나. 둘 중 하나다.

그렇지 않았다면 그런 결론에 도달하지 않았을 것이다.

어쨌거나 이전처럼 강한 검사를 모으면 살 수 있다고 믿는 건

지금의 나에게는 어려웠나.

거기까지 생각이 미치자 본격적으로 잠에서 깨어난 나는 천천히 침대에서 몸을 일으켰다.

힐끗 옆을 보자 언니가 평안하게 잠들어있다.

나는 언니에게 시선을 보낸 채 언니가 깨지 않도록 조심스럽게 침대에서 내려가 발소리를 죽이고 창가로 걸어갔다.

창문 너머로 밖을 올려다보자 어두운 밤을 비추는 달이 시야에 들어왔다.

……아아, 달빛은 300년이 지나도 변하지 않는구나.

그렇게 생각하니 불변하는 것을 봄으로써 서서히 마음이 차분해지는 걸 느꼈다.

밤의 정적 속에서 빛나는 달을 바라보며, 조금 전의 생각을 이어갔다.

……나는 왜 놓치고 있었던 걸까.

전생의 기억이 되살아났을 때도 300년 전의 내가 마왕의 숨통을 끊는 대신 '봉인'했다는 것 자체는 선명하게 기억났다.

하지만 그 일이 가져올 영향에 대해서는 생각하지 않았다.

———보통은 마왕을 봉인한 '상자'는 대성당 깊숙한 곳에 보관하며 다시는 해방될 일이 없다.

하지만 아마도, 오빠들이 마왕성에서 나가기 전에 마왕의 오른팔이 마왕의 상자를 탈환했을 터.

경애하는 왕을 순순히 빼앗겨버리는, 그런 덜렁대는 타입으로는 결코 보이지 않았으니까.

그러니 분명 그 마인은 마왕의 상자를 오빠들에게서 빼앗았고…….

그리고, 지난 300년 사이에 봉인을 풀었을 것이다.

왜냐하면 마왕의 오른팔은 결코 왕으로서 군림하는 타입이 아니니까.

섬겨야 할 왕을 직접 선택하여 왕좌에 앉히는 타입으로 보였으니까.

따라서 다시 그들과 대치한다면 내가 보게 되는 건 300년 전의 재현이다.

나는 먼저 마왕과 싸우게 될 것이다.

그리고 모든 것을 다 끌어내 엉망이 되어가며 마왕을 쓰러트린 후――― 또다시 마왕의 오른팔이 나타날 것이다.

나를 죽인 마인은 그런 적이다.

틀림없이, ―――그 교활하고 빈틈없는 마인은 이 세계 어딘가에 존재한다.

―――존재하지 않을 이유가 없으니까.

나는 눈에 보일 정도로 크게 떨리기 시작한 두 손을 꽉 움켜쥐었다.

머릿속에서는 한 가지 의문이 빙글빙글 맴돈다.

만약…….

만약 내가 전생에서처럼 정령과 계약한 대성녀의 힘을 사용할 수 있다고 치고.

전생의 오빠들과 동등한 공격력을 지닌 세 명의 전사를 동료로 끌어들였다고 가정한다면.

그러면 나는 마왕과 그 오른팔을 모두 쓰러트릴 수 있을까?

……그건 어디까지나 가정이고, 불확정 요소도 많기 때문에 명확한 답은 알 수 없는데도 내 모든 것이 즉각 '불가능해!'라고 주장했다.

전생의 지독한 체험으로 인해 자꾸만 공포에 사로잡혀서 내놓은 결론도 아니고, 냉정하게 판단한 결과로서 그렇게 주장한다.

어느새 내 몸은 다시 심각한 긴장 상태에 빠졌다.

심장은 경험한 적이 없을 만큼 빠르게 경종을 쳤고, 서 있지 못할 만큼 다리가 바들바들 떨렸다.

……아아, 마왕의 오른팔이 존재하는 한 나를 덮치는 불안은 사라지지 않겠지.

그리고 불안의 원인은 그 마인을 쓰러트릴 미래가 조금도 보이지 않는다는 점이다.

뭐든 좋다. 누구든 좋다. 그 마인을……….

거기까지 생각한 순간, 나는 별안간 의식이 뚝 끊어지는 듯한 감각을 맛보았다.

어마어마한 속도로 눈앞의 시야가 좁아지자 큰일 났다고 생각한 나는 급히 침대로 돌아가 이불 위로 쓰러졌다.

———아마도 일종의 방어본능일 것이다.

극도의 긴장 상태에 노출된 몸이 이 이상은 그만두라면서 이완 상태로…… 잠의 세계로 끌고 간다.

나는 내 감각에 거스르지 않고, 마치 실이 끊어진 꼭두각시 인형처럼 전신을 침대에 맡겼다.

그리고 그대로 캄캄한 어둠을 향해 의식이 일직선으로 추락한다.

그건 안온한 꿈나라에 뛰어듦으로써, ……이때 이미 내 의사로 무언가를 결정할 수 있는 상태는 아니었지만, ――어째서인지 이름 하나가 내 입에서 툭 굴러 나왔다.

"……리우스."

마치 그 이름이 나를 구해주기라도 한다는 것처럼.

이미 의식이 거의 없는, 꿈과 현실의 경계에 선 상태였기 때문일까.

내가 중얼거린 건 이미 여기에는 존재하지 않는 사람의 이름…….

그건, ――전생에 내 근위 기사단장이었던 최강의 기사의 이름이었다.

35 붉은 방패 근위 기사단장 (300년 전)

——시리우스.

그건 하늘에서 가장 밝게 빛나는 별의 이름이었다.

올려다보기만 한다면 그 압도적인 광채로 존재를 과시하고, 지켜봐 주고 있다는 느낌이 든다.

언제나, 어디에 있든——.

……나, 세라피나 나브는 어린 시절 숲속에서 살았다.

그 숲을 홀로 찾아와 왕도로 데려간 사람이 시리우스 유리시즈 기사단 부총장이었다.

찾아온 사람이 시리우스가 아니었다면 내가 숲에서 나갈 일은 없었을 것이다.

숲속에는 내가 바라는 모든 것이 있고, 나는 내 역할을 이해하지 못했으니까.

시리우스는 그대로 내 후견인이 되어 모든 것으로부터 지켜주었다.

죽은 왕제(王弟)의 외아들이자 왕국 제일의 대귀족인 유리시즈 공작.

더불어 차기 기사단 총장이 확실시되고 있는 기사단 부총장.

그런 시리우스가 후견인이 되었기에 계속 숲속에서 살던 나를 '촌뜨기'라며 깎아내리는 사람은 아무도 없었다.

시리우스는 늘 몹시 바빴고 관여하는 업무는 모두 중요한 것들이었지만 반드시 나를 우선해주었다.

――그건 왕도로 돌아오고 2년이 지난 8살 때의 일이다.

시리우스는 21살로, 다음 해 봄에는 기사단 총장에 취임이 내정되어 있었다.

기사단 총장이란 명예직이다.

왕족, 혹은 왕가의 피를 이어받은 대귀족이 앉는 게 당연한 역직이기 때문에, 왕제의 아들인 시리우스가 총장이 되는 걸 아무도 반대하지 않았다―― 귀족들은 물론이고 기사들조차.

왜냐하면 시리우스는 왕국 최고의 검사였으니까.

힘을 미덕으로 삼는 기사들에게 가장 강한 자가 가장 위에 선다는 건 가장 이해하기 쉽고 받아들이기 편한 논리였다.

또 시리우스는 누구보다 강했지만, 누구보다 많이 단련했다.

그걸 기사들이 가까이서 직접 보았다는 점도 그들에게 지지받은 큰 이유일 것이다.

그런 시리우스가 왕국에서는 드문 은발과 은백색 눈동자를 나에게 바싹 들이대고는 신음하듯 말했다.

"세라피나, 왜 네가 다친 거야! 내가 한 말 잊어버렸어?!"

어린 나도 알 수 있을 만큼 시리우스는 잘생겼다.

그렇게 흔히 볼 수 없는 미모가 불쾌하다는 양 일그러지면 어마어마한 박력이 느껴진다.

아무래도 시리우스는 오전에 있던 마물 토벌 도중 내가 다친 걸 듣고 달려온 모양이었다.

물론 지금의 나는 옷을 갈아입은 데다 상처도 깔끔하게 치유했기 때문에 다친 흔적은 일절 남아있지 않다.

그런데도 시리우스는 내가 다쳤던 오른쪽 어깨를 정확하게 노려보고는 분한 듯 입술을 깨물었다.

내 부상에 대해 무척 상세한 보고를 들은 모양이다.

말없이 노려보는 시리우스는 대단히 무시무시했지만, 시리우스가 화내는 건 매번 나를 걱정하기 때문이라는 걸 이해하고 있었던 나는 생긋 웃었다.

"시리우스, 필승법을 찾았어!"

"……뭐라고?"

내 말을 들은 시리우스는 무슨 말을 한 거냐는 듯 단정한 얼굴을 일그러트렸다.

평상시였다면 나를 걱정하는 시리우스를 안심시켜주는 것부터 시작했을 테지만, 그때의 나는 흥분했기 때문에 바로 입을 열었다.

"있잖아, 시리우스. 나 깨달았어! 지금까지 나는 전투 중에 내 몸을 보호하느라 순간적인 판단을 내려야 할 때도 무의식중에 기사들이 아니라 나를 우선해서 방어마법을 걸었더라! 하지만 그건 잘못이었어! 그래서 이제부턴 나를 보호하는 걸 그만두기로 했어. 내 몸은 기사들이 지켜주는 거에 맡길래."

내 말을 다 들은 시리우스는 놀라서 눈을 크게 뜨고는 믿어지지 않는다는 목소리로 대답했다.

"……무슨 말 같지도 않은 소리야? 너는 성녀라고! 전장에서 가장 약한 존재야! 너는 당연히 네 몸을 가장 먼저 지켜야지!"

시리우스의 발언이 타당하다고 생각하면서도 내 입에서는 동의하지 않는 말이 튀어 나갔다.

"하지만 그러면 기사와 내가 동시에 위험에 처했을 때 내 방어를 우선한단 말이야. 그러면 모처럼 최전선까지 파고든 기사가 다치게 된다고."

"그게 기사의 역할이야!!"

시리우스는 참을 수 없다는 양 드물게도 크게 소리쳤지만, 나는 굴하지 않고 고개를 갸우뚱 기울였다.

"기사인 시리우스는 그렇게 생각하는구나. 하지만 성녀인 나는 한 명의 기사도 죽지 않게 하는 게 내 역할이라고 생각해. 게다가 내 말은 내 몸을 기사가 지켜준다는 거야. 아무도 나를 지키지 않는다는 소리가 아닌걸."

"네 아이디어에 새로운 전투 스타일을 확립시킬 가능성이 있다는 건 인정하겠어. 하지만 그건 네가 시험해야 할 일이 아니야! 기사들이 확실하게 널 지킬 수 있다는 보장은 없다고! 실제로 너는 오늘 다쳤잖아!!"

"……하지만 시리우스. 이 방법은 꽤 고도의 방식이라고 봐. 그리고 나는 제법 능력이 뛰어난 성녀고. 그러니 나보다 더 이 방법을 시험하기에 적임인 성녀가 대체 몇 명이나 될까?"

내 말을 들은 시리우스는 나를 날카롭게 바라보았다.

"세라피나, 답이 정해진 질문은 하지 마! 당연히 아무도 없어!

니보다 더 능력이 뛰어난 성녀는 없으니까."

그리고는 시리우스는 아주 많이 못마땅해하는 표정으로 나를 잠시 바라보았으나, 내 의사가 굳건하고 의견을 철회할 마음이 없다는 걸 간파하고는 무언가 결의한 듯 눈을 가늘게 떴다.

"……알았어. 네게 성녀로서 자긍심이 있고, 기사를 지키고 싶어 하는 마음은 이해했다. 하지만 동시에 나에게는 기사들을 이끄는 자로서 기사의 자긍심이 있어. 내 행동을 받아들이는 대신 너에겐 너를 지키기 위해 최적의 기사를 붙이마. 알았지?"

"시리우스!!"

나는 크게 기뻐하며 시리우스에게 달려간 뒤 배에 얼굴을 콱 박으며 끌어안았다.

"고마워! 내 마음을 알아줘서 기뻐!!"

그렇게 외치며 시리우스를 힘껏 껴안았다.

역시 시리우스야!

예를 들어 오라버니들이었다면 어린아이의 헛소리라며 절대 상대해주지 않았겠지만, 시리우스는 늘 최종적으로는 내 생각을 존중해준다.

기쁨에 젖은 나는 환하게 웃으며 시리우스를 바라보았으나…….

다음 날 오후, 어제 선언한 대로 새 전투 스타일을 확립하기 위해 마물 토벌에 나가려고 한 나는 경악한 표정으로 시리우스를 바라보게 되었다.

"……어? 어, 어? ……시, 시리우스?"

하고 싶은 말은 산더미처럼 많은데, 너무 동요해서 제대로 말이 나오지 않는다.

뭍으로 끌려 나온 물고기처럼 뻐끔뻐끔 입을 여닫는 내가 무슨 말을 하고 싶은지 훤히 알고 있을 텐데도, 시리우스는 시치미를 뚝 떼고 말했다.

“왜 그래? 세라피나.”

“왜, 왜 그러, 냐니……. 시, 시리우스, 당신, 그 옷은…… 자, 장난이지?”

내 눈앞에 선 시리우스를 올려다보며 믿어지지 않는 심정으로 계속 눈을 깜빡였다.

……제발, 누가 좀, 농담이라고 해줘!

하지만 몇 번을 다시 봐도 눈앞에 선 시리우스는 붉은 기사복을 입은 것처럼 보였다.

그럴 리가 없잖아!! 하고 마음속으로 소리쳤다.

나브 왕국의 기사복은 파란색과 하얀색을 사용한다.

시리우스는 부총장이라는 고위직이기 때문에 다른 기사들보다 진한 파란색을 베이스로 깔고 역직을 드러내기 위한 장식이 들어가 있긴 하지만, 그것도 파란색과 하얀색의 기사복이다.

그런데 왜 붉은 기사복을 입은 거지?

왜냐하면, 붉은 기사복은…….

얼굴을 딱딱하게 굳히고 믿어지지 않는 기분으로 시리우스를 바라보자, 그 잘생긴 입술이 열리며 무시무시한 말이 흘러나왔다.

“너는 똑똑하니까 이미 알고 있잖아? ……오늘부로 제2왕녀인 세라피나 전하를 경호하는 ‘붉은 방패 근위 기사단’의 단장을 맡게 되었다. 잘 부탁해."

"뭐야. ……시리우스, 무슨 소리야? 당신은 기사단 부총장이었잖아!!"

시리우스의 말은 분명하게 들렸는데도, 그리고 시리우스가 이런 종류의 장난을 일절 하지 않는 사람이라는 걸 알면서도 시리우스의 말을 믿을 수 없어서 정면으로 반론했다.

하지만 시리우스는 전부 털어버린 듯 조용한 표정으로 입을 열었다.

"어제부로 부총장직을 사임했어. 이미 국왕 폐하의 승인도 얻었지."

"무…… 무슨 말도 안 되는 소릴 하는 거야! 당신, 봄에는 기사단 총장이 되기로 정해져 있었는데! 당신이 얼마나 기사들을 소중히 여기는지 알아! 그리고 당신의 능력이 얼마나 뛰어난지도! 당신이 기사단의 수장이 되어 기사들을 이끌면 얼마나 많은 일을 할 수 있는데!! 그걸 버리다니……."

나는 필사적으로 호소했다.

시리우스는 바쁘지만 늘 시간을 짜내어 내 곁에 있어 주었다.

그래서 같이 있던 시간만큼 그가 무엇을 원하고 어떤 노력을 하는지 당연히 알고 있다.

그가 무엇보다 기사들을 사랑한다는 걸 누구보다 내가 잘 이해하고 있는데!

그런데 시리우스는 내 눈을 바라보더니 단호하게 고개를 저었다.

"그건 아니야. 나는 부총장직을 버린 건 아니야. 붉은 방패 근위 기사단장이라는 직책을 얻은 거지. 현 기사단 총장은 당분간 그 자리에 있어 줘야겠어. 아직 40대인 유능한 기사인데 문제없잖아?"

그야 당연히, 현 기사단 총장은 몇 년이나 그 직위에 앉아있을 만큼 유능한 기사니까 그대로 잔류한다고 해도 아무런 문제도 없지만, 그래도 그런 이야기가 아니잖아!

"시리우스, 당신은 기사단 총장이 되고 싶었잖아? 그러기 위해 몇 년이나 노력했잖아!!"

나는 비명을 지르듯 시리우스를 추궁했지만, 시리우스에게서는 지극히 냉정한 목소리가 돌아올 뿐이었다.

"어, 맞아. 하지만 동시에 나는 너를 지키고 싶어. 네가 위험한 장소에 몸을 던진다면 옆에서 보호하는 게 내 역할이야. ……내가 말했지? '너를 지키기 위해 최적의 기사를 붙이겠다'고. 나보다 더 최적인 기사가 또 있어?"

갚아주기라도 하는 건지 시리우스는 어제 내가 한 말과 똑같은 논조로 밀어붙였다.

"검으로 날 이길 수 있는 기사도 없고, 나보다 더 모든 것을 버려서라도 널 지키려는 사람도 없고. 아니야?"

시리우스는 거기서 입을 다문 뒤, 대답을 기다리듯 나를 바라보았다.

마치 어제의 시리우스를 재현하는 것처럼 나는 그를 날카롭게 노려보았다.

"시리우스, 답이 정해진 질문은 하지 마! 당연히 당신이 최적이야! 당신보다 더 강하고, 당신보다 더 나를 위해 모든 것을 버리는 멍청이가 세상에 어디 있다고!!"

내 말을 들은 시리우스는 재미있다는 듯 씩 웃었다.

"역시 심홍색 머리카락을 지닌 성녀님. 이해력이 좋네."

그렇게 말하며 시리우스가 소리 내어 웃었다.

———그럼으로써 모든 것을 상쾌한 미소와 함께 종결시켰다.

기사단을 지휘하는 입장에 서는 건 시리우스가 21년의 인생 대부분을 바친 그의 바람이었을 터인데.

그럼에도 나의 '기사를 지키고 싶다'는 바람을 도와주기 위해 시리우스는 선뜻 그 지위를 내던지고 말았다.

……아니, 아니지. 선뜻 버렸을 리는 없다.

시리우스에게 기사들은 그런 가벼운 존재가 아니었을 테니까.

그렇기에 어마어마한 갈등과 고뇌를 겪었겠지.

그런데도 그런 분위기는 일절 드러내지 않고, 모든 것을 승화한 듯한 표정으로 앞을 바라보며 뿌듯한 듯 '곁에 있을게'라고 말해준다.

그래서, ———나는 입을 열었다.

"그렇다면, ……나는 유일무이한 지고의 성녀가 되겠어. 그러면 옆에 있는 당신은 기사단 총장보다 더 큰 일을 할 수 있고, 가치가 있다고 인정받게 될 테니까."

시리우스는 놀란 듯 눈을 크게 뜨더니, 자문하듯 입을 열었다.

"대단한 목표인데. 네가 지고의 성녀가 되면 나는 얼마나 자랑스러워할까.”

“그야 아주아주 자랑스럽고 뿌듯하겠지! 왜냐하면 당신은 근위 기사단장이니까, 당신의 공적인걸.”

힘차게 말을 이어가는 나를 시리우스가 유쾌하다는 듯 바라보았다.

“……내 생각을 한 거야? 하하, 존경받는 건 너라고. 뭐, 됐어. 잘 부탁한다. 미래의 지고한 대성녀님.”

그렇게 말한 뒤 시리우스는 눈을 가늘게 휘며 행복하다는 듯 웃었다…….

——그런 시리우스의 미소가 떠오르자 내 가슴이 욱신거렸다.

……아아, 시리우스.

그렇게 당신은 늘 나를 우선했지.

삶의 방식을 바꾸면서까지 나를 우선하고 지켜주었어.

어떤 때도 나를 부정하지 않고 함께 해주었지.

그러니까, ……즐거울 때, 그리고 난처할 때면 늘 시리우스, 당신을 떠올리게 되고 만 거야…….

36 가자드 변경백령 2

“어라? 피아. 얼굴이 엉망이네. 잠을 잘못 잤어? 피아는 어디에서도 푹 잘 수 있는 아이인 줄 알았는데.”

다음 날 아침에 눈을 뜨자, 언니가 걱정하며 내 얼굴을 들여다보았다.

“아니, 자긴 했는데. ……그리운 옛날 꿈을 꿔서…….”

멍한 상태로 그렇게 대답하자 언니가 작게 피식 웃었다.

“어젯밤에 피아의 어린 시절 이야기를 하면서 잠들었기 때문인 걸까? 좋은 꿈이었어?”

“어?”

좋은 꿈이었냐는 질문에 반사적으로 생각에 잠겼다.

……좋은 꿈, 이겠지. 시리우스와의 기억 중 나쁜 기억은 하나도 없으니까.

하지만 말을 하면 무언가가 넘쳐버릴 것 같은 기분이 들어서 고개만 살짝 끄덕였다.

내 표정을 확인한 언니는 내 머리를 툭 토닥인 뒤 아무 말 없이 방에서 나갔다.

문이 탁 닫히는 소리와 동시에 한숨을 내쉬었다.

……조금 마음이 약해진 건지도 모른다.

이제 여기에는 없는 전생의 인물을 구세주처럼 떠올리다니.

여태까지는 한 번도 시리우스를 떠올리지 않을 수 있었는데 말이야…….

나는 침대 위에서 상반신을 일으킨 뒤 무릎을 세우고 그 위에 머리를 올렸다.

그 후 계속 꿈속에 머무르듯 전생을 떠올렸다.

만약…….

만약 전생에 마왕성에 같이 간 사람이 오빠들이 아니라 시리우스와 청기사와 백기사였다면 어땠을까?

하지만 바로 어차피 답을 알 수 없다면 생각해봤자 무의미하다고 마음을 바꿨다.

나는 감정을 전환하듯 고개를 도리질한 후 침대에서 힘차게 뛰어내렸다.

성큼성큼 구석에 놓인 짐을 향해 걸어가 갈아입을 곳을 꺼냈다.

……아, 하지만. 그런 건지도 모르겠네.

시리우스만큼 강한 기사가 있고, 정령의 힘을 빌릴 수 있게 되면 비로소 '마왕의 오른팔과 맞설 수 있다'는 기분이 들지도 모른다.

시리우스만큼 강한 기사……. 지금과 전생을 비교하면 전생의 기사들이 훨씬 수준이 뛰어난데다, 시리우스는 그중에서도 특출나게 강했으니 그 정도로 강한 기사를 만나는 건 거의 불가능해 보이지만.

나는 한숨을 쉰 뒤 300년 전의 전생을—— 서덜랜드에서 왕도로 돌아왔을 때의 일을 떠올렸다.

진생에서 서널랜드를 방문했을 때의 나는 본래 가야 했던 바르비제 공작령의 마물 토벌을 땡땡이친 셈이 되었다.

물론 내가 없어도 마물 토벌을 마칠 수 있도록 안배는 해 두었다고 생각했지만, 내 지시가 부족했던 건지 동행한 기사들은 대부분 서덜랜드에 따라오는 바람에 나중에서야 현장의 전력이 부족했다고 들었다.

그 부족한 전력을 보완해준 사람이 시리우스다.

내가 탈주했다는 소식을 듣고는 바로 바르비제 공작령으로 달려가 5m급 청룡 네 마리를 짧은 시간 내에 쓰러트렸으니까.

……자빌리아만큼 강하지 않을까.

그런 괴물 수준의 기사는 좀처럼 쉽게 나타날 리가 없다.

그러니 지금 있는 기사들을 단련시킨다는 방법도 있지만, 마수만큼 강한 기사를 육성하는 방법 같은 건 나는 모른다.

결국 기본으로 돌아간다.

어째서인지 마왕의 오른팔은 모습을 드러내지 않고 마왕과 함께 숨어있는 모양이니까.

그러니 당분간은 정령의 힘을 빌리지 않고 성녀임을 숨기면서 지내야겠다.

하지만 그 마인은 사라진 게 아닐 테니까, ……언젠가는 나타날 테니까 그때의 일도 대비해둬야만 한다.

나의——— 피아 루드로서의 생활이 망가지지 않도록.

올리아 언니도 그렇고, 카티스도 그렇고, 그 외 기사단에서 친해진 수많은, 내 소중한 기사들을 지키기 위해.

그러기 위해 대체 내가 뭘 할 수 있을까?

그건 도저히 지금 당장 답이 나올 법한 질문이 아니었으나, 나는 이 문제를 계속 생각하기로 했다. 도망치지 않고.

그리고 할 수 있는 일은 해야지.

갑자기 마왕의 오른팔과 마주쳤던 전생과는 다르게 지금의 나는 적이 누구인지 알고 있으니까.

좋아, 해 보자!

"오늘 하루도 힘내야지!!"

그렇게 소리쳤을 때 언니가 돌아왔다.

언니는 활기를 회복한 나를 보고 싱긋 웃었다.

"후후후, 피아가 기운이 넘치면 나도 기운이 넘쳐."

그렇게 말하며 물이 든 잔을 건넸다.

두 손으로 받아 꿀꺽꿀꺽 마시자 희미하게 감귤 계열의 맛이 났다.

내 입맛을 꿰고 있는 언니가 한 조각 집어넣은 계절 과일의 맛이었다.

……봐봐. 언니는 이렇게 당연하다는 듯 나를 생각해준다니까.

그러니 나도 언니를 위해 뭐든 할 수 있을 거야.

그렇게 생각하며 나는 언니와 함께 방에서 나왔다.

식당에서 다른 기사들과 함께 아침을 먹은 뒤 면담실에 들어가자 그곳에는 이미 어제의 면면이 모여 있었다.

다들 오랜만에 침대에서 잤기 때문인지 얼굴의 혈색이 좋았는데, 중심에 앉아있는 가이 단장님만 퍼렇게 질려있었다.

"어머나, 가이 단장님. 안색이 초췌하시네요! 카티스 단장님께서 재우지 않으신 겁니까?"

놀란 올리아 언니의 질문에 가이 단장님이 패기 없는 목소리로 대답했다.

"올리아아아. 오해를 부르는 표현은 삼가해줘어어어. 사실만 놓고 보면 그게 맞긴 하니까 더욱 침묵을 권장할게에에에."

"……뭡니까? 단장님. 그 이상한 말투."

언니가 얼굴을 찌푸리며 가이 단장님에게 핀잔을 주었다.

반면 단장님은 핼쑥한 얼굴을 들고는 똑같은 말투로 말을 이었다.

"내가 얼마나아아, 카티스에게 큰 대미지를 입었는지이이이, 표현해보기로 했어어어어. 이거 보라고오오, 밤새 카티스에게 시달린 탓에에에에, 내 우수한 두뇌가 붕괴 직전이야아아아!!"

"……앞으로 한 마디라도 같은 말투로 말씀하시면 다른 기사단으로 이동 신청서를 제출하겠습니다."

언니는 가이 단장님이 장난을 친다고 판단한 건지 평소보다 낮은 목소리로 단장님에게 경고했다.

다음 순간 가이 단장님은 허리를 꼿꼿하게 펴더니 또랑또랑한 목소리를 냈다.

"핫하! 내 우수한 두뇌는 카티스 따위로는 흠집 하나 낼 수 없지! 자, 올리아. 오늘 하루도 같이 일하자."

"역시 뇌가 아직 문제가 있는 모양입니다. 마치 제가 평소에도 단장님과 함께 일하는 것처럼 말씀하셨지만, 제가 단장님과 매일 같이하는 것이라고는 인사밖에 없습니다."

"그, 그렇지……. 아니, 알고 있었어! 나도 알아! 다만, 왠지 잘 모르겠지만 역시 '매혹의 붉은 마녀'의 동행자답게 네 동생이 데려온 사람은 죄다 짜증 날만큼 잘생겼잖아! 없다고! 이런 미남은 이 요새엔 한 명도 없어!! 이런 대단한 수준을 왕도에서 긁어모은다면 나도 조금은 허세를 부리고 싶어지지 않을까?!"

구구절절 변명을 늘어놓는 가이 단장님을 향해 언니는 짧게 위로의 말을 중얼거렸다.

"단장님, 남성의 가치는 얼굴만이 아닙니다."

"크허억! 지금 올리아가 날 못생겼다고 인정했어!!"

그렇게 말하며 테이블 위로 엎드린 가이 단장님을 보고 의외로 괜찮을지도? 하는 생각이 들었다.

가이 단장님이 내 다정하고 똑똑하고 강하고 예쁜 언니에게 반했다는 건 틀림없는 모양이지만, 언니 본인은 관심이 없어 보였다.

그리고 실제로 관심이 없는 건 확실한 듯하지만, 그것과는 별개로 언니는 남을 잘 돌보는 성향이니까 평소 언니의 파트너로는 손이 많이 가는 남성이 잘 어울릴 것 같다고 생각했었다.

그런 의미에서 가이 단장님은 굉장히 손이 많이 갈 것 같으니까, 의외로 언니의 눈에 들어올 수도 있지 않을까.

뭐, 가이 단장님은 손이 너무 많이 가서 귀찮은 부류에 들어갈지도 모르지만.

그런 생각을 하며 언니와 함께 다른 사람들이 앉아있는 테이블에 앉으려고 했다.

그러자 카티스 단장님이 일어나 공손한 자세로 내가 앉기 좋게 의자를 뒤로 빼 주었다.

고맙다고 인사하면서 의자에 앉다 타이밍을 노린 듯 블루가 맛있는 냄새가 나는 잔을 내 앞에 내려놓았다.

물론 블루는 언니 앞에도 잔을 놓았지만, 거리가 더 먼 나부터 먼저 줬다는 걸 가이 단장님과 언니는 눈치챘을 것이다.

"…………."

다들 아무런 말도 하지 않았지만 가이 단장님과 언니에게서 질문하고 싶어 하는 시선을 느꼈다.

그래도 모르는 척 고개를 숙이자, 건드리지 말아 달라는 나의 마음을 일절 파악하지 않은 가이 단장님이 감탄했다.

"진짜 '매혹의 붉은 마녀'는 장난이 아닌데! 미남들이 알아서 받들어 모시고 있어!!"

가이 단장님의 말에 묵묵히 흐름을 지켜보고 있던 카티스 단장님의 이마에 파란 핏줄이 투둑 두드러졌다.

"매혹의 붉은 마녀?"

가장 먼저 소리 낸 사람은 카티스 단장님이었다.

명백하게 이상한 억양이 카티스 단장님의 불쾌한 심정을 보여주고 있었다.

"힉!"

어제부터 오늘 아침까지 카티스 단장님과 함께 새로운 경험을 축적한 가이 단장님은 카티스 단장님을 한층 더 깊이 이해할 수 있게 된 건지, 의자에서 펄쩍 뛰어오르고는 허겁지겁 입을 틀어막았다.

하지만 카티스 단장님은 눈감아줄 마음이 없었던 듯 손가락 세 개를 가이 단장님 앞으로 내밀었다.

“세 번이다.”

“뭐?”

“어제부터 오늘 아침까지, 너는 ‘매혹의 붉은 마녀’라는 단어를 세 번 입에 담았다. 네 빈약한 두뇌를 고려하여 한두 번 정도는 눈감아주려고 했지만 세 번은 거슬리는군. 가이, ‘매혹의 붉은 마녀’는 누구를 가리키는 말이며, 무슨 의미이지?”

불쑥 손가락을 들이댄 카티스 단장님에게서 그만큼의 거리를 벌리고자 뒤로 물러난 가이 단장님은 당황한 듯 두 팔을 내저었다.

“아니, 아니야! 내가 시작한 게 아니라! 기사단장으로써 필요한 정보수집을 한 결과 들은 별명이야!!”

“그래서?”

“그래서, ……카, 카티스. 미리 말해둘게! 나는 들은 소문을 정확하게 전달해도 어째서인지 악담으로 받아들여지는 스킬을 가졌거든? 그러니까 어떤 식으로 들린다고 해도 나한테는 일절 악의가 없어! 그리고 이건 그냥 이렇다고 들었을 뿐이야!!”

“그건 이야기를 들은 뒤에 판단하지.”

날카롭게 노려보는 카티스 단장님을 앞에 두고 가이 단장님은 목에 무언가가 걸린 듯한 표정을 지었다.

하지만 잠시 침묵이 이어져도 카티스 단장님이 뿜어내는 위압감을 조금도 누그러트리지 않았기 때문에, 자신을 해방해줄 마음이 없다고 체념한 가이 단장님은 마지못해 입을 열었다.

"'매혹의 붉은 마녀'라는 건 매혹적인 붉은 머리카락을 지녔으며 남자를 후리는 악랄한 여성을 가리키고, 그건 즉 피아 루드를 말해!"

"네? 제, 제가 남성을 후린다고요?!"

살면서 한 번도 해본 적이 없는 행위를 지적당한 나는 놀라서 의자에서 일어났다.

가, 가이 단장님은 대체 무슨 말씀을 하시는 거지? 애초에 전생에서도 지금 생에서도 이성에게 인기가 없는 내가 어떻게 남성을 후린다는 거야?!

이렇게 된 거 오히려 후리는 방법을 물어보고 싶은데! 그래서 원한다면 효과를 검증하기 위해 실천해보고 싶어!!

……아, 잠깐! 나도 참. 뭘 솔직하게 믿는 거람. 이건 어쩌면, 소위 완곡 화법을 사용한 비아냥인 거 아닐까?

한 번 그런 생각을 했더니 그게 맞는 것 같아 억울해진 나는 카티스 단장님에게 고자질했다.

"카, 카티스. 이건 완곡한 비아냥이야! 내가 인기 없다는 걸 알면서 일부러 하는 말이라고! 이런 건 정말로 인기 많은 사람에게 하면 농담이 될 테지만, 실제로 인기가 없는 사람은 상처받을 뿐이니까 하면 안 되다고 혼내줘!"

카티스 단장님은 참으로 미묘한 표정으로 나를 바라보더니 피곤하다는 듯 눈두덩이를 눌렀다.

……어? 뭐야, 지금 그 표정? 혹시 카티스도 날 동정하는 거야?

크으윽. 어째서 가이 단장님은 굳이 내 인기를 화제로 삼으려 한 거야.

덕분이 이런 치욕을 받게 되었다고 억울해진 나는 가이 단장님을 마구 노려보았다.

하지만 가이 단장님은 내 시선에는 아랑곳하지 않고 말을 이었다.

"이어서, 왜 피아에게 그런 별명이 붙었냐면 실제로 잇달아 우리 왕국 기사단이 자랑하는 기사단장을 후리고 있기 때문이야! 시릴 제1기사단장, 데즈먼드 제2기사단장, 이노크 제3마노기사단장, 퀜틴 제4마물기사단장, 재커리 제6기사단장. 이미 왕도에 거주하는 남성 기사단장 전원이 희생되었지!"

가이 단장님이 꼽은 이름을 들은 나는 역시 완전한 비아냥임을 확신했다.

시릴 단장님에게는 맨날 잔소리를 들을 뿐이고.

데즈먼드 단장님은 나를 놀리거나 초과근무 중에 짜증이 나면 스트레스를 해소하러 올 뿐이다.

이노크 단장님은 아예 대화를 나눠본 적조차 없다.

퀜틴 단장님은 사역마에 빠져있으니, 자빌리아에 대해 열변을 토하는 걸 들어준 것뿐이고.

재커리 단장님은 나를 위한 근육 특훈 메뉴를 짜 주셔서 웃는 얼굴로 피해 다니고 있다.

그런 다섯 명을 어떻게 후렸다는 게 되는 거야?? 오히려 매번 내가 피해자인데!

그런 생각에 한층 더 날카로운 눈으로 노려보았지만 가이 단장님은 거들떠보지도 않고 주장을 이어갔다.

"게다가 전원 금욕적인 대귀족이거나, 여성 불신이거나, 마법 마니아거나, 마물 마니아거나, 근육 마니아로 여성에겐 전혀 관심이 없는 사람들이라고! 이런 남자들을 모조리 공략하다니, 마녀는 되어야 가능하지 않겠어?"

"잠깐만요, 무책임한 말씀하지 말아 주세요! 솔직히 말씀드려서 완전한 상관과 부하의 관계거든요! 기사단장과 일개 기사일 뿐 누구 한 명 그 이상의 관계가 아닙니다!!"

완전한 누명이라며 나는 두 팔을 치켜들고 진심으로 항의했다.

정말 소문은 무섭다니까! 없는 일도 날조해서 만들어내다니!!

심지어 가이 단장님은 하필이면 언니 앞에서 발언했다.

언니가 오해하면 어떻게 할 생각이야?!

하지만 가이 단장님은 내 항의는 상대도 하지 않고 크게 고개를 저은 뒤 전혀 믿지 않는다는 태도로 선언했다.

"나는 안 속아! 그럼 질문한다!"

"얼마든지 하시죠! 저에게 켕기는 것은 하나도 없으니까 뭐든 대답할 수 있습니다!"

나는 두 손을 불끈 쥐고 자신만만하게 대답했다.

그러자 가이 단장님은 '그럼 물어볼게' 하고 중얼거리며 시릴 단장님에 대해 질문했다.

"사비스 총장님께서 참석하신 어전회의에서 시릴이 퀜틴과 재커리를 상대로 네 쟁탈전을 벌였다는 이야기는 사실이야?"

"네?!"

예상하지 못한 질문에 나는 눈을 깜빡였다.

그리고는 질문을 받았을 때의 기억을 필사적으로 더듬었다.

"아, 아니, 그건, ……쟁탈전 같은 게 아니고요! '나에게 와라' 하는 요구를 세 분에게 받은 것뿐이에요! 어음, ……세 분 다 외로움을 많이 타시나?"

실실 웃으며 어떻게든 좋은 인상을 심으려 했다.

그리고 마음속으로는 필사적으로 적절한 설명이 없었는지 고민했다.

……큰일이다. 뭔가 결정적으로 틀렸어.

다시 떠올려 봐도 그건 핑크빛 우후후한 장면이 전혀 아니었다.

가이 단장님이 상상하는 것과 실제는 완전히 다르다고!

하지만 적절히 설명하지 못한 사이에 가이 단장님은 알았다는 듯 고개를 끄덕이며 데즈먼드 단장님에 대한 질문으로 바꿨다.

"죽도록 바빠서 다른 일을 할 여유가 일절 없는 데즈먼드가 너와 체스를 두는 시간만큼은 반드시 확보하며, 심지어 네 훈련 시간을 미리 파악해놓고 매일 먼저 와서 기다린다는 이야기는 사실이야?

조금 전과는 다르게 질문 내용이 가벼워 보였기 때문에 나는 표정을 풀고 힘차게 대답했다.

"그, 그건 사실이지만 데즈먼드 단장님이 체스를 좋아하셔서 그런 거죠! 저와 승부하면 이길 때도 있고 질 때도 있고, 실력이 비슷하거든요. 그래서 딱 맞는 대전상대인 것뿐이에요!"

내 대답을 들은 가이 단장님은 '너 그렇게 체스를 잘 둬?'하고 물었다.

"네?"

"데즈먼드는 기사단 대항 어전시합 체스부에서 2년 연속 우승했거든."

"네?"

"네가 이긴 적이 있다면 그건 데즈먼드가 접대해줬을 뿐이야. 즉, 누굴 상대로도 일절 봐주는 게 없는 데즈먼드가 너는 이기게 해서 기쁘게 해준다는 소린데."

"…………."

생각지도 못한 이야기를 들어서 무심코 입을 다물자, 가이 단장님은 이노크 단장님에 대해 질문했다.

"마법 말고는 관심이 없고, 남녀 불문 아무와도 일절 대화하려 들지 않는 이노크가 밤늦게 네 방을 찾아가 선물을 줬다는 이야기는 사실이야?"

"네? 그, 그건 거짓이에요! 애초에 저는 이노크 단장님과는 대화한 적조차……."

자신만만하게 부정하던 도중, 선물이라는 단어가 걸려서 중간에 멈췄다.

"……저기, 그 선물을 준 날짜도 소문으로 들으셨어요?"

조심조심 질문하자 가이 단장님은 그런 것도 기억나지 않냐는 듯 날카롭게 노려보았다.

"붉은 마녀님은 선물을 너무 많이 받아서 날짜를 일일이 기억하지 못하나 보네. 당연히 날짜도 들었지. 네가 서덜랜드에서 돌아온 날 밤에, 인내심이 끊어진 이노크가 선물을 들고 네 방에 쳐들어갔다던데."

"…………."

……어쩌지. 지금 수수께끼가 풀린 것 같다.

서덜랜드에서 돌아온 다음 날 아침, 책상 위에 처음 보는 마도구가 놓여 있었다.

출처를 전혀 알 수 없었기 때문에 우선 방 한구석으로 치워놨었는데…… 그게 이노크 단장님의 선물이었던 건가?

그러고 보면 그날 밤에 상급 오락실에서 퀜틴 단장님과 재커리 단장님과 술을 마셨을 때, 이노크 단장님도 동석했었지.

어라라? 술이 들어간 뒤로 기억이 모두 날아갔는데, 나 이노크 단장님과 대화했던 건가?

맞다. 다른 단장님들에게 그런 것처럼 이노크 단장님에게도 선물을 뿌렸는데 마도구는 그 보답이었어??

대충 앞뒤가 들어맞는 느낌이 들어 새삼스럽게 어쩌지? 하고 매달리듯 가이 단장님을 올려다보자, 단장님은 무언가 이해했다는 듯 이번에는 퀜틴 단장님에 대해 질문했다.

"퀜틴이 월급날에 자루째로 네게 월급을 주러 왔다는 이야기는 사실이야?"

그 질문을 받은 순간 대답하기 전부터 몹시 불리하다는 걸 알아차렸다.

기사단장이 신입 기사에게 월급을 고스란히 넘겨주러 온다니, 이렇게 들으니 참으로 괴상망측했다.

그리고 어쨌거나 실제로 있었던 일이기 때문에 변명의 여지가 없다.

이 질문은 위험하다고 생각하면서도 당장은 적절한 변명이 떠오르지 않아 어떻게든 흐지부지 넘어가길 기도하는 기분으로 입을 열었다.

"아니, 그건…… 지, 질문 방식이 부적절한 것 같습니다. 실제로 받았냐 아니냐로 물어보신다면 안 받았다고 대답할 수 있지만요. 그게, 그러니까요. 퀜틴 단장님께서 월급을 넘겨주러 오셨냐고 물으신다면, ……오신 것 같긴 한데요."

내 대답을 들은 가이 단장님은 만족한 듯 고개를 주억거린 후 '마지막 질문이야'라고 서두를 뗐다.

"재커리가 무엇보다 사랑하는 근육에 대해 다시는 떠들지 않겠다고 네게 맹세했다는 이야기는 사실이야?"

"그, 그건…… 그건 사실이지만요! 하지만 그건 후린다는 논점에서는 이탈했잖아요?!"

나는 냉정하게 지적했는데도 가이 단장님은 완전한 의심의 눈으로 나를 바라보았다.

"아니, 전혀 이탈하지 않았어! 그리고 네 대답대로라면 완벽한 진실이잖아! 누가 들어도 너는 마녀야!! 아니면 네가 마녀가 아니라고 증명할 수 있어?"

가이 단장님의 박력에 휩쓸린 건지 나는 횡설수설하며 대답했다.

"마, 마녀의 정의가 뭔데요? 고, 공격마법을 쓸 수 있는 여성이라고 한다면 당당하게 아니라고 대답할 수 있습니다!"

"공격마법 한정은 아니지! 매료나 특수마법도 드물게 존재한다고 하니까! 마법을 쓸 수 있는 여자 전반의 호칭이야!"

"마, 마법 전반!"

어라? 어라? 그렇다면 회복마법도 포함되는 거야?!

그럼 나는 진짜 마녀인 건가?

그렇게 혼란스러워져서 대답하지 못하게 된 나에게 카티스 단장님의 도움의 손길을 뻗었다.

"……피 님. 가이 같은 녀석의 화술에 휩쓸릴 필요는 없습니다. 당연히 피 님께선 마녀가 아니고, 누구도 농락하신 적이 없습니다."

"마, 맞아!!"

구세주를 발견한 기분이 되어 카티스 단장님을 향해 웃자, '아니, 이건 카티스도 공략되었을 뿐이잖아'라는 가이 단장님의 중얼거림이 날아왔다.

그 말을 들은 나는 가이 단장님을 날카롭게 노려보았다.

이 기사단장님은 정말 의심이 과하다니까! 카티스가 마녀가 아니라고 했으니 분명 나는 마녀가 아니라고! 그런 생각을 하던 때 카티스 단장님이 단호한 목소리로 발언했다.

"가이, 확실히 질문을 시작한 건 나다. '매혹의 붉은 마녀'란 어떤 의미냐고 물어보긴 했으나 너는 그런 대답을 돌려주어선 안 됐어. 아무래도 너는 내가 꼬박 하루에 걸쳐 타이른 것을 무엇 하나 이해하지 못한 모양이군. 내가 뭐라고 했지?"

카티스 단장님의 말을 들은 가이 단장님은 퍼뜩 눈을 부릅뜨고는 허둥지둥 소리쳤다.

"맞다! 피아, 나 너에게 사과할게!!"

그리고는 지금까지의 대화 흐름을 모조리 무시하며 머리를 깊게 숙였다.

"네? 어, 저기, 가이 단장님?!"

심문에서 일변하여 갑자기 가이 단장님이 머리를 숙이자 나는 눈을 깜빡였다.

무심코 가이 단장님을 부르긴 했지만, 단장님은 계속 머리를 숙이고 있었기 때문에 어떻게 해야 할지 도움을 요청하며 시선을 배회했다.

처음 눈이 마주친 건 그린과 블루였다.

세상을 많이 보고 다녔을 두 사람이니까 도와줄 거라고 믿고 손을 뻗으려 했는데, 블루가 중얼거리는 목소리가 들렸다.

"……역시 창생의 여신이군. 입단한 지 고작 넉 달 정도 만에 다수의 상급 기사들을 포로로 만들다니. 물론 용감하고 자비로운 여신을 앞에 두고 즉시 매료된 기사의 마음은 이해할 수 있지만."

"…………."

아무래도 블루는 가이 단장님의 의미를 알 수 없는 소문 이야기를 듣고 덩달아 착란에 빠진 모양이다.

상식파인 줄 알았던 블루가 심취한 표정으로 가이 단장님만큼이나 의미를 알 수 없는 소릴 중얼거리고 있다.

이건 글러 먹었다며 시선을 움직이자 눈이 휘둥그레진 언니와 눈이 마주쳤다.

화들짝 놀라서 다급히 입을 열었다.

"어, 언니! 지금 이건 오해야. 그건 가이 단장님이 마음대로……."

빠르게 변명을 늘어놓자 곤란한 듯한 표정이 돌아왔다.

"피아, 네 소문은 나도 들었지만 가이 단장님께서 말씀하시니 몇 배는 더 심각해지는구나. 소문이란 사람을 거칠 때마다 심각해진다는 걸 잘 알았어."

"언니!"

역시 내 똑똑하고 사려 깊은 언니야! 가이 단장님의 얼토당토않은 소문을 일축해주다니!

기뻐서 언니에게 달려들려고 한 내 시야 한구석에 카티스 단장님이 고개 숙인 가이 단장님의 목덜미를 꽉 붙잡는 게 보였다.

좀 거친 것 같아 놀라서 카티스 단장님을 바라보자 단장님은 타이르듯이 가이 단장님에게 말을 걸었다.

"이게 정답이다, 가이. 너는 먼저 사과를 한 뒤에 진행해야만 했어."

"그, 그래! 미안하다!"

억지로 머리를 잡혀 들어 올리게 된 가이 단장님은 명백하게 이해하지 못한 상태로 카티스 단장님의 말을 긍정했기에, 카티스 단장님은 두통이 난다는 양 관자놀이를 눌렀다.

"대답은 살하지만, 내 말을 이해하진 못했군. 내가 소모한 24 시간은 대체 어디에 간 거지?"

"어, 그건……."

무어라 말을 하려던 가이 단장님을 한 손을 들어 제지한 카티스 단장님이 입술을 일그러트렸다.

"알았다. 내 대응이 실수였군. 가이, 너에게는 더 단순하게 이야기해야 했어. 명심해라, 가이. 피 님께선 올리아의 동생이다. 올리아의 핏줄인 피 님을 존중해라. 알겠지?"

"아주 잘 알았어!!"

진리를 깨달은 듯 득의양양한 표정으로 웃는 가이 단장님을 싸늘하게 쳐다본 후, 카티스 단장님은 한숨을 한 번 쉬었다.

그 후 대화가 끝났다는 듯 내 쪽으로 몸을 돌렸다.

"피 님, 대단히 불쾌한 시간을 겪게 해 드려서 죄송합니다. 가이는 근본은 나쁘지 않지만, 감정적인 구석이 있고 배려와 상상력이 부족합니다."

"자, 잠깐. 카티스. 그거 완전히 날 흉보는 거잖아! 눈앞에서 뒷담하는 네 스타일은 괜찮은 거야?"

"기사단장급 직위를 갖는다면 아무도 주의도 지적도 하지 않게 되지. 대다수의 기사단장은 스스로 경계하며 자중하기 때문에 문제없지만, 너는 조언이 필요한 타입이라고 판단했기 때문에 하는 행동이다."

"그렇구나! 즉 네 행동은 날 위해서라는 거지! 고마워."

활짝 웃으면서 인사하는 가이 단장님을 보며 카티스 단장님이 어깨를 으쓱했다.

"피 님, 보시다시피 가이는 나쁜 녀석은 아닙니다. 사려 깊은 부관이 있다면 무척 우수한 기사단장이 될 수 있죠."

"그, 그렇구나……."

대충 가이 단장님을 다루는 법을 이해한 나는 고개를 끄덕끄덕 흔들었다.

한편, 카티스 단장님의 말을 들은 가이 단장님은 못마땅한 표정으로 그를 바라보았다.

"하지만 카티스, 네 그 태도는 대체 뭐야? 너는 늘 예의 바르긴 했지만 그렇게까지 노골적으로 굽신거리는 모습은 처음 봐. 심지어 피아에게만 그런다니. 심각한 약점이라도 잡힌 거야?"

가이 단장님의 질문을 들은 언니마저 흥미롭다는 듯 이쪽을 바라보았다.

……그, 그렇지!

왕도에서는 익숙해지고 말았지만, 보통 카티스 단장님이 나를 대하는 언동은 기사단장이 일개 기사에게 보일 만한 태도가 아니다.

왕도에는 퀜틴 단장님이나 그 외에도 이상한 언동을 하는 단장님이 있으니 어느새 주변 기사들도 당연하게 받아들여 주고 있지만, 확실히 좀 특이하다.

이걸 어떻게 변명해야 할지 고민하고 있자 카티스 단장님이 아무렇지도 않다는 양 입을 열었다.

"너도 알다시피 나는 서덜랜드에 주둔한 제13기사단의 단장직에 앉아있지."

"어? 그렇지."

갑자기 시작된 대화 흐름이 보이지 않는 듯 가이 단장님은 무난하게 맞장구를 쳤다.

카티스 단장님은 가이 단장님이 당황스러워하거나 말거나 말을 이었다.

"그리고 그 땅은 붉은 머리카락과 금색 눈동자를 지닌 대성녀님 신앙이 뿌리박혀있다. 피 님께선 추도식에 참가하기 위해 서덜랜드에 방문하셨는데, 그때 머리카락과 눈동자의 색을 본 서덜랜드의 주민들에게 극진한 환대를 받았다."

"그렇구나! 확실히 피아의 머리카락은 성녀님 중에서도 거의 볼 수 없을 만큼 훌륭한 붉은색이지! 같은 색을 지녔기 때문에 존경의 대상이 되었다는 거군."

카티스 단장님의 말을 들은 가이 단장님은 이해했다는 듯 크게 고개를 끄덕였다.

"그래. 그리고 피 님께서 서덜랜드를 떠날 때 나는 주민들에게서 피 님의 호위로 따라가 달라는 의뢰를 받았다. 따라서 나는 대성녀님을 대하는 마음으로 피 님을 대하고 있지."

"오오. 즉 피아가 너의 대성녀님이라는 거구나! 전례가 없을 만큼 납작 엎드린 말투가 될 만도 하네!"

웃기는 이야기를 들었다는 듯 웃는 가이 단장님이었지만, 그 속에 섞인 단어에 가슴이 뜨끔했다.

내, 내가 카티스의 대성녀라니 무시무시한 발언이잖아!

분명 가이 단장님은 아무 생각 없이 말한 거겠지만, 진실을 꿰뚫고 있다.

무시무시한 야생의 감이라고 생각하며 가이 단장님을 쳐다보자, 카티스 단장님이 분위기를 바꾸듯 한쪽 손을 들었다.

"네 의문은 해소됐군. 네가 피 님께 공략당한 게 아니냐고 의심했던 나의 언동도 이유를 들어보니 간단하지? 마찬가지로, 시릴을 비롯한 기사단장들의 이상한 언동에도 타당한 이유가 있을 거다. 그 점을 이해하고 앞으로는 적절한 예절을 갖춰 피 님을 대하도록 노력해라."

"어! 알았어!"

가이 단장님의 대답을 들은 카티스 단장님은 작게 고개를 끄덕였다.

"……그럼, 여기서부터가 본론이다. 이번 방문은 본래 올리아를 만나고 싶다는 피 님의 바람을 이루기 위한 것이지만, 가는 김에 겸사겸사 시릴이 업무를 부과했지. 최근 이 근방의 마물이 광폭화했으니 증원 기사로서 임하라더군."

"맞아! '검은 왕'이 영봉흑악에 돌아와서 이곳은 현재 난리가 났어! 그걸 조장하는 게 왕 본인이지. 무슨 생각을 하는 건지는 모르지만 여태까지 보이던 고고한 태도에서 싹 바뀌어선 요란하게 날뛰기 시작했거든. 덕분에 이 근방의 마물 분포도가 엉망이 되어서 아주 야단법석이라고!"

"그래서?"

카티스 단장님이 아무것도 모른다는 듯 뒷말을 재촉했다.

가이 단장님은 한쪽 손을 목 뒤로 가져가 뒷머리를 거칠게 헝

글어트렸다.

"영봉흑악은 옛날부터 '검은 왕'의 둥지였어. 그 넓은 산 전부를 왕이 관리하며 다른 용은 한 마리도 상공을 날지 못하게 했지. 그런데 유생체로 환생한 뒤 이 땅에서 떠났던 왕이 석 달 정도 전에 돌아와서는, 다른 용들을 끌어들이기 시작한 거야! 믿어져? 흑악의 상공을 청룡이나 적룡이 날아다닌다고!"

"그렇군."

"그래서 지금 그 산은 난장판이야! 강한 마물과 약한 마물이 마구 뒤섞여있지. 영역에서 밀려나 산 아래로 내려오는 마물들의 대응으로 급급해서 무슨 일이 일어나고 있는지 조사도 못 해!"

"……그랬군. 그럼 그 역할을 맡기로 할까."

"뭐라고?"

흥분한 가이 단장님과는 대조적으로 카티스 단장님은 조용히 끼어들었다.

이해하지 못했다는 듯 얼굴을 찌푸리는 가이 단장님을 정면에서 바라본 카티스 단장님이 차분한 어조로 말을 이었다.

"나와 피 님, 그리고 그린과 블루 네 명이서 지금부터 영봉흑악으로 향한다."

"……뭐?"

확고하게 단언하는 카티스 단장님을 가이 단장님이 얼떨떨한 얼굴로 쳐다보았다.

"너는 무슨 소릴 하는 거야?!"

가이 단장님은 진심으로 이해할 수 없다는 표정으로 카티스 단장님에게 항의했다.

"내 이야기 못 들었어? 영봉흑악에는 '검은 왕'이 돌아왔다고! 환생을 거쳐서 한층 교활하고 강력해졌고! 그런데다 왕은 어떤 이유인지 다른 용들을 소집하기 시작했어! 그래서 강한 마물도 약한 마물도 모두 산에서 튕겨 나가는 중이고! 그 산은 지금 완전한 위험지대야!!"

"흠, 하지만 생각해봐라. 시릴이 고작 정보전달을 위해 나를 이곳에 보냈을까? 전달 내용은 너도 어제 확인했지. 내가 나서야 할 수준이 아니야. 심지어 너를 도우라고 말하면서 지휘계통은 나에게 남겨두었다. 이런 상황에 시릴의 말대로 단순한 증원부대의 역할만 완수하고 돌아간다면 나는 터무니없는 얼간이가 되겠지."

카티스 단장님이 마치 그게 사실인 양 가정을 술술 늘어놓자 가이 단장님은 이해할 수 없다는 듯 팔짱을 꼈다.

"아니, 그렇지만도 않을걸? 시릴은 결코 무모한 명령을 하는 녀석이 아니야. 지금 흑악으로 향하는 건 자살행위나 마찬가지니까 시릴이라면 절대 그런 명령은 안 할 거라고 봐!"

카티스 단장님은 가이 단장님에게 힐끔 시선을 보냈다.

"가이, 너는 생각이 짧은 것 치고는 사람을 보는 눈은 좋아서 골치 아프군……."

"어? 뭐라고?"

"아니, 별거 아니다. 네 의견은 알았어. 하지만 나에게는 독립된 지휘권이 있으니 마음대로 행동하도록 하지. 네 단원을 빌리는 것도 아니니 폐가 되진 않을 거다."

카티스 단장님의 말을 들은 가이 단장님은 카티스 단장님을 샅샅이 뜯어본 뒤 설득하듯 말했다.

"야, 카티스. 확실히 너는 예전에 봤을 때와 비교해서 몸도 많이 좋아졌지만, 상대방은 '검은 왕'이라고. 반년 정도 전에 퀜틴이 왕을 수색하러 이곳을 찾아와 흑악에 간 적이 있었는데, 사역마를 거느린 기사 100명이 함께하는 대부대였어. 그것도 현지의 마물에는 익숙하지 않다며 제11기사단에서도 많은 기사를 선출해 한층 더 대규모를 이루었지."

가이 단장님은 일단 말을 끊은 후 카티스 단장님을 날카롭게 노려보았다.

"결국 왕은 만나지 못했지만, 그 산에 들어가려면 그만한 준비가 필요해. 그것도 당시와 비교하면 왕도 돌아왔고, 용이 집결했고, 상황이 악화되었다고!"

가이 단장님은 흥분한 건지 끝에 가서는 화를 내듯 큰 목소리로 소리쳤다.

그 목소리에 호응하듯 머리카락이 거꾸로 서고 원래도 사나운 눈매가 한층 사나워져서 마치 정말 화가 난 것처럼 보였으나, 가이 단장님이 걱정한다는 걸 정확하게 느낀 카티스 단장님은 안심시키듯 한쪽 손을 들었다.

"네 걱정은 타당하지만, 내 목적은 퀜틴과는 다르게 왕을 잡는 게 아니야. 더 우호적이지."

"아니, 너는 그럴 생각이어도 상대방이 그렇다는 보장은 없잖아. 백전노장의 '검은 왕'이라고. 즉시 공격당해도 이상하지 않아."

떼를 쓰는 어린아이를 타이르듯 말을 이어가는 가이 단장님을 보며 나는 고개를 갸우뚱 기울였다.

……으음. 가이 단장님은 대체 누구 이야기를 하는 거지?

'검은 왕'이라면 자빌리아를 말하는 것일 텐데, 그런 것치고는 묘사가 이상하다.

확실히 퀜틴 단장님이나 기디온 부단장님을 상대할 때를 보면 자빌리아가 조금 무례한 태도를 보이기도 하지만, 기본적으로는 상냥하고 착한 아이다.

그런데도 마치 설득이 통하지 않는 흉포한 마물처럼 표현하다니.

아무래도 상당히 각색된 이야기가 퍼진 모양이다.

생각해보면 나도 가이 단장님에게 '매혹의 붉은 마녀'라고 불렸을 정도니까, 소문이란 건 정말 믿을 게 못 된다는 걸 직접 체험한 셈이다.

자빌리아가 불쌍해! 흉악하고 난폭한 마물이 되어버렸잖아.

나는 정신을 다잡듯 작게 고개를 저었다.

"괜찮습니다, 가이 단장님. 위험한 것 같으면 바로 물러날 테니까요. 저는 제 눈으로 언니가 근무하는 장소를 보고 싶습니다. 만약 언니가 따라온다면 강하고 다정한 언니에게 과보호를 받아 실제 영봉흑악이 어떤 곳인지 체험하지 못할 테니, 현지 기사의 도움 없이 등산하고 싶어요."

"아니, 너도 그러냐! 피아! 왜 왕도에 근무하는 녀석들은 죄다 구제 불능일 정도로 무모한 거야? 아니면 어마어마한 자신가?! 올리아, 부탁이니 네 동생을 설득해줘!!"

도움 요청을 받은 올리아 언니는 쾌활하게 웃었다.

"'검은 왕'과 피아라면……. 네, 의외로 상성이 잘 맞을 겁니다. 왕은 피아에게 적대적이지 않을 테고, 그 산 전체는 왕이 관리하고 있으니 피아에겐 위험하지 않습니다."

"……뭐?!"

틀림없는 상식인인 언니의 입에서 얼핏 무모한 내 의견을 긍정하는 발언이 나오는 바람에 가이 단장님은 입을 떡 벌리고 언니를 쳐다봤다.

……맞다.

언니는 내가 성인 의례 때 자빌리아와 사역마 계약을 맺은 걸 알고 있었지.

그리고 나를 걱정하긴 해도 도전하는 걸 어느 정도 인정해주는 언니라면 내 행동을 긍정해도 이상하지 않다.

역시 내 언니는 이상적인 언니라며 기뻐하는 사이에 가이 단장님이 믿어지지 않는다는 듯 소리쳤다.

"이럴 수가, 그런 거냐! 올리아는 터무니없이 두꺼운 동생 콩깍지가 껴서 현실이 보이지 않는 타입이었구나! 좋아, 올리아. 맡겨줘! 네 동생은 내가 지켜줄게."

""""응??""""

가이 단장님을 제외한 그 자리에 있던 전원의 목소리가 겹쳐졌다.

하지만 누구보다 빠르게 언니가 황당하다는 목소리로 말했다.

"가이 단장님, 무슨 잠꼬대를 하시는 겁니까! 단장님께선 오늘도 내일도 일정이 빼곡하게 짜여있어 동행할 시간적 여유는 없습니다! 제 동생은 훌륭한 기사가 세 명 동행하니 문제없습니다."

"아니, 하지만 네 동생의 위험을 내가 구해주면 너는 나를 멋있다고 생각하지 않을까?!"

가이 단장님은 허둥지둥 일어나더니 진지한 얼굴로 언니에게 질문했다.

반면 언니는 생각에 잠기듯 팔짱을 꼈다.

"까다로운 질문이네요. 그러한 상황이 온다면 틀림없이 감사드릴 테지만, 단장님을 멋있다고 생각하게 될지는…… 미지수라는 대답밖에 해드릴 수 없군요."

"뭐……?! 여, 역시 얼굴이야? 나에게는 미모가 부족한 거야?! 올리아, 최종적으로 필요해지는 건 힘이야! 얼굴이 얼마나 잘생겼는가가 아니라!!"

"……어쩐지 가이 단장님을 단장 후보로 추천한 선대 기사단장님께서 얼마나 마음이 넓은 분이셨는지 새삼 목격한 기분입니다."

그렇게 말하며 한숨을 쉰 언니는 그 이상 가이 단장님을 상대하지 않고 나를 향해 의미심장하게 웃었다.

"후후, 피아. 이번 네 방문목적을 알겠어. 나를 만나러 온 것도 있지만, 동시에 귀여운 왕을 만나러 온 거구나? 하지만 피아에게는 귀여운 왕일지 몰라도 여기에서는 모든 마물에 영향력을 미치는 절대군주니까, 너무 날뛰지 말라고 부탁해준다면 고맙겠어."

물론 내가 언니의 부탁을 거절할 리가 없다.

"알았어, 언니!"

힘차게 대답하자 언니는 생긋 웃었다.

그 후로 다 함께 앞으로의 일정을 확인했다.

간단하게 정리하자면 카티스 단장님, 그린, 블루, 나 넷이서 영봉흑악을 탐색하러 가지만, 일주일이 지나도 산에서 내려오지 않는다면 가이 단장님이 수색대를 편성하기로 했다.

여기까지 정해지자 바로 오전 내로 요새를 출발할 수 있게 되었다.

말을 타고 의기양양하게 영봉흑악으로 향했지만, ———멀리서 바라본 그 산은 무시무시한 위용을 자랑했다.

녹색으로 뒤덮인 부분도 있지만 대부분은 깎아지른 듯 우둘투둘한 바위가 보였다.

흑악이라고 불리는 이름값을 하듯 그 산은 주변 산과는 다르게 검은색이었다.

눈앞의 푸르른 나무들과의 대비도 더해졌기 때문인지 멀리 보이는 검은색 산에 본능적인 공포를 느꼈다.

———자연에 존재하는 검은색은 특별한 색이다.

경고색.

『———압도적인 강자이니 접근하지 말지어다———.』

약자가 자신의 안전을 확보하기 위해서가 아닌, 압도적인 강자가 약자가 번잡스럽게 구는 걸 피하고 싶어 경고하는 특별한 색—— 그것이 검은색이다.

검은색을 두를 수 있는 건 극소수의 존재뿐.

이 세계에 검은 새는 존재하지 않는다. 날개를 지닌 검은 마물은 흑룡뿐이다.

그렇다면, 지상에 존재하는 검은 것은?

——하나는 마인. 검은 머리카락과 검은 눈동자를 지닌 강자.

정의된 존재는 그것으로 끝.

그 외에 존재하는 검은 마물은 무언가를 획득하여 스스로 진화해 선택받은 개체뿐이다.

그런 생각을 하던 도중 무언가가 불현듯 머리를 스쳤다.

"어라? 그러고 보면, ……사비스 총장님은 완전한 흑발과 검은 눈동자네……."

예를 들어 퀜틴 단장님의 머리카락도 검은색이지만 일부는 갈색이 섞였고 눈동자도 밝은색이다.

가이 단장님도 금발이 대부분이고, 검은 머리카락은 일부가 줄무늬처럼 들어가 있을 뿐…….

"으으으응?"

무언가 떠오를 듯 말 듯 해서 크게 고개를 갸웃거렸지만…… 결국 아무것도 떠오르는 게 없어 나는 지극히 타당한 결론을 내렸다.

"즉 사비스 총장님은 마인급으로 강하다는 거구나!"

후후후, 강한 기사단 총장님을 모실 수 있다니 나는 행복해!

……혼잣말을 중얼거리며 나는 그런 생각을 했다.

37 영봉흑악 1

영봉흑악의 기슭에 도착하자 상당한 급경사라는 걸 알았기 때문에 우리는 말을 두고 걸어서 올라가기로 했다.

말에 묶어둔 짐을 내리려고 하자 삼면에서 손이 다가와 각자 내 짐을 나눠 가져갔다.

"어? 어라? 내가 들 게 없는데?"

난감해서 질문하자 '목이 마르거나 배가 고플 때는 말해'라는 대답이 그린에게서 돌아왔다.

아니, 나는 무언가를 먹거나 마시면서 걸으려고 발언한 게 아니거든! 그린 안에서 나는 얼마나 먹보인 이미지인 거야?

그런 불만을 느끼고 있을 때, 무슨 착각을 한 건지 블루가 종이에 싼 작은 과자를 내밀었다.

"피아, 기분 풀어. 자, 걸으면서 먹을 수 있는 과자를 줄게."

……세상에, 블루마저! 흥, 됐네요. 그쪽이 그럴 생각이라면 그 이미지대로 과자를 먹어주겠어!

그렇게 과자를 입에 넣은 나였는데, 너무 맛있어서 후후후 웃음이 흘러나왔다.

그걸 본 세 사람은 '역시 당분이 부족했구나'라는 듯 고개를 주억거렸다. ……아니, 아니거든! 내가 맞춰준 거라고!

그렇게 주정하고 싶었으나 어른스러운 나는 얌전히 말을 삼키기로 했다.

후후후, 이 자리에서 제일 어른스러운 사람은 나인가 봐!

"……그런데 카티스, 당신은 길을 아는 거야?"

한동안 산길을 걸은 뒤, 나는 선두를 걷던 카티스 단장님에게 물었다.

고민하는 기색도 없이 묵묵히 앞으로 걸어가는 카티스 단장님을 보며 '그러고 보면 목적지를 알고 있는 걸까?'하고 걱정이 되었기 때문이다.

영봉흑악에 자빌리아의 둥지가 있다는 것만 알고 있다면 어떻게든 될 거라고 생각했으나 실제로 흑악에 와 보니 너무 광활해서 놀랐다.

그래, 산이니까 당연히 크지. 그런 생각을 하면서도 한편으로는 이렇게 커다란 산속에서 어떻게 자빌리아의 둥지를 찾아야 할지 걱정되었다.

카티스 단장님은 발을 멈춘 뒤 이쪽을 돌아보며 입을 열었다.

"퀜틴에게서 흑룡의 둥지에 대한 정보를 들었습니다. 꼭대기에 가까운 장소에 동굴이 있고, 이전에는 그곳을 둥지로 삼고 있었던 모양이니 같은 장소를 목적지로 가는 중입니다."

"그, 그렇구나!"

하긴 퀜틴 단장님은 실제로 자빌리아의 둥지를 방문한 적이 있었지.

그래, 퀜틴 단장님이 가르쳐준다는 방법이 있었어. 전혀 떠올리지 못했지만.

그렇게 감탄하자 정작 카티스 단장님은 가볍게 어깨를 움츠렸다.

"하지만 결국은 불필요한 정보였던 모양입니다."

"어?"

무슨 말을 한 건지 알 수 없어 되묻자, 그린과 블루가 깜짝 놀란 듯 몸을 긴장시키는 게 보였다.

두 사람은 경계하듯 주변으로 시선을 굴린 뒤 말없이 각자 차고 있던 무기에 손을 올렸다.

"어?!"

산에 들어온 지 얼마 지나지도 않았는데 벌써 마물이 나온 거야? 의문을 느끼며 눈에 힘을 줘서 두 사람이 바라보는 방향을 응시하자 나무 사이로 붉은색이 보였다.

"어? 뭐, 뭐야. 붉은색 마물?"

아직 뚜렷하게 확인할 수 있는 거리는 아니기 때문에 전체상을 파악할 수 없지만, 나무 위로 머리 같은 게 보이니 마물이라면 대형으로 분류될 것 같다.

반사적으로 허리에 찬 검에 손을 가져가자 카티스 단장님이 안심시키듯 말했다.

"문제없습니다, 피 님. 확실히 마물이긴 한 모양이지만 적의는 없습니다."

"어? 적의가 없는 마물이 있어?"

믿어지지 않아서 카티스 단장님을 올려다보자 그는 작게 어깨를 으쓱했다.

"저도 첫 경험이지만, ……그렇군요. 사역마의 부하라는 포지션이라면 가능할지도 모릅니다."

"사, 사역마의 부하?!"

어? 그건 즉 자빌리아의 동료라는 거야?

그렇게 생각하며 경계심 없이 성큼성큼 걸어가는 카티스 단장님의 뒤를 조심조심 따라갔다.

그린과 블루는 자연스럽게 내 좌우에 서서 그대로 걸어갔다.

잠시 걷자 주변 나무들을 쓰러트린 구역이 나타났다. 그 쓰러진 나무들을 짓밟듯 한 마리의 적룡이 서 있었다.

"저, 적룡!"

놀라서 무심코 소리쳤다.

가이 단장님에게 흑악의 상공에는 적룡이 난다고 듣기는 했으나, 내 눈으로 보는 것과는 실감이 달랐다.

5m는 될 법한 심홍색의 용이 아름다운 비늘을 아낌없이 드러내며 당당히 눈앞에 서 있다.

적용은 화구 근처에만 사는 용일 터. 그런데 활화산이 아닌 흑악에 둥지를 틀었다면 아주 이례적인 상황이다.

하지만 놀라는 나와는 달리 카티스 단장님은 전혀 개의치 않는 듯 적룡 옆에 서더니 작게 고개를 끄덕이고 그 옆을 지나갔다.

적룡은 순종적으로 가만히 선 채 카티스 단장님과 우리가 지나가는 걸 바라보았다.

"카, 카티스. 저 적룡은 대체 왜 저기에 서 있는 거야?"

쭈뼛쭈뼛 지나간 후 작은 목소리로 카티스 단장님에게 물어보자 단장님은 작게 어깨를 으쓱했다.

"아마도 길안내겠죠. 피 님의 도착을 기다리지 못한 흑룡이 피 님께서 헤매지 않도록 오는 길에 마물을 배치한 것으로 추정합니다."

"뭐?!"

카티스 단장님의 말을 들은 나는 놀라서 소리쳤다.

자빌리아가 우리를 위해 용을 배치했다고?

하지만 내가 자빌리아를 찾아간다고 전한 적도 없는데!

거기까지 생각했다가, 그러고 보면 내 생각은 자빌리아에게 전달된다고 본인이 말했던 걸 떠올렸다.

그렇다면 내가 찾아가려고 하는 걸 자빌리아는 알고 있었다는 걸까?

그래서 내가 길을 헤매지 않도록 친절하게도 안내자를 마련해 준 거야?

세상에. 자빌리아는 어쩜 이렇게 착할까!

나는 기뻐서 웃는 얼굴로 카티스 단장님을 올려다보았다.

"사역마는 굉장히 편리하구나!!"

"이번 사례가 특수할 뿐입니다. 흑룡의 능력이 특출나게 뛰어나기 때문에 할 줄 아는 것이 많은 거죠. 더불어 당신께 순종적이므로 능력을 아끼지도 않습니다."

"그, 그렇구나……."

하긴, 자빌리아는 검은색이지.

경고색을 가질 수 있게 진화한 개체. 그렇기에 다른 마물은 하지 못하는 많은 것을 할 수 있다는 것도 이해가 간다.

나는 순순히 수긍하며 고개를 끄덕였지만, 좌우에 있던 그린과 블루에게는 이해하기 어려운 광경이었던 건지 둘 다 작게 '믿어지지 않아' 하고 중얼거리며 떨리는 숨을 내쉬었다.

감사하게도 카티스 단장님의 예상대로 그 후 우리가 가는 길에는 일정 간격으로 용이 서 있었다.

"와, 이러면 길을 헤맬 걱정은 하나도 없었네! 정말 극진한 환대야."

감탄하며 중얼거리자 그린에게서 난처해하는 목소리가 돌아왔다.

"아니…… 피아. 극진한 환대를 넘어섰지. 이건 새로운 사역마 시스템을 해명하는 선진적인 광경이야. 사역마 지배가 사역마가 거느린 다른 마물에게까지 미친다는 이야기는 듣도 보도 못했어. ……피아, 나는 순수하게 너를 돕고 싶어서 따라왔어. 그 마음에 거짓은 없지만 이건 마치, ……내가 왕국의 비밀을 훔치러 왔다고 의심받아도 어쩔 수 없는 상황이라고."

진지한 표정으로 말하는 그린이 이상해서 나는 후후후 웃었다.

"뭐? 그린이 그런 짓을 할 리가 없잖아! 애초에 왕국의 비밀 같은 건 아무것도 없는걸. 나는 내 사역마를 만나러 왔고, 그 아이가 친구와 함께 우리를 환영해주는 것뿐이야."

"피아, 너 참 대단하다……. 절대 그런 단순한 이야기가 아닌데 네 필터를 거치면 참으로 간단한 이야기로 변환된단 말이지. 아니, 여신의 관점에서는 그럴지도 모르지만 나는 인간이니까, 인간 기준으로 생각하게 해줘."

그린은 크게 한숨을 쉰 뒤 영문을 알 수 없는 소릴 했다.

난감해진 나는 설명을 요구하며 블루를 쳐다봤다.

"……여신? 블루, 그린이 이해할 수 없는 소릴 하는데. 혹시 그린이 침착해 보이는 건 겉모습뿐이고, 사실은 공포에 질려서 착란상태인 거야?"

블루는 눈을 깜빡인 뒤 민망한 듯 헛기침했다.

"어, 아니, 응, 그래. 이렇게 많은 용을 본 건 처음이니까 혼란스러운 거겠지. 여행을 떠날 때의 결심을 잊어버린 모양이야. ……그렇지? 형. 피아를 여신으로 대하지 않기로 했잖아?"

블루의 말을 들은 그린은 퍼뜩 눈을 크게 떴다.

"그랬지! 피아, 내 발언은 신경 쓰지 마. 즉 '여신의 가호가 있기를'이라는 제국의 기도문이야."

"그래?"

그러고 보면 그린과 블루는 제국 출신이고, 제국은 여신신앙이 강한 나라였지.

생활의 중심에 여신을 향한 경애가 놓여 있으므로 다양한 표현에 '여신'을 인용하는 건지도 모른다.

"후후, 그린. 멋진 기도문이네. 그럼 '내 귀여운 자빌리아에게 여신의 가호가 있기를!'"

"그 낯선 이름은 네 사역마…… 인 거겠지. 하하, 이 땅에서 온갖 용들을 부리는 마물이 네 사역마라. 대체 정체가 뭐냐고 물어볼 필요도 없겠구만. ……하, 하. 그래. 너에 대해선 이제 무슨 일이 일어나도 놀라지 않기로 했는데 불가능한 결심이었어! 상식을 벗어난…….”

냉정한 그린치고는 드물게도 무언가 계속 중얼거리기 시작했지만, 그는 끝까지 말을 잇지 못했다.

왜냐하면 다음 순간, 쿵! 하는 커다란 소리와 함께 한 물체가 하늘에서 수직으로 떨어져 내렸기 때문이다.

땅이 흔들릴 정도로 큰 충격과 함께 주변의 바위가 비산하고 흙먼지가 피어오른다.

카티스 단장님이 순간적으로 내 앞을 가로막아준 덕분에 나는 상처 하나 입지 않았지만, 그에게는 크고 작은 돌이 부딪쳤다는 걸 소리로 알아차렸다.

“카티스, 괜찮아?!”

확인을 위해 물어보았지만 카티스 단장님은 대답하지 않고 그저 나를 비호하며 섰다.

뭉게뭉게 치솟는 흙먼지 속에서 한 실루엣이 드러났다.

인간보다 몇 배는 더 큰 거대한 체격과 날개 같은 윤곽이 흙먼지 너머로 어렴풋하게 보였다.

순간 그 크기에서 자빌리아를 떠올렸지만, 번뜩 빛나는 눈동자의 색도 그 날카로움도 한눈에 알 수 있을 만큼 자빌리아와는 달랐다.

———흙먼지 속에서 모습을 드러낸 것은 10m는 될 법한 회갈색의 용이었다.

와, 자빌리아와 덩치가 비슷한 용이구나!

갑작스러운 출현에 놀라기는 했어도, 그 훌륭한 모습에 감탄하며 넋을 잃고 쳐다보자 시야를 가로막는 흙먼지 속에서 번쩍 빛나는 두 눈이 보였다.

"피 님!"

카티스 단장님의 주의를 듣기도 전에 이미 용의 눈동자에서 적의가 번득인다는 걸 알아차렸다.

무언가를 할 새도 없이 회갈색의 용이 입을 쩍 벌리고 불꽃을 뿜어냈다.

예전에 자빌리아가 뱉은 것만큼의 기세는 없었지만, 불을 뿜는 용이라면 틀림없이 상위종이다.

넓이가 2m 정도 되는 불꽃이 나를 향해 일직선으로 날아왔다.

불꽃의 이동속도는 인간의 이동속도보다 훨씬 빠르다. 일격에 처치하려는 것을 알 수 있는 공격이었다.

피할 수 없다고 판단한 나는 다가오는 불꽃을 향해 한쪽 손을 뻗어 방어마법을 발동시켰다.

"『대염방어(對炎防禦)의 방패』!"

불꽃에는 불꽃, 물에는 물 등 방어 대상을 한정시켜 발동하는 게 몇 배는 더 간단한 마법으로 끝낼 수 있다.

따라서 불꽃 방어에 특화한 마법을 시전했다.

내 목소리에 호응하듯 쫙 펼친 손바닥에서 직경 5m 정도의 마법 방패가 나타났다.

그 방패는 용의 불꽃에 닿은 순간 튕겨내는 듯한 반원형으로 모습을 바꾸어 그대로 불꽃을 막아냈다.

손에서 느껴지는 무게를 확인하며 나쁘지 않은 불꽃이라는 생각을 하고 있을 때, 그린이 달려와 내 앞을 방패로 막았다.

하지만 그린은 눈앞에 나타난 마법 방패가 시야에 들어온 건지 움찔하며 전신을 긴장시켰다.

……완전히 마법을 봐 버렸는데 괜찮으려나? 조마조마해 하며 그린을 지켜보자 그는 '하!' 하고 헛웃음을 터트리고는 흥분한 듯 소리쳤다.

"하하, 또 새로운 마법이야?! 고작 한 명으로 이 불꽃을 막다니 무시무시한데! 매번, 매번 놀랄 수밖에 없어!"

그린을 빤히 쳐다보자, 그는 목소리와 마찬가지로 흥분한 표정이 되어 홀린 듯이 마법 방패를 바라보고 있었다.

그 표정에는 격양된 감정이 어른거리긴 했지만 그게 전부였다. 그리고 그린 바로 옆에 있는 블루도 비슷한 상태였다.

나는 마법 방패를 받치고 있지 않은 반대쪽 손을 움켜쥐고 마음속으로 '역시 그렇구나!' 하며 환호했다.

왕도에서 출발할 때 카티스 단장님이 '피 님께서 다시 저주에 걸려 성녀의 힘을 쓸 수 있게 되었음을 전원이 이해했습니다'라고 말했지만, 그리고 카티스 단장님의 말이라면 틀림없다고 믿었긴 했지만, 마음속 어딘가에서는 '정말 괜찮은 걸까?' 하고 걱정이 됐었다.

가자드 변경백령 입구 근처의 산과는 다르게 흑악에는 마물이

득시글거린다고 한다.

그런 산에 올라간다면 자빌리아가 모든 마물을 제어할 수 있는 것도 아닐 테니까, 이번에야말로 싸우게 될 것이라는 예감은 했었다.

한편으로 실제로 내가 성녀의 힘을 사용했을 때 그린과 블루가 정말로 순응할지 걱정이었다.

하지만 두 사람의 반응을 보는 한 기우였던 모양이다.

내 마법을 보고도 당연하다는 듯이 받아들여 주고 있으니까.

아아, 이 두 사람이 단순해서 다행이야!

그렇게 가슴을 쓸어내리고 있을 때, 그린이 슬쩍 물어보았다.

"……그런데 피아. 어떻게 할 거야? 이 용을 쓰러트리면 돼?"

얼굴이 조금 딱딱한 걸 보아 어느 정도 허세도 섞여 있을 테지만, 그래도 호언장담하는 그린을 보며 기우는커녕 아주 믿음직스러운 동료와 함께 온 것 같아 마음이 든든해졌다.

이 커다란 용을 앞에 두고도 도망치지 않는 것만으로도 대단한 일이다.

애초에 용은 S랭크의 마물로, 100명의 기사가 팀을 이뤄서 토벌하는 게 기본이다.

하지만 눈앞의 용은 적룡이나 청룡 등의 분류에 해당하지 않는 회갈색인데다 덩치도 일반적인 크기보다 더 커서 기본적인 용의 분류에도 들어맞지 않는다.

즉 특별하게 성장했거나 변이종이거나 둘 중 하나이며 불을 뿜는 것으로 미루어 보아도 상위종인 용일 테지만…….

나는 짐작 가는 바가 있어 난감해하며 눈앞의 용에게 시선을 고정했다.

이렇게 멋들어진 용이다. 많은 용이 모여 있어도 특출난 존재일 것이다.

그리고 이 산에 있는 걸 보아, ……분명 자빌리아의 동료겠지.

그렇다면 조금 사고를 쳤다고 해도 절대 공격할 수 없다.

어떻게 물러나 줄 수 없냐는 마음으로 부탁하는 시선을 보냈지만, 회갈색 용은 눈을 형형히 빛내며 한층 더 거센 불꽃을 뱉어낼 뿐이었다.

방패를 지탱하는 팔이 가늘게 떨렸다.

……틀렸네. 완전히 싸울 의욕이 넘쳐나잖아. 으음, 쓰러트리지 않고 전의를 상실시키려면…….

그런 고민을 하며 움직이지 않고 있을 때…… 하늘에 검은 점이 보였다.

설마? 하며 눈을 가늘게 뜨고 쳐다보자 검은 점이 점점 커지더니 순식간에 익숙한 용의 모습이 되었다.

그대로 쳐다보자 검은색의 커다란 용은 우아한 몸짓으로 눈앞에 사뿐 내려섰다.

거친 풍압이 발생했지만 어째서인지 회갈색 용이 내려섰을 때와는 다르게 충격음도 없고 돌도 튀지 않았다.

———다음 순간 눈앞에 나타난 건 참으로 아름다운 용이었다.

검은색을 지니는 것을 허락받은 특별한 개체이자 누구보다도 크게 자랄 수 있는, 강하고 아름다운 나의…….

"자빌리아!"

오랜만에 만난 자빌리아가 건강해 보여서 기뻤던 나는 커다란 목소리로 이름을 불렀다.

그러자 자빌리아는 후후후 웃더니 날개를 크게 펼치고 사랑스럽게 고개를 기울였다.

"피아, 네가 먼저 날 만나러 와 주다니 너무 기뻐. 영봉흑악에 잘 왔어. 진심으로 환영할게."

자빌리아는 전에 봤을 때보다도 한층 커졌고, 날개는 햇빛을 받아서 반짝반짝 빛났다.

부러트렸던 뿔도 예전처럼 이마 중심부에 멋지게 돋아난 모습은 왕의 품격이 조금씩 묻어나고 있는 것처럼 보였다.

"자빌리아, 보고 싶었어!"

사랑스러운 목소리를 들은 것이 기뻐서 반사적으로 달려가 배 부근에 답싹 달라붙었다.

그러자 자빌리아는 목을 굽혀서 내 머리에 자신의 이마를 톡 맞댔다.

"여전히 건강하구나. 피아가 나를 잊기 전에 피아에게 돌아가겠다고 약속했었는데, ……혹시 내가 너무 늦으니까 피아를 잊을 것 같아서 만나러 와 준 거야?"

자빌리아가 장난치려고 오해한 척한다는 건 알고 있었지만 급하게 반박했다.

"당연히 아니지! 자빌리아가 보고 싶어서 온 것뿐이야!"

"그렇구나. 보고 싶다는 이유만으로 이렇게 먼 곳까지 와 줬구

나. 고마워, 피아."

기뻐하는 목소리를 내는 자빌리아를 보며 나도 기뻐져서 후후후 웃었다.

"자빌리아가 건강해 보여서 안심했어! 동료 용도 많이 생겨서 다행이야. 적룡에다 청룡에다 회갈색 용까지!"

웃으면서 자빌리아에게 말을 걸자, 어째서인지 나쁜 일을 떠올렸다는 양 입을 일그러트렸다.

"그래, 그랬지. 회갈색 용은, ……과연 내 동료인지 알 수 없어졌지만."

그러더니 자빌리아는 조금 떨어진 곳에 웅크리고 있는 회갈색 용에게 고개를 돌렸지만, 그 목소리는 지금까지 들은 귀여운 목소리가 아니라 뼛속까지 시릴만큼 싸늘한 목소리가 되었다.

"그래서? 내 주인을 맞으러 간 네가 왜 피아에게 불꽃을 뿜은 거지?"

자빌리아의 말을 들은 나는 그제야 회갈색 용에게 공격받고 있었다는 걸 떠올렸다.

자빌리아가 회갈색 용에게 날 맞으러 가라고 보낸 거였다면 꽤 거친 환영이지.

그렇게 생각하며 회갈색 용을 바라보자 목을 움츠리고 최대한 몸을 작게 웅크려 굳어버린 듯 움직임이 멈춰 있었다.

그러고 보면 조금 전 자빌리아가 내려온 걸 본 순간 이 회갈색 용은 '크억!' 하고 단말마 같은 비명을 지르더니 입을 꾹 다물었지.

그리고는 허둥지둥 뒤로 물러나더니 최대한 시야에 들어오지 않도록 몸을 웅크리고 있었어.

우리를 공격한 걸 숨기려는 건지도 모르지만, 그 정도로 내 똑똑한 자빌리아를 속일 수 없을 텐데.

대체 어떻게 할 생각인 건지 주목하자, 자빌리아에게 심문을 받은 회갈색 용은 불안정하게 눈을 이리저리 굴렸다.

그 반응을 보고 '어라? 이 아이, 진심으로 난처한 건가?' 하고 조금 불쌍해졌다.

하지만 자빌리아에게는 동정할 마음이 일절 없는 건지, 안절부절못하는 회갈색 용의 반응엔 아랑곳하지 않고 말을 이었다.

"조일, 나는 네게 물어봤거든?"

그러자 조일이라 불린 회갈색 용은 움찔 몸을 움츠린 뒤 재빠른 동작으로 머리와 배와 두 손을 땅바닥에 붙여 엎드리는 듯한 자세를 취했다.

꼬리까지 바닥에 납작하게 붙여 완전 항복 자세가 되었다.

그 표정은 시무룩하게 풀이 죽어 있었다.

……저런, 조일은 자빌리아를 좋아하는구나. 그래서 자빌리아가 화내자 의기소침해진 거야.

커다란 덩치로 풀이 죽은 용의 모습이 쓸쓸해 보여 나도 모르게 끼어들었다.

"저기, 자빌리아. 나는 용의 방식을 모르지만 어쩌면 회갈색 용의 환영법은 손님에게 불을 뿌려주는 건지도 몰라."

"응, 그렇구나. 그럼 거의 모든 손님이 방문하자마자 노릇노릇 구워져서 통구이 요리로 올라오게 되겠지."

"어?!"

듣고 보니 확실히 보통은 그 불꽃을 막지 못하니까 통구이가 되고도 남는다.

안 돼. 그런 집에 방문하는 사람은 없을 거야.

"조, 조일. 괜한 참견일지도 모르지만 그 환영법은 개선하는 게 좋을 것 같아."

슬그머니 조언을 던져봤지만 조일은 날카롭게 노려볼 뿐이었다.

……으, 으음. 그렇겠지.

용종은 고랭크의 마물이니까 원래도 자존심이 강하지만, 조일은 색도 크기도 통상 범주에 들어가지 않으니 특별한 개체일 것이다.

애초에 용이 보기에 인간 같은 단명종은 대등하게 대할 관계도 아닐 테니까, 특별한 용인 조일이 보기에 나는 산에 굴러다니는 돌멩이 같은 존재 아닐까.

그런 의미로 따지자면 자빌리아는 용케 나를 받아들여 줬구나.

검은색 용인데도 이해력이 좋고 그릇이 넓은 착한 용이다.

그런 생각을 하고 있을 때 자빌리아가 다시 얼어붙은 목소리를 냈다.

"골치 아파지니까 네 환영법에 대해서는 생략하지만. 명심해, 조일. 피아는 내 주인이야. 한 번만 더 피아에게 적의를 보인다고 간주되는 행동을 취한다면 너를 배제할 거야. ……사실은 지금 당장 배제하고 싶지만, 주인이 보고 있으니까. 내 주인은 너를 배제하는 걸 허락해주지 않을 테지……."

자빌리아가 판단을 구하듯 나를 바라보았기에 고개를 좌우로 붕붕 도리질했다.

안 됩니다, 안 됩니다. 귀여운 자빌리아는 배제 같은 무시무시한 짓은 하면 안 됩니다.

자빌리아의 말을 들은 조일은 부들부들 크게 떨더니 전신에 힘을 줘서 한층 더 납작 바닥에 달라붙었다.

완전히 풀이 죽은 모습이다.

그런 조일을 일별한 뒤, 자빌리아는 나를 돌아보고 미안해하며 입을 열었다.

"미안해, 피아. 내가 용들을 제대로 통제하지 못해서 위험한 일을 겪게 했네."

나는 이 이상 자빌리아가 상심하는 걸 막고, 이 이상 조일이 혼나는 걸 막고 싶은 마음에 최대한 사태를 축소하기로 했다.

"괘, 괜찮아! 위험 같은 전 전혀 없었으니까! 조일의 불꽃은 자빌리아의 불꽃과 비교하면 별것 아니었고, 그 정도는 공격이 시작된 뒤에도 충분히 막을 수 있어."

"……그래. 조일의 불꽃은 피아에겐 놀이와 같은 수준이구나."

내 말을 들은 자빌리아는 재미있다는 듯 후후 웃으면서 조일을 보았다.

덩달아 나도 조일을 보자, 회갈색 용은 조금 전보다 두 배는 더 기가 죽어서 얼굴을 가리듯 땅바닥에 푹 처박고 있었다.

"와, 조일은 정말로 자빌리아를 좋아하는구나! 네가 화를 내자 아주 의기소침해졌어."

조금 불쌍한 기분이 들어 자빌리아에게 알려주자 자빌리아는 황당해하는 표정으로 나를 쳐다보았다.

"어? 조일이 침울해진 원인이 나라고 생각하는 거야? 고작 인간인 줄 알았던 피아가 완벽하게 불꽃을 막아낸데다 전혀 상대도 되지 않는다는 발언을 한 게 원인이라고 보는데?"

"에이, 자빌리아도 참! 그야말로 고작 인간의 발언을 위대한 용이 신경 쓸 리 없지."

재미있어하며 대답하자 자빌리아는 변함이 없다는 말이라도 하고 싶은 양 고개를 기울였다.

"그래……. 피아는 건강을 해치지 않는 최강의 사고회로를 지녔구나. 그럼 나는 위대한 용종이지만 피아의 말을 가장 신경 쓴다고 말해야 할까."

그 후 자빌리아는 주변에 우뚝 서 있는 세 남자를 어이없다는 듯 둘러보았다.

"그나저나 재미있는 멤버를 모아놨네. 좀처럼 볼 수 없는 희귀품만 추출하는 피아의 수완은 일종의 재능이야. 그런데도 그들의 진가를 눈치채지 못했다는 점이 피아의 진정으로 대단한 부분이지. 보석을 돌멩이처럼 대하는 인간은 처음 봤어."

"보석?"

……보석처럼 반짝반짝 예쁜 머리카락 색을 지닌 남자들이긴

한데.

“후후, 자빌리아의 표현은 멋지구나! ‘보석 같은 남자들’이라. 음, 확실히 이 세 사람에게 딱 맞아.”

자빌리아를 칭찬할 생각으로 한 발언이었으나 막상 자빌리아는 심드렁한 표정으로 힐끗 시선을 흘렸다.

“대단해. 거기까지 자기 입으로 말해놓고 아직 눈치채지 못하다니. 피아의 문제는 능력이 너무 뛰어나다는 거야. 어지간한 일로는 전혀 곤란하지 않으니까, 주변에 도움을 요청한다거나 주변에 뭘 할 수 있는지 같은 건 깊게 생각하지 못하는 점이 너를 둔감하게 만드는 원인이 아닐까.”

“둔감하다니! 그야 물론 마물이 보기에는 이래저래 감지 능력이 부족할 테지만, 그건 종족의 차이니까 감안해줘.”

은근슬쩍 욕을 들은 기분도 들었지만, 자빌리아는 0살이라 적절한 표현법을 모르는 거니 눈감아주기로 했다.

내 관대한 처사에 자빌리아는 재밌다는 듯 웃었다.

“후후후, 그런 발상을 하다니! 그래, 종족 차이는 어떻게 할 수 없지. 응, 피아는 정말로 최강의 사고회로를 갖고 있어!”

무언가 다른 뜻이 있는 느낌도 들기는 하지만 칭찬이라는 건 틀림없다.

나는 생긋 웃으며 인사했다.

“칭찬해줘서 고마워, 자빌리아! 그런데 슬슬 내 동료들을 소개하고 싶어. 그리고 네 회갈색 동료도 소개해줘.”

하지만 내 말을 들은 자빌리아는 이의가 있다는 듯 입을 일그러트렸다.

“그래. 하지만 나는 피아와 함께 모든 것을 지켜봤거든. 네 동료가 누구인지는 피아보다 더 잘 알고 있을 거야. ……안녕. 카티스, 그린, 블루.”

자신의 발언을 증명하듯 자빌리아는 소개받지도 않은 내 동료들의 이름을 술술 읊었다. 그걸 듣고 ‘맞다!’ 하고 떠올렸다.

자빌리아는 여러모로 편리한 능력을 지녔지.

때문에 이번에는 반대로 세 명에게 자빌리아를 소개해줄 수 있다는 게 기뻐서 동료들을 향해 몸을 돌리고 방긋 웃었다.

“그럼 세 명에게 소개할게. 내 친구인 흑룡이야.”

여러 번 자빌리아의 이름을 부른 것 같은 느낌이 들기는 하지만, 뒤늦게 사역마의 이름을 경솔히 공개하면 안 된다는 퀜틴 단장님의 가르침을 떠올리고 ‘흑룡’이라는 용종으로 소개했다.

자빌리아의 경우는 한 마리밖에 없는 흑룡이니까 딱히 이상한 소개는 아닐 거라고 믿으면서.

자빌리아가 높은 위치에서 내려다보는 가운데 가장 먼저 입을 연 사람은 카티스 단장님이었다.

“……참으로 멋진 용이군. 피 님께서 최강의 호위가 있다고 자랑하실 만해.”

반해버린 듯한 카티스 단장님의 목소리에 이끌려 다시금 자빌리아를 올려다보니 위풍당당하게 선 흑룡이 날개를 펼친 모습이 눈에 들어왔다.

고상한 실루엣에 칠흑빛을 두른, 한참 올려다봐야 할 만큼 크고 멋진 용이다.

확실히 처음 자빌리아를 본다면 이 아름다움에 감동할 만하다. 그런 내 마음의 소리가 들리기라도 한 듯 카티스 단장님이 감명받은 목소리를 냈다.

"뿔이 돋은 용이라니…… 처음 봤어……! 생물의 상식을 따진다면 육식동물에게는 뿔이 없지. 뿔을 지닌 건 사슴이나 소 등 초식동물뿐이지만, 이렇게 훌륭한 이빨과 발톱을 지닌 흑룡이 초식일 리는 없고."

카티스 단장님은 생각에 잠기듯 말한 뒤 자빌리아의 전신을 흥미로워하며 둘러보았다.

그러더니 별안간 퍼뜩 눈을 크게 떴다.

"……그렇구나. 피 님께서 말씀하셨지! 왕이 되려는 용! 먹이를 사양하기 위해서가 아니라 동료를, 그리고 피 님을 지키기 위해 뿔을 획득한 건가. 참으로 믿어지지 않는군. 그 검은 용이 피 님을 위해 생태를 바꾸다니!! 아아, 피 님. 당신께선 여전히 터무니없는 일을 해내시는군요."

마지막엔 갈라지는 목소리로 중얼거린 카티스 단장님이 자빌리아를 향해 정중히 머리를 숙였다.

"처음 만나는군. 왕국 기사단에 소속된 카티스 바니스타다. 여태까지 피 님을 수호해준 것에 감사를 표한다. 나도 성심성의껏 피 님을 섬기며 지킬 생각이지만, 천 년을 산다는 흑룡이 보기에는 애송이이기에 부족한 점도 많을 거다. 그런 나에게 그대의 존재는 무엇보다도 든든해. 앞으로 잘 부탁한다."

카티스 단장님의 정중한 언동을 본 자빌리아는 의외라는 듯한 표정으로 입을 열었다.

"생각보다 겸손하네. 피아의 호위 우선권을 주장할 줄 알았어."

카티스 단장님은 놀란 듯 숙이고 있던 고개를 들어 올려 쓴웃음을 지었다.

"그럴 리가! 나에게 가장 우선해야 하는 사항은 피 님을 지키는 것이다. 호위하는 자가 늘어나는 걸 거부할 이유가 없지."

"흐음. 나쁘지 않은 사고방식이야……."

자빌리아는 그럭저럭 괜찮아하는 듯한 표정으로 중얼거렸지만, 그 모습을 보고 나는 '어라?' 했다.

아무래도 자빌리아는 카티스 단장님이 마음에 든 모양이다.

친구가 친구를 마음에 들어 한다는 건 참 기분 좋다고 만족스러워하고 있을 때, 이번에는 그린이 한 걸음 앞으로 나와 가슴에 손을 올리고 머리를 숙였다.

"그린이라는 이름밖에 댈 수 없는 무례를 용서해주길 청한다. 반년 전에 피아에게 구원을 받고 이번에는 억지로 동행을 허락받았지. 내가 무엇을 할 수 있을지 헤아리는 중이었으나, ……학식이 얕은 몸이기에 마물이 인간의 언어를 구사할 수 있다는 것조차 지금까지 모르고 있었다. 내가 흑룡에게 무례한 행위를 보인다고 한들 무지하기 때문임을 고려하여 지적해준다면 고맙겠군."

"어, 그린이 어려운 말을 쓰고 있잖아?!"

놀란 나머지 무심코 소리쳤지만 어째서인지 나 말고는 아무도 놀라지 않았다.

뭐야, 뭐야. 그린은 이렇게 똑똑해 보이는 말투를 쓰지 않았잖아?

그렇게 내가 혼자 고개를 갸웃거리거나 말거나 자빌리아는 살짝 턱을 들어 올리고는 시험하는 듯한 어조로 말했다.

"흐음. 네 입장에서 그런 말을 할 수 있구나? 애초에 '유일한 한 명' 외에는 머리를 숙이지 않도록 교육받지 않았어?"

자빌리아의 말을 들은 그린은 깜짝 놀란 듯 눈을 크게 떴다.

"흑룡은…… 만물을 간파할 수 있는 건가……."

……아, 그렇게 오해할만하네.

자빌리아는 내가 체험한 걸 감지할 수 있고 감정도 공유할 수 있다는 걸 그린은 모르니까.

그렇다면 자빌리아가 세상 모든 것을 간파하는 것처럼 보일지도 모른다.

그렇게 생각하는 내 앞에서 그린은 가볍게 고개를 털었다.

"아니, 실례했군. 흑룡의 능력을 파헤치려는 의도는 없다. ……그래, 그러한 교육을 받기는 했으나 그것의 실천 여부는 내 재량의 범위지. 내가 '유일한 한 명'을 공경하는 건 그 입장이 기준이 아닌, 공경받을 만한 인품을 갖추고 있는가다. 즉 내 행동 기준은 '유일한 한 명'과 마찬가지로 공경해야 할 상대인지 아닌지 뿐이지만, ……우리가 나라에 묶여있던 시기에도 이미 피아를 수호하고 있던 흑룡을 공경하지 않을 리 없지."

그린의 말을 들은 자빌리아는 포기한 듯 한숨을 쉬었다.

"……피아가 모으는 인간은 너무 특이해서 곤란하지만, 다들

악하지는 않단 말이지. 게다가 규격 외의 존재야. 정말 어떻게 해야 이런 녀석들만 모을 수 있는 걸까."

"후후후, 자빌리아는 그린도 마음에 들었구나!"

자빌리아의 발언에서 그린을 마음에 들어 한다는 걸 감지한 나는 히죽히죽 웃으면서 자빌리아의 배를 쓰다듬었다.

그러자 마지막으로 블루가 긴장한 얼굴로 한 걸음 앞으로 나와 입을 열었다.

"처음 뵙겠습니다, 블루입니다. 형과 마찬가지로 가문명을 밝히지 않는 무례를 용서해주시길 청합니다. 저 같은 미물은 흑룡 앞에서 감히 드릴 말씀조차 없지만 성심성의껏 피아를 지키겠노라 약속합니다!!"

"……응, 너희는 말의 무게를 아는 입장에 있으니까. 그 발언을 의심하진 않아."

자빌리아는 그렇게 말한 후 한숨을 내쉬었다.

"정말 피아는, 내가 없는 동안에 여러 명의 인간을 선뜻 곁에 두길래 내가 그들을 간파해줘야겠다고 다짐했는데. ……다들 트집 잡을 구석도 없어서 짜증 나!"

그리고는 조일에게 힐긋 시선을 돌렸다.

"한편 내 동료라는 녀석은……. ……아무튼 소개할게. 이 녀석은 회갈색 용이야. 태어났을 때부터 이 색이었다고 하니 변이체겠지. 나와 다른 용들 사이에 위치하는 상위종이야."

자빌리아의 소개를 들은 나는 퍼뜩 소리를 냈다.

"그, 그렇구나. '회갈색 용'이라는 소개가 맞아! 나와 조일은 사역마 계약을 맺은 게 아니니까 이름을 부르면 안 되는 거였어!"

역시 자빌리아.

사역마는 계약자 외엔 이름을 불리는 걸 싫어한다는 퀜틴 단장님의 지도를 받았지만, 사역마 말고 다른 마물에게 해당한다는 것까지는 생각이 미치지 못했다.

조일의 성격이 첫인상보다 온화하고 이름을 불러도 화를 내지 않아서 눈치채지 못했어!

새로운 발견에 기뻐하며 생글생글 웃는 얼굴로 자빌리아를 바라보았지만, 막상 자빌리아는 이해할 수 없다는 듯 고개를 갸웃거렸다.

"아니, 피아가 조일을 이름으로 부르는 건 문제없어. 나와 계약한 이상 내 부하에게도 계약이 계승되거든."

"어? 자, 자빌리아도 참. 무서운 소리 하지 마! 그런 규칙은 처음 들었는걸."

자빌리아가 터무니없는 말을 했기에 놀라서 부정했다.

하지만 자빌리아는 아무렇지도 않다는 양어깨를 으쓱했다.

"그래? 그럼 내가 지금 만든 걸로 하자."

"그런 규칙을 마음대로 만들면 안 됩니다!"

어린아이 같은 소릴 하는 자빌리아를 혼내자 조일이 불편한 듯 몸을 꿈질거렸다.

"아, 회갈색 용. 미안해. 너를 소개하는 도중이었지."

새 발견에 따라 몸 색을 따서 정중하게 불러봤지만, 조일은 불만이라는 듯 작게 콧소리를 냈다.

그걸 본 자빌리아가 '거 봐'라는 듯 살짝 꼬리를 흔들었다.

"내 이름을 부르는 피아가 이름을 불러주지 않는다는 건 '이름을 기억하지도 않는 기타등등'으로 대한다는 거니까 조일은 받아들이지 못하나 봐. 뭐, 그래도 피아가 원하는 대로 부르면 돼."

그렇게 말한 뒤 자빌리아가 몸을 약간 숙였다.

"나는 평소 산꼭대기 부근에서 살고 있는데, 피아가 괜찮다면 안내할게. 등에 타고 갈래?"

"와, 재밌겠다!"

생각해보면 자빌리아의 등에 타는 건 성인 의례에서 만난 뒤 루드 가까지 바래다줬을 때 이후로 처음이다.

그 시절과 비교하면 자빌리아는 다른 용으로 보일 만큼 크고 멋지게 자랐지만, 내 귀여운 자빌리아라는 건 변함이 없다.

앗, 아니지. 정확하게는 귀엽고 강하고 다정한 자빌리아지!

그렇게 자랑스러워하며 자빌리아에게 질문했다.

"카티스와 그린과 블루도 태워줄 수 있어?"

자빌리아의 장점은 함께 지낼수록 더 많이 보이니까, 다들 자빌리아를 알고 더 좋아해 주길 바라는 마음에 꺼낸 질문이었다.

하지만 내 마음을 이해하고 있을 자빌리아는 대답할 때까지 잠깐 시간이 걸렸다.

"……피아가 원한다면."

그 반응을 어떻게 받아들인 건지 블루가 중재하듯 끼어들었다.

"피아, 괜찮다면 나와 형은 회갈색 용을 타고 가도록 할게. 아니면 내 다리로 걸어서 꼭대기까지 등반해도 되고."

와, 블루는 분위기 파악을 잘하는구나!

그렇게 감탄하고 있을 때 분위기를 파악하지 않는 옛 호위 기사가 당연하다는 듯 입을 열었다.

"나는 피 님과 같이 가지."

역시 카티스야.

오랜만에 만난 자빌리아가 나를 독점하고 싶어 한다는 것 정도는 눈치채고 있을 텐데도 완벽하게 무시하고 자신의 희망 사항을 밀어붙이는 방식은 호쾌할 정도다.

그렇게 기가 막혀서 쳐다보았으나, 둔감한 옛 호위 기사는 내 마음을 알아차리지 못하고 발언을 취소하지 않았기에 카티스 단장님의 요청대로 둘로 나눠 이동하게 되었다.

그 후 각자 용에 타기 위해 짐을 정리하고 있을 때, 그린과 블루가 무의식인 듯 크게 한숨을 쉬었다.

""………하아.""

그리고는 둘 다 그대로 피곤한 건지 어깨를 축 떨궜다. 혹시 용에 탄다고 긴장해서 그런 건지 걱정이 되어 말을 걸었다.

"그린, 블루. 괜찮아? 용을 타는 게 걱정일지도 모르지만 그렇게 무섭지 않을 거야. 예전에 자빌리아가 태워준 적이 있었는데, 그리 높게 날지도 않았고 흔들리지도 않았어."

말을 한 뒤에야 '아차, 또 대놓고 '흑룡'이 아니라 '자빌리아'라고 말해버렸잖아' 하고 후회했지만 두 사람은 알아차리지 못한 모양이었다. 대신 내 말을 부정하듯 고개를 저었다.

"아니, 피아. 그런 게 아니야. 우리는 용을 타는 걸 두려워하는 게 아니라, 현 상황을 정리하고 있었을 뿐이야. 조금 전까지는 회갈색 용을 쓰러트리려고 대치하고 있었는데 이제는 탑승하게 되었잖아. 대체 무슨 일이 일어난 걸까. 조금 혼란스러워."

그린의 말을 들은 나는 고개를 갸웃거렸다.

"으음, 그건 조일이 자빌리아의 동료라는 게 판명되었기 때문이잖아?"

조일이 자빌리아의 동료니까 대결할 필요가 없어지고 친해졌을 뿐이다. 간단하지 않나?

그렇게 당연한 대답을 돌려주자 그린이 답답하다는 듯 손을 크게 내저었다.

"그 말이 맞는데, 그렇지 않아. 내가 하고 싶은 말은 용의 정점에 선 흑룡을 길들이다니 너는 대체 얼마나 대단한 거냐! 라는 거라고."

어? 여기서 다시 사역마가 되었을 때 자빌리아가 크게 다쳤기 때문이라고 설명해야 하나? 그런 고민을 하고 있을 때 이번엔 블루가 입을 열었다.

"나브 왕국의 수호수(守護獸)는 흑룡이잖아. 당연히 피아는 전부 알면서 왕국에 가장 효과적인 마물을 사역마로 삼은 거겠지만, 세상에 한 마리밖에 없는 흑룡을 찾아서 심지어 사역시키다니, 너무 대단해."

"아."

그랬지! 잊고 있었지만 자빌리아는 나브 왕국의 수호수다.

분명 흑룡이 강해 보이니까 왕국이 멋대로 자빌리아를 수호수로 받들어 모신 거겠지만, 수호수라는 건…… 어라?

생각하던 도중 문득 의문이 치솟아 고개를 갸웃거렸다.

"그러고 보면 300년 전 이 근방은 나브 왕국의 영토가 아니었지?"

……나는 이래 봬도 전생에 왕녀였다.

그 때문에 지금과는 영토의 범위가 다른 당시의 지도를 외국까지 포함하여 꼼꼼히 머릿속에 입력해놓았다.

그리고 그런 내 기억에 의하면 300년 전에는 이 땅은 왕국령이 아니었다.

즉 그 후에 이곳이 왕국의 땅이 되었다는 거고. ……거기까지 생각한 순간 퍼뜩 번뜩였다.

"알겠다! 왕국은 영봉흑악을 포함한 가자드 지역을 차지한 게 기뻐서 그걸 기념하여 흑악에 살던 흑룡을 나라의 수호수로 삼은 거 아닐까?"

입에 담자 정답인 것 같은 느낌에 득의양양하게 그린을 올려다보았으나, 그는 고개를 저어 부정했다.

"아니, 순서로 따지면 왕국이 흑룡을 수호수로 정한 게 먼저야. 게다가 이 땅은 아르테아가 제국의 일부를 무상으로 양도받은 거지. 전쟁으로 따낸 것도 아닌 땅을 굳이 기념으로 삼지는 않을걸."

오, 역시 제국민답게 제국의 역사를 잘 아는구나. 그런데 잠깐. 다른 점이 신경 쓰였다.

“어? 여기는 아르테아가 제국의 일부였어?”

머릿속에 있는 지도와 일치하지 않는다.

300년 전 나브 왕국은 현재와 마찬가지로 대륙의 서쪽 끝에 있었지만, 지금처럼 국토가 넓지는 않았다.

여기를 포함한 현 왕국의 북부지역은 300년 전엔 타국의 영토였고, 그 타국은 제국이 아니었다.

왜냐하면 아르테아가 제국은 대륙의 동쪽 끝에 있으니까.

300년 전의 대륙은 나브 왕국이 서쪽 끝에, 아르테아가 제국이 동쪽 끝에 있었고 그사이에는 다양한 나라가 있었는데…….

그런데 현재 아르테아가 제국은 대륙의 북쪽 중앙부에 있다.

과거 제국령이었던 동부에는 다른 나라가 차지했고, 제국은 왕국과의 사이에 소국 하나만을 끼운 형태로 이웃해있다.

즉 대륙의 서쪽에서 본다면 나브 왕국(대국), 디타르 성국(소국), 아르테아가 제국(대국) 순서다.

하지만 그린의 말대로 지금 있는 이곳을 제국이 양도해준 것이라면, 과거의 제국은 현재의 디타르 성국을 포함하여 나브 왕국의 일부마저 제국령으로 흡수했었다는 말이 된다.

어라라? 어떻게 된 거지? 의아해서 고개를 갸우뚱거리고 있을 때 카티스 단장님이 설명해줬다.

“약 300년 전, ……대성녀님께서 돌아가시고 10년 정도 지난 후에 아르테아가 제국은 대륙 북부를 모두 집어삼켰습니다. 동쪽 끝에서 서쪽 끝까지 대륙 북부를 모조리. ……즉 대륙의 절반은 아르테아가 제국이었죠.”

"뭐?! 대, 대륙의 절반?!"
무심코 괴성이 튀어 나갔다.
대륙의 절반이라고? 그럴 수 있는 거야?!
이 광활한 대륙의 절반을 지배하는 나라라니, 여태까지 들어본 적도 없었다.
확실히 300년 전의 대륙 판세는 제국 1강이긴 했으나, 그 영토는 기껏해야 대륙 북쪽 끝에서 북쪽 중앙부까지였다.
그런데 북쪽 중앙부를 넘어 서부까지 지배했다면 제국은 고작 10년 만에 영토를 두 배로 늘렸다는 셈이 된다.
"와, 300년 전의 제국 황제는 대단한 장군이었구나!"
솔직한 감상을 입에 담자 블루가 절절히 고개를 끄덕였다.
"그래. 흑황제는 제국사를 살펴봐도 최강의 장군이었어."
"흑황제?"
어라라? 또다시 낯선 호칭이 등장했다.
300년 전에 내가 알던 제국 황제는 다른 호칭을 지녔으니, 분명 다른 사람이다.
그렇다면 전생의 내가 죽은 뒤에 내가 알던 황제가 물러나고 다음 황제가 즉위했다는 건데…….
흑룡, 흑기사, 흑황제……. 죄다 검은색이야!
나는 신기해하며 입을 열었다.
"그 흑황제라는 사람은 호걸이구나. 제국의 일부를 왕국령으로 무상 양도해주다니."
작게 고개를 기울이며 의문을 그대로 물어보았는데, 답을 듣기 전에 퍼뜩 새 선택지를 떠올렸다.

"……어라? 영토를 확장한 흑황제 본인이 양도해주었다는 보장은 없지. 혹시 제국의 영토를 나눠준 사람은 다른 황제였나?"

하지만 카티스 단장님이 조용한 어조로 내 첫 생각을 긍정했다.

"아뇨, 우리나라에 가자드 지역을 양도한 사람은 '흑황제'가 맞습니다. 마찬가지로 우리나라 옆에 '디타르 성국'을 만든 사람도 '흑황제'입니다."

"오오."

그렇다면 현재 나브 왕국이나 주변 국가의 기초를 만든 사람이 흑황제라는 소리다.

어지간히 강한 황제였구나. 그 생각을 긍정하듯 그린이 말을 덧붙였다.

"흑황제는 제국 최강의 기사이자 파죽지세로 대륙의 절반을 장악한 희대의 장군이었어. 그렇기에 타국에 무조건으로 영토의 일부를 양도하거나 다른 나라를 세워주는 등 자유로웠고. ……애초에 흑황제는 나브 왕국에서 태어난 사람이니 무언가 생각이 있어서 영토의 일부를 왕국에 증여한 거겠지."

"나브 왕국 출신……."

그 말을 들은 순간 가슴이 크게 뛰었다.

……맞아. 왜 눈치채지 못했을까.

제국 황제의 자리에 앉을 가능성이 있는 인물을 300년 전의 나는 알고 있었잖아.

의식하지 않아도 머릿속에 자연스럽게 전생의 근위 기사단장의 모습이 떠올랐다.

"……그, ……흐, 흑황제의 호칭은, 어디서 유래한 거야?"

그의 이름대로 밤하늘에 빛나는 별처럼 아름다운 은발과 은백색 눈동자를 지닌 기사를 떠올리며 무던함을 가장하고 질문했다.

하지만 침착해지려는 마음과는 반대로 심장은 쿵쿵 경종을 치고 있다.

시끄럽게 뛰는 고동을 느끼며 눈도 깜빡이지 않고 답을 기다리자, 내 긴장 상태를 모르는 그린은 선뜻 내 예상을 저버리는 대답을 입에 담았다.

"아, 흑황제의 호칭은 외모에서 유래한 거야. 흑발흑안에다 늘 검은색 옷을 입었다고 해."

"어? 뭐? 흑발흑안……?!"

다른 색을 대답할 거라고 믿고 있었기 때문에 순간 무슨 말을 들은 건지 이해하지 못하고 그린의 말을 되풀이했다.

흑발흑안…….

그것이 의미하는 내용을 이해하자마자 크게 한숨을 내쉬었다.

내 머릿속에는 전생의 근위 기사단장이었던 시리우스가 나타나 흑황제는 시리우스라고 착각한 나를 향해 황당하다는 듯 한쪽 눈썹을 까딱 올렸다.

그, 그렇지!

생각해보면 시리우스는 왕국에서 태어나 계속 왕국에서 자랐으니까 제국이 황제로 데려갈 리가 없잖아.

시리우스 본인도 계속 왕국에서 산다고 했고, 그는 자신의 바람을 이룰 능력이 되는 인물이니 걱정할 일이 아니었다.

아이참. 냉정한 머리로 다시 생각해보니 왜 착각한 건지 의아할 정도다.

……그래, 흑황제가 최강의 기사였다고 해서.

300년 전 최강의 기사는 틀림없는 시리우스였으니 착각해버렸지만.

그래도 황제씩이나 되는 사람이라면 사실이 어떻든 후대에는 '최강이었다'고 전해지는 일이 흔하잖아.

나는 그렇게 생각하며 가슴을 쓸어내린 뒤 호기심에 물어본 것을 반성했다.

안 돼. 환생한 것도 본래는 말도 안 되는 일인걸.

내가 죽은 뒤의 시리우스가 어떻게 되었는지 알아봤자 이제 와서 뭘 할 수 있는 것도 아니고, 정확하게 전해진 건지 아닌지도 알 수 없는 사실만 두고 내 마음대로 생각하는 건 실례야.

그러니 과거를 파헤치면 안 돼.

과거를 물어볼 때는 어디까지나 역사를 물어보듯, 일반적인 이야기를 해야지.

나는 두 손을 모아쥔 뒤 새삼 그렇게 결심했다.

그리고 그때의 나는 그저 강하게 스스로를 타이르고 있었기 때문에, ……카티스 단장님이 무언가 하고 싶은 말이 있다는 눈으로 바라보고 있었다는 걸 알아차리지 못했다.

“와아, 멋져라! 자빌리아가 사는 영봉흑악은 무척 근사한 산이구나!”

자빌리아의 등 위에서 흑악을 내려다본 나는 그런 감상을 흘렸다.

자빌리아의 제안대로, 그리고 카티스 단장님의 희망 사항대로 그와 나는 자빌리아의 등에 타 정상을 향해 비행하는 중이다.

하늘에서 내려다보는 영봉흑악은 장엄하게 아름답고 공기도 맑아서 자빌리아가 이 산을 둥지로 선택한 이유를 알 것 같았다.

이윽고 꼭대기 부근으로 접근하자 땅 위에 색색의 덩어리가 보이기 시작했다.

어라? 혹시 저거 전부 마물인가?

그렇게 생각하며 눈에 힘을 주자 가까워질수록 마물도 아니고 전부 용이라는 걸 알아차렸다.

세상에. 100마리의 용이라니!

S랭크 마물이 이렇게 대량으로 모여 있는 건 처음 봤는데, 무시무시한 광경이구나.

놀라서 눈이 휘둥그레진 사이에 자빌리아는 천천히 하강했다.

흥미롭게도 자빌리아가 상공에 나타나자마자 모든 용이 등을 곧게 세워 직립하더니 고개를 들어 올려 열렬히 쳐다보았다.

그 광경을 보고 ‘와, 내 사랑스러운 자빌리아는 인기가 많구나!’ 하고 기뻤다.

자빌리아는 용들에게서 조금 떨어진 장소에 우리를 내린 뒤 무언가 하고 싶은 말이 있는 듯 바라보았다.

아무래도 내 마음을 읽을 수 있는 자빌리아는 내가 머릿속에서 생각하고 있던 것들을 멈추고 침착해지길 기다려주는 모양이다.

그걸 깨달은 나는 용들에게 시선을 보낸 채 고마운 마음을 담아 자빌리아의 몸에 한 손을 올렸다.

전생에 사역마라는 기술이 없었기 때문인지, 나에겐 상대가 사역마든 자빌리아의 동료든 마물을 본 즉시 머릿속으로 전투력을 계산하는 습관이 있다.

'지금 있는 이쪽의 전력으로 상대 마물을 이길 수 있을까' 하고 무의식중에 계산하는 것이다.

그런 내 눈앞에 있는 건 대략 100마리의 용.

반면 이쪽의 전력은 카티스 단장님, 그린, 블루, 자빌리아, 그리고 성녀인 나…….

"……응. 그 인원으로 이긴다는 결론을 내릴 수 있는 피아는 참 대단해."

어느새 내 생각을 공유하고 있던 자빌리아가 감탄한 듯 중얼거렸다.

"피아는 정말로 전투에 관련된 부분이 탁월하구나. '이긴다'는 결론이 나온 뒤에도 최선책이 없는지 머릿속으로 계속 패턴을 조합하고 있으니까. ……전부터 생각한 건데, 사역마 계약은 마물 쪽의 이익이 더 커. 피아의 전투사고를 공유할 수 있다니 대단한 일인걸."

한차례 결론이 나왔기도 했기에 자빌리아의 말을 듣고 집중력이 툭 끊어진 나는 자빌리아를 올려다보았다.

"이이? 그래? 전생의 나와 함께 싸웠던 기사들은 당연히 나와 전투에 관한 사고방식을 공유했지만, 그렇게 대단하다고 보지는 않았는걸?"

옆에서 크게 한숨을 쉰 카티스 단장님을 힐끗 쳐다본 자빌리아가 **'다른 의견도 있는 것 같은데'**라며 의미심장하게 중얼거렸지만, 당사자의 발언을 믿어주지 않겠니?

애초에 카티스 단장님은 나를 지나치게 편애하기 때문에 실제보다 나를 과대평가하는 경향이 있으니, 이 경우 본인보다 더 믿을 수 있는 발언자는 없다고!

그런 생각을 하자 자빌리아가 귀엽게 고개를 기울이며 나를 바라보았다.

"됐어. 내가 부탁하고 싶은 건 하나뿐이야. 피아는 사역마 계약을 너무 간단하게 생각하는 경향이 있지만, 이건 꽤 무거운 거야. 함부로 계약을 맺으면 안 돼."

"어? 나는 이미 자빌리아와 계약했잖아."

갑자기 무슨 말을 하는 거지? 자빌리아의 의도를 이해할 수 없어 눈을 깜빡였다.

그러자 자빌리아는 설명하듯 말을 이었다.

"응. 하지만 계약하는 마물을 한 마리로 한정 지을 필요는 없잖아. 피아 정도의 능력이라면 자신을 보호하기 위해 여러 마리의 마물과 계약할 수 있겠지만, ……내가 여러 마리만큼의 힘이 될 테니까 최대한 나 말고는 계약하지 말아줘."

그렇게 말하며 나를 빤히 바라보는 자빌리아는 커다란 덩치에도 불구하고 너무너무 귀여웠다.

자빌리아도 참!

'왕이 되겠다'는 의젓한 말을 하고 떠난 것치고는 아직 어리광쟁이라니까.

나는 자빌리아를 꽉 끌어안았다.

"물론이야, 자빌리아! 내 사역마는 자빌리아 하나로 충분해!"

뒤에서는 카티스 단장님이 또다시 기가 막힌 듯 한숨을 쉬었다.

"사안의 시비는 제쳐놓고 본다고 해도, 피 님께서는 약속을 너무 쉽게 하셔……."

음, 그럴지도 모르지.

하지만 나는 자빌리아 말고 다른 사역마는 필요 없는걸.

그렇게 생각하며 기쁜 듯 활짝 웃는 자빌리아에게 나도 미소를 돌려주었다.

그러는 사이에 조일을 타고 그린과 블루가 도착했고, 우리는 다 함께 색색의 용들에게 다가갔다.

화구 근처에 사는 적룡, 물가를 좋아하는 청룡, 사막지대에 있는 황룡 등 생활권이 다른 용들이 한자리에 모인 광경을 보는 건 신기한 기분이었다.

일시적이라고 해도 이만큼 용을 집결시키는 건 흔한 일은 아닐 터이고, 그걸 실현시킨 자빌리아의 대단함을 새삼 목격한 기분이 들었다.

……아아, 자빌리아는 진정으로 왕이 되려 하는 거구나.

그게 현실적인 무게를 동반하며 가슴속에 딸깍 퍼즐을 맞췄다.

용은 동료들과 함께 있으면 안정감을 느낀다고 한다. 어쩌면 자빌리아는 이대로 동료들과 함께 이 산에 영영 머무르게 될지도 모른다.

그 생각에 일말의 쓸쓸함을 느끼고 있을 때 자빌리아 본인이 **'그건 아니야'** 하고 명확하게 부정했다.

"내가 용왕이 되려고 결심한 건 피아를 지키기 위해 수적 우세를 얻기 위해서거든. 내 목적은 어디까지나 피아를 지키는 거고, 그걸 위해서는 피아 옆에 있는 게 가장 좋아."

당연하다는 듯한 말투로 이야기하는 자빌리아를 보고 나는 기뻐서 그 배에 와락 달라붙었다.

"자빌리아!"

하지만 그 순간 용들 사이에 놀란 듯한 웅성거림이 퍼졌다.

"어?"

어, 어라? 혹시 용은 남들이 보는 앞에서 껴안지 않는 건가?

내 행동이 용 기준에선 예의에 어긋나는 거야?

당황해서 떨어지자 자빌리아가 재미있다는 표정으로 바라보았다.

"피아는 원하는 대로 행동해도 괜찮아. 용들은 처음으로 내 이름을 부르는 존재가 나타난 것에 당황하는 것뿐이니까, 금방 익숙해질 거야."

“그, 그런 거였구나!”

사역마가 계약자 외의 다른 사람이 이름을 부르는 걸 싫어하듯, 마물끼리도 이름을 부르는 건 동격의 존재까지라는 규칙이 있는 건지도 모른다.

어떤 마물도 자빌리아의 이름을 부르지 않는 건 그런 이유겠지.

자빌리아의 대답을 이해한 나는 자빌리아의 동료들에게 좋은 인상을 주기 위해 머리에 달고 있던 리본을 살살 고쳤다.

가자드 영지에 들어간 뒤로 계속 그리폰 깃털이 달린 리본을 사용하고 있다.

그리고 자빌리아와 함께 하늘에서 내려왔기 때문에 바람에 모양이 망가지지 않았을지 신경 쓰여 만져보자 아니나 다를까 리본이 비뚤어졌는데, ……마침 용들의 시선이 리본을 고치려고 하는 내 손에 집중된 것을 보고 ‘좋았어!’ 하고 내심 기대했다.

내가 꽃도 보석도 아닌 마물의 깃털을 사용하는 마물 애호가임을 인지하고 받아들여 준다면 좋겠는데.

그런 생각을 하며 최대한 생글거리는 웃는 얼굴로 용들에게 인사했다.

“안녕하세요, 피아 루드입니다. 오늘은 친구인 자빌리아를 만나러 왔습니다. 여러분을 방해하지는 않을 테니 잠시 이 장소를 구경하게 해주세요.”

역시 인간(용) 관계의 기본은 미소인 모양이다. 내 순수한 미소가 빛을 발한 건지 용들에게서 불만은 나오지 않았다.

어쩌면 내 대각선 뒤에 있는 자빌리아의 존재가 불만을 봉쇄한 건지도 모르지만.

그 후 자빌리아의 안내를 받아 다 함께 용들의 생활지대를 둘러보았다.

적룡을 위해 화구와 비슷한 커다란 구멍을 만들어서 늘 불을 지피고 있는 장소, 청룡을 위해 저수지를 만들어둔 장소, 황룡을 위해 고운 모래를 가득 깔아둔 지대 등을 보며 감탄했다.

아무래도 여기는 서로 다른 종류의 용들이 아늑하게 생활할 수 있도록 여러모로 머리를 쓴 모양이었다.

그 모든 안배에 놀라면서, 이곳에 사는 용들의 쾌적해 보이는 모습을 보고 다녔다.

그러자 기쁘게도 보이는 용들 모두가 건강하고 즐거워 보였기 때문에 자연스럽게 나도 웃는 얼굴이 되었다.

음, 자빌리아는 좋은 용이구나! 무척 훌륭한 왕이 되지 않을까.

그런 생각을 하며 자빌리아가 둥지로 사용하는 동굴에 들어갔다.

그곳은 천장이 높고 입구가 여럿 뚫려있어 바람이 잘 통하는 기분 좋은 장소였다.

자빌리아가 평소 침소로 사용한다는 장소에 가자 넓고 시원하고 근사한 공간이 나타났다.

"와, 멋지다. 자빌리아!"

나도 모르게 자빌리아를 돌아보았다가 자빌리아의 뒤에 펼쳐진 천장 부분이 반짝반짝 빛나는 걸 알아차렸다.

뭐지? 고개를 갸웃거리자 내 시선을 눈치챈 자빌리아가 목을 뻗어 천장의 일부를 긁어냈다.

자빌리아가 내민 건 검게 빛나는 돌이었다.

얼핏 마석처럼 보이지만 마물의 체내에서 나온 게 아니니까 마석일 리는 없고……. 거기까지 생각했을 때 식사 준비가 끝났다며 적룡이 부르러 왔다.

그날 밤은 적룡이 좋아하는 유사 화구에 피운 커다란 불꽃을 모닥불 삼아 그 주변을 에워싸듯 앉아서 식사했다.

용들이 잡아 온 고급 마물 고기를 그린과 블루가 모험가의 숙련된 솜씨로 구워주었다.

"맛있어, 맛있어!"

그것 말고 다른 말을 잊어버린 사람처럼 중얼거리며 열심히 고기를 뜯는 나를 보고 다들 계속해서 새 고기를 건네주었다.

"아, 아니, 고맙지만 내 배엔 그렇게 많은 고기는 못 들어가!"

아마도 다들 자기를 기준으로 삼고 있는 모양이지만, 체격 좋은 성인 남성의 위나 용의 위하고 내 위 사이에는 명백한 용량 차이가 존재하거든!

하지만 맛있음에 패배해서 한계를 넘길 때까지 먹어버린 것은 뼈아픈 실수였다고 반성할 수밖에 없다…….

그리고 배를 채운, ……정확하게는 과식해서 힘들어진 나는 타닥타닥 불똥이 튀는 불꽃을 바라보며 느릿느릿 옆에 있는 자빌리아에게 몸을 기댔다.

만족스러운 한숨을 내쉬었다.

"자빌리아를 만나서 다행이야. 그리고 용들의 생활을 보고 안심했어. 게다가…… 오늘은 아침부터 등산에다 맛있는 밥을 먹고 배도 꽉 찼고, 불은 따뜻하고, 굉장히 기분 좋아. 이러다 잠들어 버릴 것 같아."

"그럼 잘래?"

다방면으로 만족해서 늘어진 나를 향해 자빌리아가 힐끗 시선을 흘리며 유혹하듯 속삭였다.

으으음. 아주 매력적인 유혹이긴 하지만 나는 내 귀여운 자빌리아를 오랜만에 만났으니까!

"물론 이대로 잠들면 무척 기분 좋겠지만, 그보다 자빌리아의 이야기를 듣고 싶어. 이 산에서 어떤 걸 하고 있었는지. 아니면 그린이나 블루의 이야기도 좋지. 그린 형제가 지난 반년 동안 뭘 했는지 거의 못 들었거든. 아, 아니다. 그렇게 따지면 카티스도 어떻게 살았는지 전혀 모르니까 궁금한데."

하지만 내 말을 들은 세 사람과 한 마리는 미심쩍은 표정으로 서로의 얼굴을 바라보았다.

"우리 이야기는 들어봤자 재미없을걸."

전원을 대변하듯 그린이 대답했다. 아니, 무슨 소릴 하는 거래?

애초에 그린은 첫 만남 때부터 '안면 출혈'이라는 기상천외한 상태였잖아.

그럼에도 피를 줄줄 흘리면서 당연하다는 얼굴로 생활했으니, 분명 그린에게 그건 일상적인 일이었겠지.

그런 그린의 기준에 '재미없다'는 게 실제로 재미없을 리 없다고!

그렇게 생각한 나는 실실 웃으면서 제안했다.

"좋은 생각이 났어! 그럼 한 명씩 비장의 이야기를 하는 건 어때? 어떤 이야기든 괜찮지만, 앞에 발언한 사람을 뛰어넘을 수 있을 법한 비장의 이야기를 하는 거야."

나는 멋진 아이디어를 떠올리고 손뼉을 쳤지만, 세 사람과 한 마리는 묘한 표정을 지었다.

"비장이라니, 너무 감각에 의존한 기준인데."

그린이 중얼거리자 블루도 난감해하며 입을 열었다.

"물론 피아가 원한다면 무슨 이야기든 할 거지만, 내 이야기보다 피아의 이야기를 듣는 게 더 유용할 거야."

"유용! 왜 식후의 즐거운 시간에 유용하니 무용하니 같은 복잡한 걸 따져야만 하는 거야? 따질 거라면 재미있냐 재미있지 않냐를 따져야지!"

블루는 형제 중에선 가장 예의 바르고 똑똑해 보이지만, 때때로 머리 아픈 소리를 하는 게 옥에 티란 말이지.

어이없는 그들의 주장에 반박하자, 카티스 단장님이 동의하는 표정으로 고개를 끄덕였다.

"피 님, 지당하신 말씀입니다. 그렇다면 저부터 시작해도 괜찮겠습니까?"

곧바로 카티스 단장님 옆에서 '앗, 치사해!', '너, 자기만 멋있는 척하고!' 하는 목소리가 들렸지만 나는 완전히 무시하며 활짝 웃는 얼굴로 카티스 단장님을 바라보았다.

"당연하지, 카티스!"

내가 슬그머니 '앞 사람을 뛰어넘는 비장의 이야기를 한다'는 조건을 붙였으니 일찍 말하는 게 이득임을 꿰뚫어 보고 한 행동이구나. 역시 대단해!

감탄하는 내 눈앞에서 카티스 단장님이 입을 열었다.

◇ ◇ ◇

"———그리하여 숙녀의 모범적인 모습을 배우는 귀중한 체험이었습니다. 그 가르침에 따르면 숙녀는 결코 초면인 남성과 모험을 떠나지 않습니다. 그리고 사역마 계약은 쌍방에 권리와 의무가 발생한다는 사실을 충분히 이해하고 있으므로 만나자마자 바로 계약을 맺지도 않습니다. 또한, ……."

계속해서 이야기하는 카티스 단장님을 앞에 두고 나는 죽은 물고기 같은 눈빛이 되어 침묵을 고수했다.

……어쩌지. 카티스의 이야기가 죽도록 재미없는데.

비장의 이야기를 부탁했는데 어째서 이렇게 재미없는 걸까.

아니, 애초에 '비장의 이야기'라는 광범위한 주제를 잡는 바람에 주제에 맞게 이야기하는 것처럼 위장하면서 실제로는 나에게 잔소리를 하는 것처럼 느껴지는 건 내 착각일까?

카티스 단장님의 진의를 확인하기 위해 의심을 가득 담아 흘겨보았지만, 단장님은 아랑곳하지 않고 말을 이었다.

"피 님께서는 물론 지금 이대로도 훌륭하십니다. 하지만 모든 이가 감동할 만큼 위엄을 갖추는 새로운 단계에 와 계시지 않나 생각합니다. 때문에……."

열심히 말하는 카티스 단장님을 바라보는 그린, 블루, 자빌리아의 미적지근한 시선을 보며 '아, 이거 내 착각이 아니구나. 카티스는 이걸 핑계로 나에게 하고 싶은 말을 하는 중인 거야' 하고 확신했다.

……확신했지만, 이게 카티스 단장님의 비장의 이야기라면 계속 들을 수밖에 없다는 걸 깨달은 나는 고개를 푹 떨궜다.

아아아, 실수했어! 이런 재미없는 이야기를 들을 바에야 자빌리아의 유혹대로 그냥 자버릴걸.

아니면 '비장이라니, 너무 감각에 의존한 기준인데'라는 그린의 조언을 받아들여 어떠한 기준을 세워야 했다.

그런 생각을 하는 사이에 신기한 일이 일어났다.

떨떠름하게 카티스 단장님을 바라보던 그린과 블루가 어느새 진지한 표정으로 이야기를 듣기 시작하더니, 심지어 열심히 고개를 끄덕이는 것이었다.

"……어?"

두 사람의 갑작스러운 변화에 무슨 일이 일어난 건지 관찰해보았지만 원인을 알 수 없었다.

알 수 없지만, 둘 다 이상할 정도로 카티스 단장님에게 동의하고 있다.

"그렇군. 역시 피아와 같은 기사단 소속인 건가! 피아의 어마어마함을 표현하는 최적의 수법을 철저히 꿰고 있어."

그린이 팔짱을 낀 채 감탄한 목소리로 말했다.

어라라? 이번에는 그린이 영문을 알 수 없는 소릴 하네. 나는 황당해서 그를 바라보았다.

하지만 그린에게 주의를 주기도 전에 그의 옆에 앉아있던 블루마저 반짝반짝 눈을 빛내며 입을 열었다.

"그래, 카티스의 말대로야! 세상 모든 사람이 피아를 공경하고 칭송하면 좋을 텐데."

……블루는 무슨 소릴 하는 거지?

술이 들어간 것도 아닌데 주정뱅이 같은 소리를 하는 두 사람을 보고, ……아니지. 원래는 카티스가 원인이니까 세 사람이라고 표현하는 게 정답이 아닐까? 나는 세 명 모두를 순서대로 노려보았다.

하지만 자기들이 다수파이기 때문에 자신감이 붙은 건지, 아니면 처음부터 내 감정 같은 건 신경 쓰지 않는 건지 카티스 단장님은 그 후에도 전혀 재미없는 이야기를 구구절절 늘어놓았고 다른 두 명은 순종적인 동조자가 되어 계속 고개를 끄덕였다…….

그렇게 무의 경지에 올라 어떻게든 카티스 단장님의 잔소리와 설교와 가르침으로 가득한 시간을 버틴 나는 간신히 단장님의 이야기가 종료한 순간 마음속으로 절레절레 고개를 저으며 한숨을 쉬었다.

하지만 하고 싶은 말을 마치고 개운해진 표정인 카티스 단장님이 무언가를 요구하는 듯한 시선으로 나를 바라보았기 때문에 속으로 '으어억?!' 하고 외쳤다.

카티스 단장님이 뭘 원하는 건지는 대충 안다.

하지만, 음……. 못마땅하고 마뜩잖다. 그래도 상대방은 충신인 카티스 단장님이니 어쩔 수 없다고 체념한 나는 경직된 미소를 지으며 입을 열었다.

"으응, 조금, 아주아주 조금이긴 한데, 한번 해 볼까 생각하던 것도 있더라."

내 말을 들은 카티스 단장님은 꽃이 피어나듯 환한 미소를 지었다.

그 표정을 보고 참 단순한 사람이라고 생각한 뒤 뒤를 돌고 한숨을 쉬었다.

……글렀다. 카티스.

전생에 내걸었던, '나를 최상의 숙녀로 만든다'는 목표를 지금도 내세우기 시작한 것 같아.

전생에서는 도중에 끝나버렸으니 '이번에야말로!' 하며 불타오르는 마음도 모르는 건 아니지만, 애초에 지금의 나는 왕녀가 아니라 기사거든.

고위 귀족에게 시집갈 가능성도 없으니 카티스 단장님의 숭고한 의지는 나에겐 필요 없습니다. 이걸 어떻게 한다?

난감해하며 눈썹을 팔자로 휘자 분위기를 바꾸듯 '그럼 다음은 나인가' 하며 그린이 입을 열었다.

나는 홱 몸을 돌려 의심하는 눈빛으로 그린을 바라보았다.

그린의 이야기는 괜찮을까? 조금 전부터 그린의 언동에도 이상한 면이 있었는데. 혹시 카티스 단장님의 흐름을 이어받아 재미없는 이야기를 할 생각은 아니겠지?

그렇게 조심하면서 그린의 말을 기다리자 그는 해맑게 이야기하기 시작했다.

"나는 아마 세상에 한 명밖에 없을 특이한 소녀의 이야기를 할 거야. 즉, '모험가를 따라가서 성녀 역할을 해내지 않으면 혼기를 놓친다'는 괴상한 저주에 걸렸던 소녀의 이야기지. 재미있잖아? 본인은 성녀가 아닌데 주술사의 힘으로 저주와 함께 성녀의 힘을, ……성녀의 힘이라고 주장하는 듣도 보도 못할 만큼 강력한 힘을 얻었다고 하더라. 나는 생각했지. 이런 힘을 얻게 된다면 그건 '저주'가 아니라 '축복'이라고."

"…………."

어라라. 이 이야기에 나오는 소녀는 어쩐지 나 같은데.

내가 그린 형제를 만났을 때의 이야기 아니야?

그렇게 생각하며 고개를 갸웃거렸는데, 그린은 아랑곳하지 않고 말을 이었다.

"그래, 정말 그녀는 축복받은 존재였어! ……아마도 300년 전에 군림했던 흑황제도 '창생의 여신'을 만났을 때 이런 기분으로 숭상하신 거겠지! 즉……."

흥분한 듯 이야기하는 그린을 곁눈질하며 나는 마음에 걸린 단어를 작게 중얼거렸다.

"창생의 여신……."

그린은 아르테아가 제국 출신이고, 제국은 여신숭배 국가니까 툭하면 여신 이야기를 인용하는 습관이 있는 건지도 모르지만…….

"그린, 아르테아가 제국에 전해지는 '창생의 여신'은 제국 전역에 온갖 은혜의 씨앗을 뿌린 시작의 여신을 말하는 거지?"

전생의 기억을 끌어내며 그린에게 질문했다.

내 기억으로 '창생의 여신'이란 제국을 만든 여신을 가리킨다.
제국이 세워졌을 때 여신이 제국 전역에 농작물의 씨앗을 잔뜩 뿌려둔 덕분에 자국이 풍요로워졌다는 이야기가 전해져 내려왔다.
그러니 그린이 말하는 '흑황제가 창생의 여신을 만났다'는 건, ……흑황제 시대에 영토가 넓어졌으니까 새로운 영토에도 씨를 뿌려 풍요로운 토지가 되었다거나 하는 의미인 걸까?
내 말을 들은 그린은 놀란 듯 눈을 크게 떴다.
"피아, 너 대단한데! 그렇게까지 제국의 역사를 배웠다니, 진심으로 감탄했어! 그래, 맞아. 원래는 제국 전역에 각종 씨앗을 뿌려서 풍요를 가져다준 여신님을 가리켰는데 흑황제 시대에 해석이 바뀌었어. 지금은 다들 '치유의 힘으로 사람들을 구원하는 여신님'이라는 의미로 사용하지."
"……뭐?"
흑황제는 참 대담하게 해석을 바꿔버렸구나.
원래 제국의 시작을 의미하는 신화 속 이야기였을 텐데, 지금의 해석은 마치…….
"마치, ……성녀님 같은데."
작게 중얼거리자 그린이 조심스러운 표정으로 바라보았다.
"……피아, 예전에 여동생이 붉은 머리카락을 지녔다는 이야기를 한 거 기억해?"
"어? 어, 그래. 블루가 동생과 내가 머리카락 색이 같다고 말했었지."
갑작스러운 화제 전환에 당황하면서도 기억을 더듬으며 대답했다.
그러고 보면 예전에 같이 모험했을 때, 내 머리카락 색이 그들의 여동생과 같은 색이라 여동생을 보는 듯한 느낌이 든다는 말을 들은 적이 있다.
즉 그린의 여동생은 붉은 머리라는 거잖아?
내 대답을 들은 그린은 고개를 끄덕여 긍정했다.
"그래. 그리고 제국에서는 붉은 머리카락의 여성을 숭상하지. 그렇기에 여동생은 '태어났을 때부터 고귀한 존재'라는 점에서 눈엣가시가 되어 태어난 순간 잠드는 저주에 걸린 거야. 왜냐하면, ……제국이 가장 숭배하는 창생의 여신이 붉은 머리카락이라는 전승이 있으니까."
"뭐?"
그린은 놀라는 나를 정면에서 바라보며 말을 이었다.
"본래 여신의 모습에 관한 서술은 존재하지 않았어. 하지만 흑황제 시대에 한층 구체적으로 정립된 거야. '치유의 힘을 지닌 붉은 머리카락의 여성'——— 그게 '창생의 여신'이라고."

"…………."
명확한 형태는 아니지만 울렁거림을 느낀 나는 입술을 꾹 깨물었다.
흑황제는 300년 전의 황제였다.

그 황제가 제국의 시작부터 숭배받은 '창생의 여신'을 '치유의 힘을 지닌 붉은 머리카락의 여성'이라고 재정의했다.

300년 전의 붉은 머리 성녀라면 전생의 나라고…… 그렇게 생각하는 건 좀 뻔뻔한 걸까?

자의식 과잉인 것 같은 느낌도 들었지만, 신경 쓰여서 무심코 입에 올렸다.

"……300년 전의 붉은 머리 성녀님이라면……."

하지만 역시 그럴 리가 없다고 중간에 마음을 바꾸고 말을 멈춘 나를 대신해 블루가 이어받았다.

"그래. 흑황제는 한 번도 확실하게 공표한 적이 없지만, 대성녀 세라피나 님을 여신으로 간주했던 것 같아."

"…………!!"

여, 역시나! 하지만, 왜?

흑황제는 어째서 전생의 나를 그렇게까지 의식한 거지?

"흐, 흑황제는 나브 왕국 출신이라고 했지? 어, 어쩌면 어딘가에서 대성녀님을 본 적이 있고 그때 그녀의 아름답고 우아하고 고상한 모습에 심장을 빼앗겨버린 건지도 모르겠네!"

퍼뜩 떠오른 생각을 말하자 순간 고요한 정적에 휩싸였다.

어? 뭐, 뭔가 이상한 소릴 한 걸까? 위축되어서 입을 다물자 정적을 깨트리듯 카티스 단장님이 입을 열었다.

"바로 그 말씀대로입니다! 흑황제께선 대성녀님을 본 적이 있고, 그 아름다움과 우아함과 고상함에 심장을 빼앗겨버리신 거겠죠!! 네, 틀림없습니다."

"으이……!"

카티스 단장님의 말을 들은 순간 나는 부끄러워서 두 손으로 얼굴을 덮었다.

내가 발언했을 때는 틀림없다고 확신을 느꼈지만, 남의 입으로 들으니 저건 말이 안 된다.

그, 그래!

제국의 여신으로서 미래에도 계속 받들어 모신다는 건 보통 일이 아니다.

전생의 나를 보고 감명을 받았기 때문이라는 단순한 이유일 리가 없잖아.

복잡한 정치적 술수나 온갖 뒷사정 같은 이유로 흑황제는 창생의 여신 해석을 바꾼 게 틀림없다.

그리고 그 진정한 이유는 대대로 제국 황실에 전해 내려올 뿐, 우리가 알게 될 일은 절대 없겠지.

그런 생각에 두 손으로 얼굴을 가린 채 고개를 푹 숙이고 있자 블루가 난처해하는 목소리로 달래주었다.

"피아, 괜찮아. 확실히 너는 대성녀님을 연상케 할 만큼, ……즉 창생의 여신을 연상하게 할 만큼 멋진 붉은 머리카락을 지녔지만…… 그래도 조금 전 심장 운운한 걸 네가 자신을 염두에 두고 한 말이라고는 아무도 오해하지 않으니까."

"아아……!!"

블루의 말을 들은 나는 신음을 흘렸다.

……아뇨, 염두에 뒀습니다. 염두에 뒀고말고요.

전생의 저를 떠올리고 말한 게 맞습니다. 네, 저는 참으로 뻔뻔한 소릴 했습니다.

고통스러워하며 얼굴을 덮고 있던 손가락을 살짝 벌려 손가락 틈으로 블루를 슬쩍 훔쳐봤다.

"정말로 너무한 착각을 하다니 실례였지. ……애초에 나는 흑황제에 대해 전혀 모르니까 그 생각이 맞을 리가 없는데. 제국의 영웅상을 왜곡하는 이야기를 해버렸다면 미안해. 그래, 대륙의 북부 통일을 달성할 만큼 대단한 영웅에게는 다양한 정치적 술수가 있을 테니, 숙고 끝에 대성녀님을 창생의 여신으로 간주한 거겠지."

실언을 수습하기 위해 생각나는 걸 주절주절 주워섬기자 그게 사실인 것 같은 느낌이 든다.

맞아! 흑황제는 제국 역사상 가장 넓은 영토를 획득한 영웅이잖아.

그런 대단한 인물이 만난 적도 없는 전생의 나에게 마음을 빼앗겼다는 황당한 이야기를 어떻게 잠깐이나마 떠올릴 수 있었던 걸까?

300년 전에도 지금도 정치적인 분야에는 거리가 멀다는 걸 자각하고 조심해서 발언해야지!

그렇게 반성하는 나를 위로하듯 그린이 말을 이었다.

"물론 흑황제가 서거한 지금은 그 황제의 진의를 가늠할 수 없지만, ……나도 카티스의 말대로 흑황제는 대성녀님에게 심장을 바친 거라고 봐."

"어?"

그린의 말을 들은 나는 얼굴에서 손을 내리고 놀라서 그를 쳐다봤다.

나를 지독하게 편애하는 카티스 단장님의 발언과 제국 출신인 그린의 발언은 같은 내용이라고 해도 무게가 다르다고 느끼기 때문이다.

"흑황제는 무시무시한 기세로 영토를 늘렸지. ……그리고 일반적으로 황제라 불리는 자의 사고방식은 그 영토의 모든 것을 자신의 피를 이어받은 후손에게 물려주는 방향으로 향할 거야. 하지만 흑황제에겐 일절 그런 생각이 없었거든. 흑황제는 평생 독신이었어——— 아마도 심장을 바친 누군가가 마음속에 있었던 거겠지."

"어?"

황제라는 자리에 앉은 사람이 평생 독신이었다니, 그런 게 용인되나?

놀라는 나를 향해 블루도 형의 발언을 보충했다.

"그래. 황성에서 일하는 자에게 부탁하여 흑황제의 침소에 숨어든 상위 귀족 영애를 수상한 자라며 힐책하고 손수 처형했다는 일화까지 남아있을 정도야. '영웅호색'이라는 말이 있지만 흑황제에겐 전혀 들어맞지 않았나 봐."

"어머."

"그러니까 조금 전 피아의 발언은 완전히 엇나간 건 아닐 거야. 물론 외교에도 전쟁에도 뛰어났던 흑황제이니 많은 의도가 포함

되어 있었으리라는 건 틀림없겠지만, 뿌리에는 대성녀님을 향한 깊은 동경심이 있었던 게 아닐까?"

블루의 발언을 긍정하듯 그린도 말을 이었다.

"그렇지. 흑황제는 본래 나브 왕국 출신이니까. 왕국에서 빈사의 중상을 입었을 때 대성녀님이 구해주신 게 아닐까. 이게 최근 역사가의 견해야."

"그, 그렇구나."

어라라. 상상했던 것과는 달라졌는데.

흑황제가 대성녀에게 치유를 받은 적이 있다면 내가 아는 사람이라는 소리잖아?

힐끔 카티스 단장님을 보자 그는 일체 감정을 드러내지 않는 무표정으로 마주 바라볼 뿐이었다.

……아, 그랬지.

왕녀 전속 호위 기사였고, 현재진행형으로 왕국의 기사단장이므로 카티스 단장님이 마음만 먹는다면 전혀 감정을 읽히게 두지 않는구나.

하지만 감정을 읽지 못하게 할 만큼 무언가를 경계하고 있다는 뜻 같아 신기했다.

그렇게, ――말리는 사람이 없었기에 나는 호기심에 져서 질문을 입에 담았다.

"저기…… 그런데 흑황제는 이름이 뭐야?"

내 질문을 들은 블루는 아무렇지도 않다는 양 입을 열었다.

"아, 그건……."

하지만 그 이름을 들은 나는 '어?!' 하고 놀라고 말았다.
왜냐하면, ——그건 전생의 나와 연관이 있는 이름처럼 느껴졌기 때문이다.

◇ ◇ ◇

흑황제의 이름은—— '카스토르'야.
가볍게 나온 그 이름을 듣고 나는 눈을 여러 번 깜빡였다.
"어? 카, ……카스토르라고?"
생각지도 못한 이름의 등장에 놀라서 되물었다.
왜냐하면 그건, ……전생의 조카의 이름이었기 때문이다.

——전생의 나에게는 세 명의 오빠와 한 명의 언니가 있었다.
언니는 제1왕녀였던 사람으로, 귀천상혼을 하여 왕가를 떠나 바르비제 공작 부인이 된 샤울라 언니이다.
그 언니를 마지막으로 봤을 때, 언니는 임신해서 배가 동글게 부풀어있었다.
그런 언니의 간곡한 요청에 따라 태어날 아이의 이름은 내가 지어주기로 했는데…….
『남자아이라면 카스토르, 여자아이라면 아다라는 어때?』
웃으면서 언니에게 제안하던 모습이 떠오른다.
결국 나는 마왕성에서 숨을 거두는 바람에 훗날에 태어난 언니의 아기를 직접 보지는 못했지만, 언니는 의리 있는 사람이니까 내가 남긴 이름을 자신의 아이에게 붙여주지 않았을까.

그리고 카스토르는 언니의 아이가 남자아이일 때를 위해 마련한 이름이다.

"어? 언니…… 아, 아니, 그, 대성녀님이 남긴(거라고 해도 괜찮겠지?)…… '카스토르'라는 이름을 받은 사람이 제국의 황제가 된 거야?!"

놀란 나는 무심코 카티스 단장님에게 물었다.

하지만 대답을 듣기 전에 말이 안 되는 이야기는 아니라고 머릿속으로 결론을 내렸다.

전생의 아버지인 나브 왕국 국왕에게는 남동생이 한 명 있었다.

시리우스의 아버지인 유리시즈 공작이다.

그리고 유리시즈 공작 부인은—— 시리우스의 어머니는 제국의 공작가 출신이었다.

전생의 기억에 의하면 제국 황제는 나이가 많고 여러 명의 비와 애첩이 있었지만, 자식은 한 명도 없었다.

그러니 제국과 연관이 있는 나브 왕국에서 고위 귀족의 아이를 양자로 들이는 건 그리 이상한 이야기는 아닐 터이다.

오히려 제국 내에서 양자를 들이는 것과 비교하면 온갖 가문의 이권이 엮이지 않은 만큼 편리한 면도 있을 것이다.

그렇게 생각하는 내 질문을 긍정하듯 카시트 단장님은 나를 똑바로 바라보며 대답했다.

"네, 그렇습니다. **대성녀 세라피나 님께서 남긴 '카스토르'라는 이름을 이어받은 분께서 '흑황제'가 되셨습니다.**"

"와, 정말 그랬구나!"

나는 '역시 그렇구나!' 하는 마음으로 외쳤다. 동시에 흘러간 시간의 길이를 새삼 느꼈다.

……언니가 아이를 낳았고, 그 아이가 무럭무럭 자라서 제국의 황제가 되다니.

그래. 전생에 죽은 뒤로 300년이나 지났는걸. 많은 일이 일어났겠지.

어라? 하지만 흑황제는 흑발흑안이라고 했잖아?

언니의 붉은 머리와 바르비제 공작의 갈색 머리를 섞으면 검은 머리가 나오나?

"피아, 머리색은 그런 식으로 섞이지 않아. 부모 중 한 명의 색을 이어받는 거지. 아니면 그 이전 조상 중 누군가의 색이거나."

내 마음을 읽은 자빌리아가 슬쩍 지적했다.

"아, 으응, 그렇지! 물론 알고 있었어."

역시 자빌리아. 똑똑하구나. 그런 생각을 하며 고개를 주억거렸지만, 자빌리아는 바로 카티스 단장님에게 시선을 옮겼다.

그리고는 탐색하듯 카티스 단장님을 바라보았지만, 카티스 단장님은 자빌리아를 마주 바라볼 뿐 한마디도 하지 않았다.

잠시 조용한 침묵이 흘렀다.

아무런 대답도 하지 않는 카티스 단장님에게서 대답을 얻은 건지, 자빌리아는 생각에 잠기듯 중얼거렸다.

"……흐응. 옛 측근인데도 주인에게 숨기다니. 물론 전부 주인을 위해서 하는 행동이겠지만. ……그건 네 관점에서 주인을 위

한다고 생각하는 것뿐이고, 실제로 그런지 아닌지는 알 수 없는 거잖아?"

자빌리아의 말을 들은 카티스 단장님은 괴로운 듯 얼굴을 일그러트리더니 갈라진 목소리로 작게 말했다.

"흑룡, 그대의 말은 올바르다. ……하지만 겪어본 적 없는 자는 그 상실감을 알 수 없어……."

"카티스……."

카티스 단장님이 두 손으로 얼굴을 가리고 고개를 숙였기 때문에 나도 모르게 말을 걸었다.

나에게, 혹은 그린이나 블루에게 알리고 싶지 않은 이야기인 건지 카티스 단장님은 일부러 주어를 덮었다.

그렇다면 카티스 단장님의 뜻을 존중해서 이것저것 물어보지 않는 게 좋을지도 모른다고 생각하면서도 궁금해서, 앉아있는 단장님 앞에 쪼그려 앉아 얼굴을 들여다보았다.

그러자 카티스 단장님은 살짝 얼굴을 들어 힘없는 목소리로 말을 이었다.

"피 님, 저는 옛날부터 가장 가까운 곳에서 당신을 지켜보았습니다. 때문에 당신께서 스스로 알아차리지 못한 심정 변화도 파악하고 있다고 자부합니다."

갑자기 생각지도 못한 말을 들어서 당황하는 바람에 나도 모르게 목소리가 뒤집혔다.

"가, 감사합니다?"

"그런 제가 진심으로 부탁드립니다. ……당신께서는 조금 더 스스로를 소중히 여기셔야 합니다."

"어? 꽤 소중히 여기고 있지 않아?!"

나는 놀라서 소리쳤다.

어, 어째서 갑자기 그런 이야기가 나오는 거지? 하지만 걱정하지 않아도 나는 충분히 나를 아끼고 있는걸. 게다가…….

"먹고 싶은 건 먹고, 자고 싶은 만큼 자고, 지금도 자빌리아를 만나러 영봉흑악까지 왔고, 하고 싶은 일을 하고 있어!"

하지만 구체적인 사례를 꼽으면서 설명했는데도 카티스 단장님은 내 말을 조금도 이해하지 않았다. 오히려 매달리듯 두 손을 붙잡았다.

"그럼 기사들을 희생시킨다 해도 당신께서 살아남을 수 있는 길을 택해주시겠습니까?"

"어? 아, 아니, 그건 좀……."

카티스 단장님의 이야기는 너무 극단적이다. 나는 말문이 막혔다.

난감해하며 단장님을 바라보았지만, 그에게는 타협할 마음이 없는 건지 말을 거듭 던졌다.

"피 님, 옛날부터 말씀드렸지만 모두가 같은 일을 할 수 있는 건 아닙니다. 사람에 따라 전장에서의 가치도 달라집니다. 당신을 설득하기 쉬운 말로 변환하자면, ……당신의 힘은 많은 기사를 구할 수 있습니다. 기사들을 미래에 걸쳐 구하기 위해 당신께서는 스스로의 안전을 우선해주십시오."

"그, 그렇구나……."

카티스 단장님이 무슨 말을 하고 싶은지 이해했기에, 그리고 호위 기사였을 때 나를 지키는 걸 최우선으로 여겼기 때문에 그 마음이 아직 강하게 남아있는 모양이라고 생각하며 동의했다.

그러자 내 대답에 안심한 건지 카티스 단장님은 '그럼 딱 한 가지' 하고 말을 이었다.

"제 말을 이해하셨다면 딱 한 가지만 약속해주십시오. 하다못해 당신을 위해 기사들이 위험에 뛰어드는 것을 받아들여 주십시오."

"그, 그건 당연하지!"

카티스 단장님의 하나뿐인 부탁이 받아들이기 쉬운 일이었기에 나는 힘차게 대답했다.

나도 성녀로서 기사들을 위해 위험에 뛰어들기도 하고, 반대도 가능하다는 건 넘치도록 이해하고 있거든!

나는 카티스 단장님을 똑바로 바라보며 고개를 끄덕끄덕 여러 번 끄덕였다.

단장님은 그런 나를 안도한 듯 마주 바라보았지만, 한편으로는 아직 어딘가 걱정되는 표정을 짓고 있었다.

……정말로 내 옛 호위 기사는 걱정이 많다니까.

카티스 단장님의 표정을 본 나는 마음속으로 그렇게 쓴웃음을 지었다.

물론 나를 위하기 때문에 걱정하는 것이니 무척 고맙기는 하다. 그런 생각을 하며 자리에서 일어난 후 안심시키듯 카티스 단장님을 향해 웃었다.

"카티스, 나도 조심스럽고 신중한 면이 있으니까 안심해! 이래

봐도 매일 성장하고 있거든."

"그렇, 습니까? 아뇨, ……그러실 테죠."

단장님은 반사적으로 의문을 드러냈다가, 스스로를 타이르듯이 중얼거린 후 생각에 잠긴 듯 입을 다물었다.

내 발언 내용이 좋았던 건지, 시간이 침착해질 여유를 준 건지. 카티스 단장님은 점차 여느 때와 같은 표정으로 돌아갔다.

그걸 민감하게 감지한 그린이 분위기를 바꾸듯 이야기를 재개했기 때문에 다 함께 다시 경청했다.

나는 침착해 보이는 카티스를 보고 안심하며 다른 사람들처럼 귀를 기울이고 있었지만, 조금 전에 들은 흑황제의 정보가 마음에 걸려서 어느새 그쪽으로 생각이 넘어갔다.

……언니의 아이가 아르테아가 제국의 황제가 되었다니…….

깜짝 놀랐다.

게다가 그 카스토르 황제가 제국의 영토를 최대치로 확장하다니, 정말 훌륭하게 자랐구나……. 거기까지 생각했을 때 '어라?' 하고 의문이 치솟았다.

카티스 단장님의 이야기로는 대성녀가 죽고 10년 정도 뒤에 흑황제가 대륙의 절반을 통일했다고 했다.

하지만 그러면 나이가 맞지 않는다.

왜냐하면 카스토르 황제가 언니의 아이라면 대성녀가 죽인 뒤에 태어났을 터. 고작 10살 정도의 나이에 대륙 북부 통일을 이룬 셈이 된다.

이상해서 잠시 고민한 결과, ……카티스 단장님이 착각한 거라는 결론을 내렸다.

원래 광활했던 제국의 영토를 고작 10년 만에 두 배 크기로 키우는 것 자체가 애초에 말이 안 되니까, 카티스 단장님은 10년이라고 했지만 실제로는 30년이나 40년 정도 걸렸겠지.

단장님치고는 드문 실수라고 고개를 갸웃거리면서, 언니의 아이가 제국 사상 최강이라 불리는 것을 300년 뒤에 환생해서 듣게 된다니 신기한 기분도 들었다.

……언니의 아이라면 노력가에다 재능도 넘쳤겠지.

그렇기에 아무도 이루지 못했던 대륙 북부 통일이라는 위업을 달성한 거겠지만……. 그래도 위정자라는 건 때로는 고독하고 고생이 많은 역할이니까.

카스토르 황제가 평안하고 행복한 인생을 보냈다면 좋겠는데.

나는 그렇게 한 번도 만난 적이 없는 300년 전의 제국 황제를 마음속으로 그렸다…….

【SIDE】 흑황제 (300년 전)

『나는 무엇을 위해 살아있는가.』

그렇게 자문했을 때, 대답은 늘 하나뿐이었다.

『속죄를 위해.』

그 아름답게 빛나는 심홍색 머리카락을, 의지로 넘쳐흐르는 선명한 금색 눈동자를, 자애를 빚어내는 하얀 팔을, ……이 세계에서 잃어버리게 만든 죄의 속죄.

그러기 위해서라면 얼마나 큰 희생도, 대가도, 괴로움도 치를 생각이었지만, ――――그날, 그때, 그 장소에서 나의 마음은 부서지고 말았다.

이젠 무슨 일이 일어난다고 한들 아파할 마음은 남아 있지 않다…….

"저희 신하 일동은 아르테아가 제국에 새로운 황제가 탄생한 것을 진심으로 환영합니다!"

아르테아가 제국의 황성, 옥좌의 방에서 제국 재상의 목소리가 울려 퍼졌다.
옥좌에 앉은 나를 둘러싼 형태로 넓은 실내를 가득 채울 만큼 많은 자가 모여 있다.
빼곡하게 도열한 제국 귀족과 기사들이 최상의 경의를 표하기 위해 한쪽 무릎을 꿇고 머리를 무릎 위치까지 숙이고 있다.
이들은 모두 대륙에 이름을 널리 알린 귀족과 기사들로, 대륙 최강국이라 불리는 아르테아가 제국의 현 모습을 보여주는 듯한 광경이었다.
조금이라도 권력욕이나 명예욕이 있는 사람이라면 환희에 젖어 격양될 법한 상황이겠지만, ───그 광경을 바라보는 마음은 여느 때처럼 고요하여 흥분도 감동도 없었다.
……아아, 이러한 상황에서도 마음이 전혀 움직이지 않다니, 나는 정말로 망가져 버렸구나.
마음속으로 냉정하게 혼잣말하며 천천히 주위를 둘러보았다.
다들 머리를 조아리며 나의 발언을 기다리고 있었다.
옆에는 선대 황제가 그 모습을 흡족해하며 바라보고 있다.
나는 한쪽 발목을 다른 쪽 무릎 위에 올리는 불량한 자세로 옥좌에 팔을 괴고 눈앞의 가신들을 훑었다.
“황제 카스토르다. 앞으로는 나를 잘 섬기도록.”
내 말을 들은 몇 명의 어깨가 놀란 듯 움찔거렸다.
알고 있던 이름과 황제의 이름이 달랐기에 동요한 거겠지.
하지만 태어났을 때 받은 이름은 그 녀석의 죽음과 함께 버렸다. 다시는 그 이름을 댈 마음이 없다.

그 녀석의 곁에서 그 녀석을 계속 지키는 것이야말로 인생의 역할이라 믿었기에, ───그 녀석의 죽음과 함께 역할은 끝이라며 이름과 그 이름에 따른 인생을 버렸기 때문이다.

……대성녀와 함께했던, 눈부시게 빛나는 나날은 과거의 것이 되었다.

그 옆에 있었기에 빛났고, 명예로 가득했던 이름을 계속 사용할 수 있을 리가 없다.

하지만 여기에 있는 자들은 버린 이름임에도 불구하고 그 이름에 따른 공적을 들었던 건지, 내 즉위에 누구 한 명 이론을 제기하지 않았다.

때문에 귀가 따가울 정도의 침묵으로 제국의 중신들은 나의 즉위를 받아들였다.

───한편 제국민 사이에서 나의 모습은 무시무시한 존재로 비쳤던 모양이다.

그것을 증명하듯 즉위 후에 곧바로 나는 뒤에서 '흑황제'라 불리게 되었다.

본래 '흑기사'로 불리던 몸이었기 때문도 아니고, 흑발흑안의 외모 때문도 아니고, 그저 황제의 무시무시함을 가리켜 그렇게 부르게 되었다.

인간형의 존재를 '흑'으로 부를 경우, 대부분은 '마인(魔人)'을 연상한다.

즉, ───마인이라는 비유를 들을 만큼 공포의 대상으로 간주한다는 뜻이다.

……하지만 그 견해는 그리 틀리지 않았다.
왜냐하면 나는 나의 바람을 이루기 위해 황제가 되었으니까.
내가 바라는 것은 이웃 국가를 포함한 수많은 영토의 합병―― 그것을 달성하기 위해 앞으로 수많은 장소를 전화 속으로 몰아넣게 되리라.
최대한 넓은 땅을 다스려, 그 땅을 구석구석 수색한다.
대륙 내의 온갖 땅을 쳐들어가고, 짓밟으며 단 한 명의 마인을 찾는다―― 그것이 나의 진정한 바람이었다.
――세상에서 아름다운 희망을 빼앗아 간 교활하고, 잔인하고, 사악한 마인을 찾는 것이…….
이미 그것만이 나의 바람이고, 속죄를 완수할 유일한 방법이었다.
……그로부터 몇 년이 지났을까.
날짜가 바뀌려는 시각에 홀로 문밖에 서서 달을 바라보던 도중, 별안간 목소리가 들렸다.
"암흑 속에 홀로 계시다니 참 무섭습니다. '흑황제'."
마치 밤의 정적을 가르듯 기분 좋은 목소리가 귀에 닿는다.
돌아볼 것도 없이 목소리의 주인을 특정할 수 있었기에 나는 계속 달을 바라보았다.
――그것은 달이 아름다운 밤. 모든 것을 뒤덮는 칠흑 같은 암흑, 하지만 밝게 빛나는 달빛이 암흑 속에 선 내 모습을 뚜렷하게 비추고 있었다.
장소는 황성의 정원. ……내가 혼자 달을 바라볼 때는 아무도 말을 걸지 않는 것이 이 성의 암묵적 규칙이 되었지만, 말을 건 인물은 아랑곳하시 않고 나가왔다.

"……카노푸스인가. 이런 먼 곳까지 비아냥거리러 왔나?"

나는 달에서 시선을 떼지 않고 작게 물었다.

반면 카노푸스는 내 옆에 나란히 서더니 고개를 살짝 내저었다.

"농담도. 제가 폐하께 비아냥을 던지다니 말도 안 됩니다. 이러한 시각에 도착한 것은 비상식적이지만, 왕국에서 정기 보고를 하러 왔습니다."

하지만 비상식적인 시각에 왕국에서 보고하러 왔다고 밝힌 카노푸스는 바로 보고하는 대신 나란히 달을 바라보기 시작했기 때문에 급한 용건은 아닌 모양이라고 결론을 지었다.

카노푸스는 달을 올려다본 채 감정을 읽을 수 없는 목소리로 말했다.

"……정말로 오늘 밤은 달이 아름답군요. 아름다운 달을 보면 어째서인지 제 주인을 떠올립니다. 그분께서는 특히 밤의 어둠을 비추는 달을 좋아하셨으니까요."

"…………."

"그것이 알려진 뒤로 야간 왕성 순찰 업무를 두고 기사들 사이에서 쟁탈전이 일어났습니다. 다들 야간 순찰을 하고 싶어 하며, 운 좋게 전하를 만난 기사들은 '달이 아름답습니다' 하고 말을 걸었죠."

……기억한다.

유명한 문호가 '사랑 고백'을 '달을 찬미하는 말'로 빗대어 사용한 것을 흉내 내어, 그 녀석에게 심취한 많은 기사가 하다못해 달의 아름다움을 찬양하는 척하며 마음을 토로하였다는 것을.

"……그래. 그 녀석은 전혀 눈치채지 못하고 확실히 달이 아름답다며 기사들에게 똑같은 말을 돌려주었지. 그리고는 나에게 와서 달의 아름다움에 주목하다니 기사는 로맨티시스트라는 엉뚱한 소리를 했고. ……끝까지 자신의 매력을 이해하지 못했어."

이제는 그 녀석에 대해 함께 이야기할 수 있는 사람은 카노푸스뿐이다.

백기사는 나에게 접근하지도 않게 되었으니까.

그렇게 생각하며 힐끗 시선을 올리자 걱정하는 카노푸스와 눈이 마주쳤다.

……그때부터 이 남자는 나를 몹시 걱정한다.

아마도 내가 달을 바라보며 무슨 생각을 하는지 쯤은 훤히 꿰뚫어 보고, 일부러 말로서 끄집어내도록 유도한 것이다. 마음속에 있는 것을 토하여 조금이라도 내 마음이 가벼워지게끔.

알고는 있으나, 아직 그 녀석에 대해 깊은 대화를 할 마음은 되지 않아 화제를 돌리기로 했다.

"왜 그러지? 내 얼굴을 그렇게 바라보다니. 구경해서 재미있는 얼굴도 아닐 텐데."

내 심정을 이해한 카노푸스는 순간 슬픈 표정을 지었으나, 감정을 추스르듯 눈을 깜빡였다.

"……네. 제가 여성이었다면 놀라울 만큼 아름다운 폐하의 얼굴을 바라보는 것만으로도 즐거웠을지도 모르나 아쉽게도 저는 남자니까요. 구경해도 그리 즐겁지는 않습니다."
그렇게 말한 뒤 카노푸스는 작게 숨을 내쉬었다.
"다만, 그 영애는 어떤 마음이었을지 여쭙고 싶습니다만……. 들었습니다. 당신을 사모하여 침소에 숨어든 공작 영애를 직접 처형하셨다면서요."
고작 며칠 전 일인데 정보가 빠르다고 생각하며 미약하게 눈을 좁혔다.
이 정보수집력을 보아 결론도 이미 알고 있을 텐데. 하지만 나 자신이 부정하는 것에 의미가 있을지도 모른다는 생각에 입을 열었다.
"소문은 무릇 과장되기 마련이지. 직전에 나를 호위하던 기사들이 제지했다."
"즉 막지 않았다면 죽일 생각이셨던 거군요. 거의 마찬가지입니다."
카노푸스는 기가 막힌다는 듯 고개를 저은 뒤 하늘을 우러러보았다.
"하지만 영애도 무용한 일을 했군요. 새삼 폐하께는 움직일 마음 같은 건 남아 있지 않을 텐데……."
카노푸스의 말에 나는 작게 고개를 끄덕였다.
"그래, 그 말대로다. 그날, 그때, 그 장소에서 나의 마음은 망가졌지. 다시는 움직일 일이 없다."
———그 녀석이 되살아나기라도 하지 않는 한.
목구멍 속으로 삼킨 말은 카노푸스에게 정확히 전달된 모양이었다.
그걸 증명하듯 카노푸스가 입을 열었다.
"……세라피나 님께선 높은 뜻을 품은 분이셨습니다. '마왕을 봉인한다'는 목표를 세우고 달리셨으니, 그것을 완수하기 위해 언젠가 돌아와 주시는 게 아닌가. 저는 아직 꿈을 꾸고 있습니다."
나는 카노푸스의 몸에 힐끗 시선을 던진 뒤 가볍게 어깨를 으쓱했다.
"그때 다시 호위 기사가 되기 위해 몸을 단련하는 건가? 기도의 세계에선 단련할 필요도 없을 텐데."
……하지만 냉소적인 말과는 다르게 마음속으로는 카노푸스의 말이 옳다고 인정하고 있었다.
그 말이 맞다. 살아가기 위해서는 희망이 필요하다.
기도와도 닮은 희망이 내일을 살아남기 위한 힘을 내려준다.

———나의 죄는 무겁고, 속죄를 위한 생이라고 설득하지 않으면 서 있는 것조차 어렵지만.
언젠가 그 녀석의 원수를 찾아내 이 손으로 봉인한다는 희망을 품음으로써 이 세계에 머무를 수 있게 되었다.

사실은, ……오늘 밤처럼 달을 올려다보며 그 녀석을 생각할 때마다 망가졌던 마음이 욱신거리는 듯한 느낌이 들었지만.
———마음이 없는 내가 아픔을 느낄 리 없다며 나약한 마음을 잘라냈다.

【막간】 마왕의 오른팔

"피 님께선 주무시나?"

조금 전, 피아를 침소로 안내하러 간 자빌리아가 얼마 지나지 않아 바로 돌아온 것을 본 카티스 단장이 의아한 표정으로 물었다.

긴 시간을 잡아먹은 전원의 비장의 이야기가 종료된 것이 조금 전.

저녁식사와 함께 개최된 교류의 시간이 끝났기에 저마다 마련된 침소로 안내받았으나, 피아는 당연하다는 듯 흑룡의 침소로 갔다.

한편 카티스 단장은 조금 떨어진 침소로 안내받았으나, 그대로 잠들지 않고 되돌아가 멀리서도 그의 존재를 확인할 수 있는 탁 트인 장소에서 자빌리아를 기다렸다.

조금 전, 자빌리아의 의미심장한 발언에서 카티스 단장에게 무언가 물어보고 싶은 게 있으리라고 추측했기 때문이다.

실제로 자빌리아는 카티스 단장과 단둘이 대화하고 싶다는 티를 내기 위해 일부러 의미심장한 발언을 하였는데, 그걸 정확하게 간파해준 것이 기쁜 모양이었다.

그 증거로 자빌리아는 풀어진 얼굴로 고개를 끄덕였다.

"응, 피아는 쉽게 잠드니까. 내가 작아져서 피아의 배 위에 올

라가면 언제나 금방 잠들거든.”

모두가 두려워하는 전설의 마수는 자연스럽게 보디필로우 역할을 하고 있음을 고백했다.

“……그렇, 군.”

자빌리아의 대답을 들은 카티스 단장은 복잡한 표정으로 입을 다물었다.

인형을 가지고 놀 나이는 졸업했다고 타일러야 하는지, 최강의 사역마가 잠자는 동안에도 지켜준다고 안심해야 하는지 망설이는 모양이었다.

자빌리아는 무언가 생각에 잠긴 표정으로 그런 카티스 단장을 바라본 뒤, 신기해하는 목소리를 냈다.

“그렇게 있으면 그저 주인에게 순종적인 것처럼 보이는데. ……하지만 너는 가장 성가신 타입이란 말이지. 생각하는 부하라니.”

그렇게 말하더니 자빌리아는 위협하듯 커다란 날개를 펼쳤다.

카티스 단장은 달빛을 받아 아름답게 빛나는 흑룡의 전신을 물끄러미 바라본 후 땅바닥으로 시선을 떨어트렸다.

“흑룡, 위협하지 않아도 나에겐 피 님을 배신할 마음은 일절 없다. 나는 진심으로 피 님께서 행복해지시는 것만을 원하니까.”

그 후 카티스 단장님은 시선을 내린 채 두 손을 꽉 움켜쥐었다.

“조금 전의 발언은 미안하군. ‘겪어본 적 없는 자는 그 상실감을 알 수 없다’는 건 특정한 체험을 하지 않았다면 반론할 수 없는 논조였어.”

자신의 발언을 후회하며 시괴히는 키티스 단장에게 지빌리아는 선뜻 대답했다.

"아니, 괜찮아. 솔직히 나에게 피아 말고는 아무 의미 없으니까, 피아가 아닌 사람을 두고 '이 자의 진의는 뭐지?' 하고 고민하는 일도 없거든. 그래서 나에게 하고 싶은 말이 있다면 대놓고 말해주지 않으면 나도 이해할 수 없어."

자빌리아의 말을 들은 카티스 단장은 숙이고 있던 고개를 들어 자빌리아와 시선을 맞췄다.

"이해에 감사한다. 그리고 조금 전 그대의 발언은 정론이야. ……피 님의 정의는 일그러짐 없이 곧으므로 모든 판단을 맡겨야 하지. 무언가를 의도적으로 숨기거나 생각을 유도하면 안 된다는 건…… 올바른 견해야."

그렇게 발언하면서도 카티스 단장의 표정은 자신의 발언을 수긍하는 것처럼 보이진 않았다.

오히려 점점 괴로운 듯 얼굴을 일그러트렸다.

"하지만, ……하지만, 흑룡! 피 님의 결단은 300년 전에도 늘 옳았지만. ……결과적으로 본의 아닌 최후를 맞게 되셨다. ……나는 살아남기 위해서는 '타인을 방패로 삼아서라도 살아남아야 한다'는 강한 의지가 필요하다고 생각해. 그렇지 않으면 그런 입장의 사람은 오래 살 수 없지. 300년 전에 결과적으로 그렇게 되었으니까."

호소하듯 단숨에 몰아치는 카티스 단장의 말에 자빌리아는 신중한 표정으로 대답했다.

"……확실히 피아의 전생은 본의 아닌 최후를 맞았지."

자빌리아는 표정을 바꾸지 않은 채 입을 열었다.

"질문이 있는데."

"……알고 있다."

그렇기에 여기서 기다렸으니…….

잇지 못한 말을 정확하게 읽어낸 자빌리아는 **'응, 기다려줘서 고마워'**라고 말한 뒤 위협하기 위해 펼쳤던 날개를 접고 카티스 단장 앞에 앉았다.

카티스 단장은 마음을 안정시키듯 크게 숨을 내쉰 후 가슴 앞에서 두 손을 깍지 끼고 입을 열었다.

그 목소리는 조금 전과는 다르게 평탄했다.

"흥분해서 미안하다. 그대를 기다리는 동안 달을 보고 있었는데, ……이토록 달이 아름다운 밤에는 떠올리는 일이 있어서 마음이 흐트러진 모양이야. 대단히 실례했다."

그 후 카티스 단장은 온화한 어조로 말을 이었다.

"피 님의 생각을 공유할 수 있다는 그대라면 당연히 다양한 의문이 들었을 테지. 내가 대답할 수 있는 일이라면 뭐든 대답하겠다."

"너는 정말 이해가 빠르구나. 역시 대성녀의 호위 기사였던 사람이야."

자빌리아는 자연스럽게 피아와 카티스 단장의 전생의 관계를 언급하여, 300년 전의 관계를 알고 있음을 넌지시 드러냈다.

카티스 단장은 살짝 눈을 크게 뜨고는 '거기까지 알고 있나' 하고 작게 중얼거렸다.

그러더니 잠깐 주저한 후 자빌리아의 말에 동의했다.

"……그래. 나는 피 님의 호위 기사였다. 그걸 늘 자랑스럽게 여겼고, 전력으로 역할을 다하고자 노력했지. 그 마음은 지금도 변함이 없어."

카티스 단장은 자빌리아의 암시를 정면으로 받아들여 얼버무리지 않고 진지하게 대응하기로 결심한 모양이었다.

그 태도를 확인한 자빌리아는 생각하는 바가 있었던 건지 이해했다는 듯 혼잣말했다.

"흠, 결단이 빠르네. 나를 아군으로 받아들이는 걸 한순간에 정하다니. 또 성실한 기사야. 전생의 은빛 근위 기사단장도 안심하며 호위 기사를 맡겼겠네."

그 말을 들었을 카티스 단장은 동요하는 기색도 없이 자빌리아를 똑바로 바라보았다.

오히려 자빌리아의 혼잣말에 굳이 반응하여 질문으로서 돌려주었다——— 무엇도 숨기지 않겠다는 의사 표명처럼.

"그래서 흑룡은 뭘 알고 싶은 거지? 그 은빛 근위 기사단장의 말년? 아니면, ……."

"아니, 그건 됐어. 피아의 감정이 아직 정리되지 않은 모양이고, 그런 상황에서 다른 쪽 이야기를 들어도 진실을 한층 알 수 없게 될 것 같으니까. 내가 물어보고 싶은 건 하나뿐이야."

자빌리아는 꼬리를 흔든 뒤 정면으로 카티스 단장을 마주 바라보았다.

"내가 알고 싶은 건 네가 피아에게 뭘 숨기려 하냐는 거야.

……피아에게 '살아남겠다'는 강한 의지가 없다면 피아를 구할 수 없다고 믿고 있잖아?"

카티스 단장은 시선을 내리며 감정이 보이지 않는 목소리를 냈다.

"그래, 맞아. 나에게는, ……압도적인 힘이 없다. 피 님께서 손을 뻗어주지 않으시면 구하기 어렵겠지."

"흐음. 예를 들어 낭떠러지에 매달린 상황에서 떨어진 쪽이 손을 뻗냐 아니냐에 따라 구출 난이도가 달라지겠지. 하지만 너는 300년 전의 피아의 오빠보다 강하잖아? 게다가 마왕은 이미 봉인되었고. 그래도 구하는 게 아슬아슬하다는 거야? ……대체 왜?"

탐색하듯 물어보는 자빌리아 앞에서 카티스 단장은 입술을 꾹 깨물고 침묵을 지켰다.

자빌리아는 잠시 대답을 기다렸으나, 돌아오지 않는다는 걸 깨닫고 고개를 기울였다.

"알겠어? 내 질문은 하나뿐이야. 마왕이 봉인된 지금, 너는 뭘 두려워하는 거지?"

"………….."

그래도 대답하지 않는 카티스 단장을 향해 자빌리아는 뚜렷한 폭탄을 던졌다.

"그럼 접근을 바꿔볼까. '마왕의 오른팔'……. 그건 뭐야?"

자빌리아의 질문은 카티스 단장에게 진혀 예상치 못한 것이었는지, 단장은 놀라서 눈을 부릅뜨고 말문이 막혔다.

하지만 자빌리아는 그러거나 말거나 아랑곳하지 않고 말을 이었다.

"나는 피아와 이어져 있으니까, 그녀가 전생을 회상할 때 '오른팔'이 보였거든. 그 녀석 대체 뭐야? 살해당한다는 건 어마어마한 공포니까, 그 공포심이 나쁜 방향으로 작용해서 사실보다 과장된 기억이 남아있다는 가능성도 생각했는데. ……'문양'의 숫자를 피아가 잘못 봤을까?"

"그대에겐, 거기까지 보였나……."

카티스 단장은 한층 더 크게 눈을 뜨고는 허덕이는 듯한 목소리로 말했다.

그리고는 무언가 말을 이으려 했으나 목소리가 나오지 않은 건지 바람 빠지는 소리만 났다.

자빌리아는 냉정하게 그 모습을 지켜보았다가 무언가를 꿰뚫어 보려는 듯 눈을 가늘게 뜨고는 의심 섞인 목소리를 냈다.

"……흐응, 사실이구나. 나는 계속 신기했어. 왜 마왕을 봉인한 피아가 그 부하를 두려워하는 걸까. 마력이 바닥났던 전생이라면 모를까, 지금은 정령은 없어도 피아의 능력은 전생과 달라지지 않았고, 그럭저럭 괜찮은 기사와 나도 있잖아. 그러니 설령 '오른팔'이 나타난다고 해도 전생과는 다른 결과가 될 테니 두려워할 이유는 없다고 생각했거든."

"…………."

카티스 단장은 부정도 긍정도 하지 않고 눈을 크게 뜬 채 그저 침을 꿀꺽 삼켰다.

그런 단장을 자빌리아가 조금씩 몰아세웠다.

"살해당한다는 건 강렬한 체험이니까, 그 탓에 피아가 지나치게 그 녀석을 두려워하는 걸까. 하지만 그건 어쩔 수 없는 일이니 피아가 원하는 대로 하게 두자. 처음에는 그렇게 생각했지. 하지만 어느 날 의문이 드는 거야. ……피아는 전투에 관련된 부분에선 냉정하잖아. 상대의 역량을 잘못 가늠하는 건 본 적이 없어."

"……그, 말대로다. 성녀로서 피 님의 힘은 완벽하지."

뚝뚝 끊어지는 목소리로 카티스 단장이 피아의 능력을 긍정했다.

카티스 단장의 발언 내용에 의미가 있는 건 없었으나, 그 태도에서 대답할 수 있는 것에는 최대한 대답하려는 성실함이 보인 것 같아 자빌리아는 피식 웃었다.

"그렇지? 피아가 상대의 역량을 잘못 볼 리는 없어. 그렇다면 '오른팔'은 피아가 이길 수 없다고 생각할 정도의 상대라는 거야."

"…………."

이 질문에도 역시 대답하지 못하는 단장을 보고 자빌리아는 이해했다는 듯 고개를 끄덕였다.

"그래. 침묵이라는 소극적 긍정이구나."

자빌리아의 말에 얼굴을 일그러트린 카티스 단장을 보고 자빌리아는 최악의 예상이 맞아버렸다고 마음속으로 중얼거렸다.

하지만 입 밖으로 나온 건 냉정한 확인이었다.

"……그렇구나. '오른팔'에 관한 피아의 기억은 올바르단 거지.

그렇다면, 그건…… 마왕보다 몇 배는 더 강한 거네.”

“…………….”

목소리는 나오지 않았으나, 마침내 카티스 단장은 체념한 듯 작게 고개를 끄덕였다.

자빌리아는 난감하다는 양 날개를 펼친 뒤 꼬리를 붕붕 흔들었다.

“그래. 여기서부터는 본래대로라면 ‘시작의 서’ 같은 걸 꺼내야만 할 만큼 복잡한 이야기가 될 테지만 귀찮으니까 단순하게 축약해 보자면, ……통상 마인은 다른 마물과 마찬가지로 문양이 없어. 하지만 이따금 강력한 마인이 나타날 때가 있는데, 그 몸에는 예외 없이 문양이 있기 때문에 ‘문양을 지닌 마인’이라 불리고 있지.”

자빌리아의 말에 동의하듯 카티스 단장이 천천히 고개를 끄덕였다.

“……맞아. 몸에 문양이 새겨진 마인은 희귀하고 강력하니까, 그 외의 마인과 구분하여 특별한 명칭이 붙었지.”

“응, 그래. 그리고 마인은 그 몸에 새겨진 문양의 수에 비례해서 강하지. 피아가 봉인한 마왕은 ‘13문양의 마왕’이라고 불렸던가?”

“그렇다. 설령 1문양이라고 해도 몸에 문양이 새겨진 마인은 인간들이 두려워하는 존재이지만, 그게 13개나 되었기 때문에 전 세계에서 두려워하며 ‘13문양의 마왕’이라는 호칭을 부여했지. 그렇기에 대성녀 세라피나 님께서 봉인하셨을 때는 다들 환희했지만…….”

카티스의 단장의 말을 자빌리아가 이어받았다.

"그래. 통상은 거기서 해피엔딩으로 끝날 테지만, 어째서인지 그 부하가 나타났어. 그리고 그 마왕의 부하에겐, ……20개인가 30개의 문양이 몸에 새겨져 있었고. ……참 이상하지? 마왕보다 문양의 수가 많은 마인이라니."

"……윽."

카티스 단장은 피가 맺힐 정도로 입술을 세게 깨물었다.

그런 카티스 단장을 향해 자빌리아는 딱 잘라 말했다.

"즉……, 그게 '마왕'인 거지?"

【SIDE】 제5기사단장 클라리사
「피아와 유쾌한 동료들」

나는 클라리사 애버네시. 왕도 경비를 담당하는 제5기사단의 단장이다.

최근 신기해하는 건 놀라울 만큼 주변 사람들을 바꿔버리는 신입 기사, ———제1기사단의 피아와 그 인간관계에 대해서.

피아 주변에는 늘 특출난 인물이 모여든다.

그리고 그들은 피아의 영향을 받아 심각하게 망가진다. 즉, 본인답지 않은 행동을 하기 시작한다.

대체 무슨 일이 일어나고 있는 걸까?

———황공하지만 가장 먼저 깨달은 것은 사비스 총장님에게 일어난 변화다.

본래 총장님은 무시무시할 정도로 얼어붙은 분위기를 지닌 분이었다.

완벽한 기사단 총장이긴 했으나, 지나치게 완벽했기 때문에 좀처럼 말을 걸지도 못하는 분위기가 있었다.

기사단을 통솔하는 카리스마로서는 외모도 능력도 완벽하지만, 타인이 접근하지 못하게 하는 높은 벽이 우뚝 서 있었다.

그런데 피아를 상대할 때는 처음부터 좀 달랐다.

어째서인지 장난기 어린 면모를 보이며 총장님 쪽에서 피아와 엮이려고 하는 것이다.

시작은 기사단 입단식의 모의 시합으로 신입 기사인 피아와 총장님이 대련하게 되었을 때인데, 그것도 이례적인 일이다.

통상적으로는 신입 기사를 상대하는 건 몇 년 먼저 입단한 선배 기사로, 총장님이 상대한다는 건 말이 되지 않는다. 그런데 어째서인지 총장님이 직접 대련을 원했다.

그리고 그날을 경계로 사비스 총장님은 눈에 띄게 분위기가 부드러워졌다.

대체 무슨 일이 있었던 건지 의아해하는 사이에 제4마물기사단장인 퀜틴이 이상해졌다.

마물에만 관심이 있던 기사가 '피아 님, 피아 님' 하며 커다란 몸으로 매달리듯 피아를 따라다니기 시작했다.

어? 뭐야. 징그러워. 그런 생각을 하던 때 총장님이 참석한 기사단장 회의에서 제1기사단장인 시릴을 상대로 피아의 쟁탈전이 벌어졌다.

받아치는 시릴을 보고 '어라? 시릴은 박애주의자라서 누군가에게 집착하는 타입은 아니었는데……'라며 신기해하고 있었더니 그걸 재미있어하며 바라보는 총장님의 모습이 눈에 들어왔다.

어어? 총장님께서 피아의 언동에 관심을 갖고 계시잖아? 왜 이렇게 특별한 거지?

그렇게 놀라는 사이에 시릴이 피아를 자신의 영지로 데려가 기사의 맹세를 했다.

필두 기사단장이 신입 기사에게 기사의 맹세를 했다고?!

영문을 알 수 없어 피아에게 물어보려고 기다렸더니, 어째서인지 서덜랜드에서 제13기사단장인 카티스가 따라왔다. 응? 무슨 보너스지?

그런데다 카티스는 마치 호위 기사라도 되는 것처럼 피아에게 딱 붙어 다녔다. 대체 무슨 일이 일어나고 있는 걸까?

———그렇게 맞이한 오늘.

피아가 '그린', '블루'라고 부른, 명백하게 출신이 좋은 두 남자를 앞에 두고 나는 난처해졌다.

거리에서 문제가 발생한 것을 보고 끼어들려고 했던, 처음 보는 남성이 나타나서 천연덕스러운 태도로 순식간에 소동을 진압한 것이다.

그 남성은 우연히도 피아와 아는 사이였는데, 아무리 봐도 보통 사람은 아니었다.

걸치고 있는 의복은 평범했지만 세련된 행동거지를 보기만 해도 일반인이 아니라는 걸 바로 알 수 있었다.

심지어 바로 눈치채지는 못했을 만큼 기척을 능숙하게 숨기는 기사가 100명 단위로 호위하고 있다.

내가 얼굴을 모른다는 걸 보면 외국의 요인이 틀림없다.

그들은 대체 정체가 뭔지 머리를 굴리며 생글생글 인사해봤는데, 두 사람에게서는 감정을 지운 표정으로 무뚝뚝한 인사가 돌아왔을 뿐이었다.

……아, 이쪽이 평소 모습이구나.

피아를 상대할 때는 얼굴이 빨개지거나 큰 소리를 내는 등 감정이 풍부했기 때문에 떠들썩한 타입인 줄 알았는데, 그게 특별한 반응이었다.

심지어 슬쩍 떠보자 두 사람은 아무래도 피아를 만나기 위해 이 나라에 온 모양이다.

세상에, 고작 그런 이유로 왕국까지 오다니. 피아와 무슨 일이 있었던 걸까?

그런 의문이 솟아 그들의 정체를 확인하기 위해 관찰할수록 가볍게 움직일 수 있는 신분이 아니라는 걸 확신했다.

나는 왕도를 수호하는 기사단장.

국왕 폐하나 사비스 총장님을 가까이서 뵐 기회가 많았고, 지배자 특유의 분위기가 어떤 것인지 자연스럽게 감지할 수 있게 되었는데. ……난감하게도 눈앞의 두 사람에게서 같은 분위기를 느꼈다.

……타국의 왕족인 걸까? 그렇다면 멀리 떨어진 소국이면 좋겠는데.

그렇게 희망적으로 기대하며 어떻게 대응해야 할지 고민하고 있을 때, 피아의 충실한 기사인 카티스가 달려왔다.

와, 대단한 감지 능력이구나!

그보다 카티스는 뭘 감지한 걸까? 옆에서 보면 피아는 두 남성과 대화하고 있을 뿐이잖아.

우연히 경계해야만 할 만큼 높으신 분이었지만, 얼핏 보기만 했을 때는 신분이 높다는 걸 알 수 없다. 대화만 했는데도 혼이 날 정도라면 피아는 절대 연애할 수 없다고!

그런 내 걱정을 뒤로 카티스는 피아를 등 뒤에 숨기고는 완전한 대립 태세로 두 사람을 보았다.

흐음. 카티스는 생각했던 것보다 더 과보호구나! 연인은커녕 새 친구조차 사귀지 못하게 하려는 걸까.

그렇게 조마조마해하며 지켜보자 카티스는 두 사람과 첫 만남이었던 것 같았음에도 불구하고 주저 없이 아르테아가 제국인이라고 단언했다.

어? 아르테아가 제국이라면 나브 왕국과 비등한 대국이잖아.

그곳의 지배계층? 그럼 제국의 황족이라는 거야? 멀리 떨어진 소국의 왕족이길 빌었던 내 기도는 어디로 날아간 걸까.

하지만 제국의 황족이라니, 그런 어마어마한 신분이 비공식으로 우리 왕국에 방문할까?

게다가 상대가 누구인지 아는 듯한 카티스인데도 두 사람에게 보이는 태도는 놀라웠다.

황족에게 이런 대응을 할 리가 없을 테니까, 기껏해야 제국의 공작이나 후작 정도 아닐까.

그런 생각을 하며 재미있어졌다고 상황을 지켜보자 부하 중 한 명이 부르러 왔다.

"클라리사 단장님! 중앙지구의 레스토랑에서 가터 자작의 아들이 난동을 부리고 있습니다. 저희는 손을 쓸 수 없으니 대응을 부탁드릴 수 있겠습니까?"

이럴 수가. 이런 타이밍에서 타임 오버라니! 마음속으로 불만을 토했지만, 더 중요한 일이 있으니 어쩔 수 없다.

"아이참, 딱 재밌어지는 참이었는데! ……어쩔 수 없네. 월급을 받는 이상 일해야지. 하아, 또 보자. 피아. 그리고 카티스, 뒷일은 부탁해."

그렇게 나는 가장 재미있어 보이는 장면을 보지 못했다고 절절히 속상해하며 나를 부르러 온 기사와 함께 중앙지구로 향했다.

사건 발생 중이라는 레스토랑에 도착하자 가터 자작의 아들이 의자를 들어 올리고 화를 내고 있었다.

자작 아들은 한바탕 날뛴 건지 실내 여기저기에 테이블과 의자가 나뒹굴고, 식기와 요리도 떨어져 있었다.

다른 손님은 도망친 건지 안에 있는 건 종업원으로 보이는 사람들 뿐으로, 구석에 달라붙듯이 멀리 떨어져서 지켜보고 있었다.

주변 사람이 다칠 걱정은 없겠다고 안심하며 저벅저벅 걸어가자 자작 아들은 나를 알아보자마자 흠칫 놀란 듯 얼굴을 붉히며 허둥지둥 들고 있던 의자를 바닥에 내려놨다.

"크, 클라리사 님~."

"오랜만이네. 오늘은 대체 뭘 하는 거지?"

정기적으로 문제를 일으켜서 자주 본 자작 아들이 상대였기 때문에 날카로운 어조로 심문하자 그는 허리를 실룩실룩 흔들면서 변명을 늘어놓았다.

"그게 말이죠, 클라리사 님~. 제가 몇 번이나 싫어한다고 했는데 레스토랑에서 신맛 나는 요리를 내놓았기든요~. 저는 하루에 다섯 번밖에 식사하지 않는데 그중 한 번이 이렇게 날아간다고 생각하자 화가 나서~."
"당신 잘못이네!"
자작 아들의 변명을 대강 다 들은 뒤 묵직한 손날치기를 정수리에 꽂았다.
"……으억! 아파아아아아아."
자작 아들은 두 손으로 정수리를 누른 채 바닥에 쪼그려 앉아 눈물을 글썽이며 올려다보았다. 하지만 재미있는 쇼를 놓쳐버린 내 마음은 누그러들지 않았다.
"아아, 정말이지! 모처럼 피아의 유쾌한 동료가 추가되었는데, 당신이 문제를 일으키는 바람에 못 봤잖아!"
"유, 유쾌한 동료?"
내 억울한 표정과 '유쾌한 동료'라는 단어에서 연관 고리를 찾지 못한 건지 자작 아들은 눈을 동그랗게 떴지만, 주변에 있던 기사들은 이해했다는 듯 중얼거렸다.
"유쾌한 동료라……. 기사단장님들께 불경한 표현이 될지도 모르지만, ……딱 맞는데."
"그래, 확실히 유쾌한 동료들이지."
저마다의 감상을 수군수군 흘리는 기사들의 목소리를 들으며 나는 마음속으로 '아쉬워라. 범위를 너무 좁게 잡는구나'라고 대꾸했다.
기사들은 왕도 근무 기사단장을 떠올리며 내 표현에 동의한 모양이지만, ……만날 기회가 적으니 변화를 눈치채지 못했을 뿐 사비스 총장님도 이미 변해버리셨단 말이지.

그리고 여태까지의 경험에 따라 생각했을 때, 특별휴가 후에 피아가 만나 뵐 국왕 폐하께서도 어떻게 되실지 모른다고.

게다가 조금 전에 만난 2인조는 제국의 황족, 혹은 귀족일 가능성이 크다.

기사들이 눈치채지 못했을 뿐, 피아의 '유쾌한 동료'의 범위는 절찬 확대 중이란 말씀!

그런 생각을 하며 수많은 상급자에게 둘러싸인 것을 전혀 눈치채지 못한 건지 '원픽은 원톱으로 사비스 총장님입니다!!'라고 선언한 피아를 떠올렸다.

"……후후, 그런 식이면 한바탕 소란이 일어날 게 뻔하지. 정말 미래에 고생하겠어."

그렇게 말하면서도, ……한편으로는 고생 이상으로 즐겁고 떠들썩할 것 같은 미래가 떠올랐기에 나는 '피아에게 딱 맞는구나' 하며 미소 지었다.

【SIDE】 장녀 올리아 「내 어린 동생」

나는 올리아 루드. 루드 기사가문의 둘째이자 장녀다.

현재는 기사로서 왕국 최북단을 경비하는 임무를 맡고 있으나, 그런 변경에 여동생이 보낸 편지가 도착했다.

동생은 휴가를 이용하여 왕도에서 멀리 떨어진 이곳까지 만나러 온다고 했다. 아무래도 나는 오랜만에 동생을 만날 수 있게 된 모양이다.

기쁜 마음으로 편지를 계속 읽자 피아는 그냥 놀러 오는 게 아니라, 카티스 제13기사단장님을 수행하며 반쯤 기사의 용무로 방문한다고 했다.

피아가 기사라……. 시간의 흐름이 참 빠르다고 감개무량함을 느끼며 어린 시절의 피아를 떠올렸다.

"언니, 언니. 이거 봐! 검을 들 수 있게 되었어!"

장남인 알디오가 사용하던 어린이용 검을 사용할 수 있게 된 날, 함박웃음을 짓던 피아.

그때의 피아는 이미 6살로, 언니 · 오빠들과 비교하면 3년 늦게 검을 휘두를 수 있게 된 것이지만 그 점에는 신경 쓰지 않고 그저 기쁘다는 듯이 웃었다.

"흐어어어어어엉."

7살이 되었을 때, 한 달 전에 들어온 동갑내기 기사 지망생과 대련에서 지고 저택 뒤에서 혼자 울고 있던 피아.

그때는 어떻게 해야 할지 고민했다. 하지만 말을 거는 걸 망설이는 사이에 피아는 울음을 그치고 눈가를 벅벅 거칠게 문지른 뒤 이쪽을 향해 성큼성큼 걸어왔다.

순간적으로 숨지도 못하고 저택 모퉁이를 돈 피아와 부딪치고 말았는데, 피아는 내가 보고 있었다는 건 눈치채지 못한 건지 새빨개진 눈으로 방긋 웃었다.

그건 우는 걸 숨기려고 하는 어린아이다운 행동이었겠지. 다만 유치가 영구치로 바뀌는 시기였기에 웃는 피아의 앞니가 빠져있었고, 그 바보 같으면서도 사랑스러운 표정에 소리 내어 웃었다.

———그 아이는 귀엽다.

남매 중 혼자만 어머니를 몰라서 어린 시절에 외로움을 느꼈던 불쌍한 아이인데도, 아버지와 형제는 검 실력으로만 상대를 가늠하는 기사 바보다.

피아의 검 실력이 우리 집안의 수준에서 조금 떨어진다는 이유만으로 관심을 잃고 피아와 엮이려 하지 않았다.

그 점을 지적하면 아버지인 돌프만이 미안해하는 표정을 지으며 피아에게 말을 걸기 시작했지만, 3분 정도 지나자 자신이 뭘 하고 있었는지 잊어버린 듯 피아에게 관심을 잃어버렸다.

아버지가 바쁘다는 건 안다.

기사단의 부단장이니 근무지인 서방 지역에서 좀처럼 빗어날 수 없다는 것도 이해할 수 있지만, 그래도 가끔 영지에 돌아왔을 때 정도는 피아에게 말을 걸어줄 수도 있지 않은가.

기사단 부단장이지만 동시에 아버지다.

피아에게 의무와 책임이 발생하는 입장인데도 현시점에선 하나도 다하고 있지 않다.

하지만 그런 아버지도 최근에는 조금이나마 피아와 대화한다고 들었다.

놀랍게도 아버지가 '성인 의례'를 통과한 축하 선물로 피아에게 준 검이 어마어마한 효과가 부여된 마검이었다고 한다.

검 자체는 국왕 폐하께 헌상했으나, 본래 저택의 무기고에 있었던 것이므로 그 외에도 그런 보물이 섞여 있지는 않은지 조사하게 되었다.

왜 우리 집에 그런 마검이 있었는지 참으로 신기했지만, 아버지의 허술한 성격을 보면 옥석임을 눈치채지 못한 채 입수한 무기를 무기고에 대충 처박아두었던 거겠지.

그런 아버지가 피아에게 검에 대해 물어보고 그 김에 함께 식사했다고 하니, 부녀관계로서는 진전한 셈이 아닐까.

가장 큰 문제는 장남 알디오다.

기사로서 오빠의 능력은 탁월하고, 검 실력도 빼어나지만, 재능을 타고나는 바람에 검의 길을 추구하는 것에만 전력을 기울이고 말았다.

덕분에 검의 길에서 가장 먼 장소에 있는 피아를 아예 보이지도 않는 것처럼 전혀 상대하지 않는다.

차남인 레온도 마찬가지로 피아에게 관심이 없지만, 이쪽은 알디오의 행동을 모방하는 경향이 있으니 알디오가 개선된다면 자연스럽게 나을 것이다.

어쨌거나 모두의 나쁜 예상을 뒤엎고 피아는 기사가 되었다.

심지어 기사로서 최상의 영예인 사비스 총장님과 검을 나누는 기회를 얻었다.

알디오도 레온도 피아를 인정하고 받아들일 시기가 온 게 아닐까.

편지를 읽은 날로부터 며칠 뒤, ──나는 여동생과 재회했다.

마지막으로 만난 건 동생이 '성인 의례'에 도전했을 때로, 피아는 아직 기사가 아니었다.

때문에 굉장히 오랜만에 만나는 느낌이다.

동생은 처음 보는 기사복 차림에 머리에는 귀여운 깃털 장식을 달고 있었다.

아아, 파란 기사복이 잘 어울리는구나. 어엿한 기사가 되었어. 감동이야.

어느새 동생이 크게 성장한 것에 기쁨과 뿌듯함을 느끼며 주위를 둘러보자 카티스 단장님 외에도 훌륭한 기사 두 명이 동생 옆에 서 있었다.

그 두 명의 기사는 나를 '영자'라고 부르며, 명백하게 피아를 기준으로 나를 보고 있었다.

"이렇게 체격이 좋은 기사가 관심을 가지다니, 대단한데! 피아는 작으니까 상대방도 체격이 좋은 사람이 좋겠다고 늘 생각했었거든."

기뻐서 속내를 흘리자, 그린과 블루는 겸연쩍은 듯한 표정을 지었다.

그 표정을 보니 두 사람이 피아를 소중히 여기는 것 같아 기뻤다.

"이 아이를 잘 부탁해. 눈에 확 띄는 점은 없지만, 하지 못하는 일이 있어도 포기하지 않고 거듭 도전하는 노력가야. 좋은 아이지. 그런 피아를 주목하다니, 생각이 건전한 사람들인가 봐. 피아의 장점을 알아봐 줘서 기뻐."

두 사람을 향해 그렇게 말하자, 둘 다 진지한 표정으로 내 말을 받아들이듯 고개를 끄덕였기에 자연스럽게 웃음이 흘렀다.

아아, 내 어린 동생은 어느새 이렇게 자라서 훌륭한 동료를 찾아냈구나.

기쁨을 느끼면서 창문 너머에 우뚝 서 있는 영봉흑악으로 시선을 던졌다.

그 후 산의 주인인 흑룡을 떠올렸다.

피아가 이곳에 온 이유는 나를 만나러, 그리고 사역마를 살펴보러 온 거겠지.

전설급의 마물인 흑룡도 피아에게는 소중한 친구이니, 잘 지내는지 보러 올 정도로 걱정되는 존재인 셈이다.

아마도 이 피아의 다정함이 흑룡보다도 압도적으로 약한 피아와 흑룡을 맺어준 거겠지.

원래는 다친 흑룡의 상처를 피아가 회복약으로 치유해준 것이 시작이었다고 하지만, 그때 흑룡은 피아의 다정함을 느낀 게 아닐까.

피아의 다정함이 다양한 사람과 이어진다는 생각에 나는 자랑스러워졌다.

———그날 밤은 피아와 같은 침대에서 잤다.

낮에 가이 단장님을 무서워했던 영향인지 동생은 나에게 몸을 바짝 붙였다.

흑룡을 사역마로 삼는 전대미문의 엄청난 짓을 저지르는 한편, 마인이라는 단어에 겁을 먹는 어린 모습을 보고 안심했다.

서둘러 어른이 될 필요는 없다고 타이르며 동생의 어린 시절 이야기를 했다.

"피아는 금방 미아가 되니까, 정말 가슴이 새카맣게 타는 걸 느끼며 다 함께 찾아다니곤 했지. 정작 피아는 미아가 되었다는 자각도 없이 이유가 있어서 여기저기에 갔던 거겠지만. ……5살 때 두 시간이나 피아를 찾지 못했을 때는 감자를 넣는 바구니 안에서 자고 있었고!"

둘이 함께 한바탕 웃기도 하고 대화도 하던 도중, 불현듯 피아가 움직이지 않는다는 걸 깨달았다.

어느새 잠들어버린 건지 피아의 눈은 꾹 감겨 있었다.

확인하기 위해 잠시 지켜보자 피아의 입이 작게 움직였다.

"……시리우스, 너무 반짝거려서 눈부셔."

작게 굴러나온 잠꼬대는 별 이야기였다.

"후후, 피아의 어린 시절 이야기를 했는데, 피아 안에서는 별 이야기가 되었나 보네."

피아의 몸에 이불을 고쳐 덮어준 뒤 나도 옆에 누웠다.

별다른 의도 없이 동생을 향해 시선을 던지고 있을 때, 피아가 기쁘다는 듯 생긋 웃었다.

즐거운 꿈을 꾸고 있는 걸까. 흐뭇해하며 바라보자 피아는 대답하는 것처럼 입을 열었다. 하지만 그 입에선 또다시 별의 이름이 나왔다.

"카노푸스, ……부탁이니까 조금은 융통성을 발휘해줘. 베가, 카펠라, ……, ……그건 아무리 그래도 근성이 너무 뒤틀린 것 아닐까요."

별의 이름 뒤로 툭툭 이상한 감상이 섞이는 게 재미있었지만, 꿈이라는 건 원래 앞뒤가 안 맞는 법이지.

그리고 별의 이름과 이상한 감상은 얼핏 무관계해 보이지만 피아 안에서는 연관이 있는 건지도 모른다.

……나의 귀여운 피아.

어엿한 기사가 되었지만, 나는 계속 피아의 언니야. 그건 변하지 않으니까.

그러니까 필요할 때는 마음껏 나에게 기대렴.

그런 생각을 하며 말랑말랑한 뺨을 손가락으로 쿡 찔렀다.

"힘든 일이 있거나 지쳤을 때는 꼭 내 곁으로 돌아와야 한다?"

웃기는 잠꼬대를 웅얼거리는 동생을 향해 말을 걸자…….

"그래, 당연하지. 별님이 밤길을 반짝반짝 비춰주니까 돌아올

게. ……언니를 아주 좋아하니까…….”

이런 사랑스러운 대답이 돌아왔다.

무심코 소리 내어 웃은 뒤, 나는 따끈한 피아의 몸에 딱 달라붙어 바로 잠을 청했다.

【SIDE】 제4마물기사단장 퀜틴
「자빌리아의 뿔이 뇌물죄에 해당하는지 심판대에 오르다」

애초에 '피아 담당 단장'이라니 대체 뭐지?!

같은 기사단장이면서 자기만. 치사하지 않나. 그런 역할이 있다면 내가 하고 싶다!!

마음속으로 그렇게 소리친 뒤, 나는 집무실에 놓인 보물상자 안에서 피아 님께 특별히 받은 흑룡왕님의 비늘을 꺼낸 뒤, 비늘을 곱게 껴안고 소파에 앉았다.

언제 봐도 아름답게 빛나는 비늘을 무릎 위에 올려놓자 마음이 차분해지는 게 느껴졌지만 '아니. 아니지. 그래도 그 녀석은!' 하고 완전히 가라앉지 않는 감정은 동료인 카티스를 원망했다.

———본래 카티스와는 잘 아는 사이였다.

3년 전까지 제1기사단의 기사로서 왕도에 근무했으니 업무상 함께 있는 일도 있었기 때문이다.

대인관계가 좋고 얌전한 문관 같은 태도인 카티스를 조금 허약하긴 해도 본인의 직분은 제대로 완수하는 책임감 강한 기사라고 생각했다.

그렇기에 제1기사단장인 시릴이 서덜랜드 경비 기사단장으로 카티스를 추천했을 때, 찬성표를 던졌는데…….

하지만, ———서덜랜드에서 돌아온 카티스는 다른 사람처럼 바뀌어버렸다.

태도는 변함없이 정중하지만, 누가 봐도 알 수 있을 만큼 조용한 자신감과 침착함을 체화했다.

보이는 에너지양은 이전과 달라진 게 없는데, 실력이 현격히 상승했다고 착각하게 만드는 신기한 분위기를 두르고 있었다.

하지만 카티스의 가장 큰 변화는 제1기사단의 피아 님 신봉자가 되었다는 점이리라.

제13기사단장이라는 역할을 내던지면서까지 서덜랜드에서 피아 님을 따라왔으니까.

기사단장이 그 직책을 던지고 일개 기사를 따라다닌다는 이야기를 처음 들었을 때는 데즈먼드나 재커리를 포함한 기사단장 전원이 경악했다. 하지만 카티스의 태도는 개선되기는커녕 악화되기만 했고, 마침내 '피아 담당 단장'이라고 불리기 시작했다.

(클라리사 제5기사단장만은 의기양양한 얼굴로 '사랑이구나'라고 했지만, 그녀의 예상이 빗나갔다는 건 이제는 누가 봐도 명백하다.)

그날 이후 피아 님을 발견할 때마다 그 뒤에 딱 붙어있는 카티스까지 반드시 볼 수 있게 되고 말았다.

……피아 님의 훌륭함을 알아차린 건 내가 먼저였는데, 자기만 곁에 있다니 치사하지 않나!

그렇게 못마땅한 기분이 들었으나, '뭐, 됐어. 흑룡왕님께서는 영봉흑악에 돌아가셨으니까' 하고 스스로를 타이르며 마음을 달

래고 있을 때, 그 흑악을 피아 님과 함께 방문한다는 이야기를 들었다.

이럴 수가. 나는 깜짝 놀라 곧바로 시릴에게 달려갔다.

시릴은 집무실에서 재커리와 마주 앉아 한창 무언가 회의하는 중이었지만, 갑자기 쳐들어온 나를 보고는 의아하다는 듯 한쪽 눈썹을 들었다.

"무슨 일이죠? 퀜틴. 당신이 저를 찾아오다니 별일이군요."

나는 성큼성큼 시릴 앞으로 걸어가 하고 싶은 말만 꺼냈다.

"왜 카티스가 피아 님과 함께 영봉흑악을 찾아가는 거지? 비겁하다!! 물론 피아 님은 모두의 것이지만 나는 마물기사단장이라고! 내가 제일 마물을 잘 아니까 흑룡왕님을 방문한다면 나를 데려가는 것이 타당하지 않아?"

"……피아가 방문하는 건 왕국 북부를 경비하는 언니입니다."

시릴은 따따따 쏘아붙이는 나를 보고 놀란 듯이 눈을 동그랗게 떴다가, 곧바로 평소와 같은 온화한 표정으로 돌아가 중재하듯 말을 이었다.

하지만 그 정도로 나는 속지 않았다.

"그럼 피아 님께선 흑룡왕님을 만나지 않으시는 건가? 만약 만나신다면 이번에는 나와 함께 영봉흑악에 간다고 약속할 수 있어?! 뭐, 못 한다고? 그건 10할의 확률로 흑룡왕님을 만난다는 걸 알고 있기 때문이잖아!! 나도 다름 아닌 흑룡왕님께 피아 님을 수호하라고 부탁받은 몸이야! 나도 같이 가겠어!!"

"퀜틴, 진정하세요. 당신마저 장기간 자리를 비우면 왕도 수비가 무너지게 됩니다."
시릴이 대외용 표정을 살짝 무너트리고 난감한 목소리로 말했다.
하지만 어떻게 진정하라는 말이냐!
"무슨 소리야! 왕도에는 너도 데즈먼드도 재커리도 있으니까 전력은 충분하잖아!! 그런 말을 하다니, 내가 얼마나 흑룡왕님을 뵙고 싶어 하는지 저는 전혀 모르는구나! 마지막으로 흑룡왕님을 뵌 뒤로 얼마나 긴 시간이 지났다고 생각하는 거지? 나는……."
하지만 말하던 도중에 중대한 사실을 깨달았다.
"아아! 이런! 애초에 나는 반드시 피아 님과 동행해야만 했어!! 만약 흑룡왕님을 방문한 피아 님 옆에 내가 없다는 걸 깨달으시면 역할을 다하지 못했다며 대가를 거둬가실 것 아니야!!"
"대가? 피아를 지키는 대가라니, 뭐죠?"
내 말을 들은 시릴이 당황한 듯 물었다.
나는 잘 물어봤다고 생각하며 자랑하는 표정으로 시릴을 내려다보았다.
"후하하하하, 듣고 놀라도록! 너도 지난번에 보았던, 무시무시할 정도로 멋지고 아름다운 흑룡왕님의 뿔이다!! 피아 님을 수호하는 대신 흑룡왕님께서 그 뿔을 내려주셨다!!"
"그거 뇌물이잖아요!"
시릴이 덜컹 소리를 내면서 경악한 얼굴로 의자에서 일어났다.
"기사단장이 동료를, 혹은 부하를 지키는 건 당연한 직무의 범위입니다. 그런데 보수를 탐하여 특정한 기사를 우선하여 수호하는 건 규율 위반이에요!"

"하하하하하, 말도 안 되는 소리! 정당한 대가다. 흑룡왕님께서 직접 내게 피아 님을 지키라고 분부하셨고, 보수로서 왕의 뿔을 내리셨지! 피아 님을 수호하는 건 왕의 뿔과 동등한 가치가 있다는 판단을 내리셨는데 그 보수를 되돌려드린다는 무례를 저지를 수는 없다!"

"동료를 지키는 건 고귀한 행위이지만, 그건 무보수로 하는 일입니다! 당신은 그저 흑룡의 뿔을 갖고 싶은 것뿐이잖아요!"

역시 시릴. 내 심정을 정확하게 이해하고 있군. 하지만 그걸 인정하지 않는 게 교섭술이다.

"시릴, 내 행위에 문제가 있다면 너도 같은 죄다! 너 역시 영지민에게서 신뢰를 잃지 않기 위해 피아 님의 호위 기사가 될 것을 받아들였지. '영지민의 신뢰'와 '흑룡왕님의 뿔', 둘 다 동등하게 특별한 대가다!!"

자신만만하게 발언하자 시릴이 입술을 꾹 깨물었다.

그러자 그때까지 침묵을 지키던 재커리가 끼어들었다.

"제법인데, 퀜틴! '흑룡왕의 뿔'(물리적으로 최상급의 가치가 있는 물체)과 '서덜랜드 주민의 신뢰'(형태가 없는 명예)를 똑같이 대하다니. 그건 시릴이 유일하게 반론할 수 없는 주장이야."

그러더니 재커리는 재미있어하는 표정으로 말을 이었다.

"하지만 퀜틴, 흑룡왕의 말을 정확하게 표현하자면 왕은 나와 너 두 명에게 그 뿔을 주었다고 보는데. 아, 물론 나도 피아를 지킬 거지만."

큭, 재커리 이 자식! 흑룡왕님의 뿔이 뇌물에 해당되지 않는다는 분위기가 되자마자 소유권을 주장하기 시작하다니. 참으로 치졸하구나!

"재커리! 네 무기는 대검이잖나! 흑룡왕님의 뿔로 네 검을 만들면 내 몫이 거의 남지 않는다고!!"

내가 진심에서 우러나온 목소리로 항의하자 시릴이 눈을 가늘게 뜨고 쏘아보았다.

"……퀜틴, 당신 역시 그저 흑룡의 뿔을 갖고 싶은 것뿐이죠?"

세 명이 저마다 주장하며 노려보고 있을 때, 똑똑 규칙적인 노크 소리가 울렸다.

누구인지 의아해하며 시선을 옮기자 피아 님이 불쑥 문 사이로 얼굴을 들이밀었다.

"시릴 단장님, 바쁘신 와중에 실례합니다. 퀜틴 단장님을 찾고 있는데요……. 어라? 여기 계셨네요."

"피아 님! 저를 찾고 계셨습니까?! 영광입니다!!"

"아뇨, 바쁘신 와중에 죄송합니다. 사실 퀜틴 단장님께 부탁이 있는데요."

"피아 님! 께서, 제게 부탁!! 물론 뭐든 하겠습니다! 피아 님의 방 앞에서 24시간 불침번 서기든 여자기숙사 앞뜰의 잡초 뽑기든."

힘차게 외치자 피아 님은 웃는 얼굴로 제지하듯 한쪽 팔을 앞을 쑥 내밀었다.

"아뇨, 그런 건 됐습니다. 그게 아니라, 퀜틴 단장님의 사역마의 깃털을 몇 장 받을 수 있을까요? 내일부터 영봉흑악에 가는데, 그리폰의 깃털과 리본으로 외출용 머리끈을 만들려고 하거든요."

“흑룡왕님을 만날 때 착용할 비장의 예복이 제 그리폰의 깃털!! 흐윽, 너무도 영광스러워서 죽어도 여한이 없습니다.”

“아뇨, 그렇게 쉽게 죽지 말아주세요.”

피아 님으로부터 죽지 말라는 감사한 말을 들은 나는 서둘러 집무실에서 나갔다.

등 뒤에서 시릴과 재커리의 어이없어하는 한숨 소리가 들렸지만 이제 두 사람에게는 아무런 용건도 없으므로 뒤도 돌아보지 않고 문을 닫았다.

“피아 님, 내일부터 카티스와 함께 영봉흑악에 가신다고 들었습니다. 저도 함께 가게 해주십시오!”

그 후 나란히 걸으면서 직접 부탁하자, 피아 님은 놀란 듯 눈을 깜빡였다.

“네? 하지만 그랬다간 사역마 우리에 있는 많은 사역마들이 쓸쓸해 할 거예요. 게다가 퀜틴 단장님도 함께 가면 언니가 무슨 일이 있는지 의심스러워할 테고요. ……으음, 퀜틴 단장님께는 특별한 여행선물을 가지고 돌아오려고 했는데요…….”

난처한 듯한 마지막 말이 들린 순간, 나는 크게 소리쳤다.

“정정하겠습니다! 저는 왕성에 남아있겠습니다!!”

“네? 앗, 그, 그러세요?”

당혹스러워하며 눈을 깜빡이는 피아 님을 앞에 두고 나는 ‘물론입니다’ 하며 고개를 크게 끄덕였다.

그래. 여행선물은 남은 자만이 받을 수 있는 법이지.

게다가 지금 피아 님께선 나에게 특별한 여행선물을 가지고 돌아오겠다고 말씀하셨다…….

그렇다면 기다려야겠군.

나는 그렇게 생각하며 진심으로 피아 님을 따라가지 않는 선택지를 받아들였다.

———같은 시각, 제1기사단장실에서는 집무실의 주인과 제6기사단장이 나란히 한숨을 쉬고 있었다.

"저건 완전히 뇌물이잖아요."

"그런 말 하지 마. 확실히 퀜틴의 태도는 저 모양이지만, 갖고 싶었던 장난감을 받은 어린아이라고 생각하면 귀엽지 않아? 내 검도 만들기로 했으니까 눈감아줘."

"재커리, 풍기를 주관하는 제1기사단장인 저에게 대놓고 부정을 눈감아달라고 요청하다니, 지나치게 대범한 것 아닙니까?"

"퀜틴은 저렇게 말했지만 두 명의 검을 만들고도 재료가 남을 것으로. 그때는 너의…… 아니, 너는 이런 거에는 낚이지 않지. 으음, 그럼 총장님을 위한 단검을 몇 개 만드는 건 어때?"

"………좋습니다. 저는 아무것도 못 들은 걸로 하죠."

경애하는 기사단 총장의 이름이 나오자 제1기사단장은 그 자리에서 순식간에 함락되었다.

그렇게 뇌물죄에 해당하는지 아닌지 심판대에 오르기 전에——이야기 자체가 없었던 일이 되고 말았다.

대성녀, 기사로 분장해서 기사단장 회의에 참가하다 (300년 전)

시작은 카노푸스가 기사단장 회의에 참석한다고 말한 것이 발단이었다.

"어? 기사단장 회의?"

나, ───세라피나 나브는 눈을 깜빡인 뒤 방금 막 들은 단어를 되풀이했다.

그런 나를 바라보며 카노푸스는 고지식한 표정으로 고개를 끄덕였다.

"네, 세라피나 님. 참으로 죄송하지만 오늘 오후부터 개최되는 기사단장 회의에 참석하게 되었습니다. 때문에 수십 분가량 곁을 떠나는 것을 허락해주실 수 있겠습니까?"

진지한 표정으로 대답을 기다리는 호위 기사를 앞에 두고 나는 순수한 의문에 고개를 갸웃거렸다.

왜냐하면 카노푸스가 소속된 붉은 방패 근위 기사단은 기사단 본체에서 독립된 조직으로, 본체 기사단이 개최하는 회의에 참석 의무는 없기 때문이다.

"물론 문제없는데, ……기사단장 회의라면 웨젠 기사단 총장의 이름 하에 왕도에 있는 기사단장을 모아서 여는 회의잖아? 기사단 본체가 아닌 근위 기사단의 기사인 카노푸스를 왜 부른 거야?"

"기사단장 회의에서 왕국 최고 회의에서 정한 대성녀의 바르비제 공작령 출동 건에 대한 설명이 이뤄진다고 합니다. 그 때문에 대성녀의 호위 기사인 제게 동석 요청이 왔습니다."

"왕국 최고 회의! 대성녀의 출동!!"

들은 단어게 짐작 가는 바가 있었기 때문에 무심코 의자에서 벌떡 일어났다.

……큰일이다. 큰일이야! 이건 틀림없이 내가 원인인 거잖아?!

나는 안색이 바뀌는 걸 느끼며 당면 문제에 대해 필사적으로 머리를 굴렸다.

애초에 '대성녀의 출동'으로 예정되었던 용무를 내가 독단으로 취소한 뒤 서덜랜드에 간 것이 원인이다.

병을 앓으며 신음하는 사람들을 구하기 위한 행동이었으나, 본래 예정되었던 바르비제 공작령의 마물 토벌 일정을 날렸다는 것도 맞다.

때문에 왕국 최고 회의의 대표인 베가 오라버니에게서 스케줄을 개인의 독단으로 변경하는 건 문제가 된다며 집요한 잔소리를 들었다.

그 자리에 난입한 사람이 시리우스다.

시리우스는 나를 수호하는 근위 기사단의 단장이라는 입장이기 때문에 어떤 상황에서도 무조건 나를 두둔하려는 습관이 있다.

베가 오라버니(왕국의 제1왕자)가 설교하는 상황에도, ……정확하게 표현하자면 베가 오라버니는 내가 누구인지 못 알아본 척하면서 '꾀죄죄한 하녀'라고 야유하고 병을 치료하기 위해 서덜랜드에 방문한 걸 알면서도 '기사들을 거느리고 해수욕을 즐기고 있었다'며 조롱했기 때문에 올바른 태도는 아니었지만, ……시리우스는 참을 수 없다는 양 정면으로 물어뜯었다.

즉 베가 오라버니가 모르는 상황증거를 늘어놓고 내가 임의로 스케줄을 변경한 게 옳은 판단이었다고 반대되는 주장을 한 것이다.

게다가 대성녀 출동에 관한 최고 회의의 결정이야말로 오류가 있었다고 추궁하며 책임소재를 밝히고 대성녀에게 사과하라는, 일부 사실이 아닌 이야기를 날조하면서까지 고압적으로 정당성을 외쳤다.

———그러한 기억을 단숨에 떠올린 나는 퍼뜩 숨을 삼켰다.

오후에 예정된 '대성녀의 출동에 관한 왕국 최고 회의의 설명'이 시리우스의 주장에 대한 답임을 알아차렸기 때문이다.

나는 잠시 생각한 뒤, 멋진 아이디어를 떠올리고 손뼉을 짝 쳤다.

"좋은 생각이 났어! 카노푸스는 나와 함께 서덜랜드를 방문했으니까 그곳에서 무슨 일이 일어났는지 잘 알고 있겠지. 하지만 본인인 나보다 더 대성녀의 행동이나 심리를 파악하진 못하잖아?"

"……그럴, 지도 모릅니다."

내 말의 요점을 파악하지 못한 카노푸스가 조심스러운 표정으로 맞장구를 쳤다.

"그러니까 나도 그 회의에 참가할게! 시리우스가 베가 오라버니께 최고 회의의 오류를 지적해서 문제가 커졌지만, 애초에 내가 바르비제 공작령의 마물 토벌을 취소한 게 원인이잖아. 그러니까 내가 앞에 나서야지!"

의욕적으로 발언하는 나와는 대조적으로 카노푸스는 냉정하게 입을 열더니 내 말을 반려했다.

"……그건 멋진 생각이십니다. 하지만 회의는 오늘 오후부터입니다. 대성녀님의 참석을 요청하고 결재받을 때까지 시간이 부족합니다. 이번에는 보류하셔야 합니다."

술술 말을 이어가는 카노푸스를 보고 고의임을 깨달았다.

애초에 보통은 몇 주나 전에 자신의 일정을 정리하는 카노푸스가 오늘 오후의 회의만 직전에 요청하다니, 별일이라고 신기하게 생각하던 참이었다.

어쩌면 카노푸스는 이야기를 들은 내가 참석하겠다고 할 가능성을 고려해서 시간적인 여유가 없다는 이유로 기각할 수 있는 아슬아슬한 타이밍까지 기다린 뒤에 보고한 게 아닐까.

그렇단 말이지! 그쪽이 그렇게 나온다면…….

나는 천진난만하게 웃는 얼굴로 카노푸스를 올려다본 후 냉큼 새 아이디어를 던졌다.

"그렇다면 대성녀로서 참석하는 건 포기할게. 나는 기사로 변장해서 카노푸스를 수행하면 돼."

"……네?"

"앗, 벌써 시간이! 서둘러 준비해야겠다!"

노골적으로 놀란 척한 뒤 방 안에서 대기하고 있던 시녀들에게 여성용 기사복과 변장용 가발을 가져오라고 지시했다.

"아뇨. 저기, 세, 세라피나 님……."

"미안해, 카노푸스. 갈아입을 거니까 나가줄래? 준비가 끝나면 부르게."

"그, 그건 너무……. 세, 세라피나 님……!"

매달리려는 카노푸스를 쫓아낸 후 시녀들을 시켜 문을 쾅 닫았다.

후후후, 카노푸스도 참. 나를 떼어놓고 자기 혼자서 처리하려하다니. 누가 순순히 두고 본대?

그 후 나는 시녀가 가져온 기사복을 입고 어깨까지 내려가는 은발의 가발을 썼다.

흠흠, 은발금안이라니 이국적인 느낌이네. 게다가 어딜 어떻게 봐도 기사로 보여. 완벽한 변장이야!

거울을 들여다보며 만족스럽게 고개를 끄덕인 뒤 복도에서 기다리던 카노푸스와 합류했다.

나를 보고 놀란 듯 눈을 크게 뜨는 카노푸스를 보니 아무래도 변장이 잘 된 것 같아 씩 웃었다.

"놀랐어? 카노푸스. 어딜 어떻게 봐도 기사지? 다들 대성녀는 붉은 머리라고 생각하니까 머리색을 바꾸기만 해도 전혀 알아볼 수 없단 말씀!"

"네? 어째서 머리색과 복장을 바꾼 정도로 다들 눈치채지 못한다고 생각하시는 겁니까? 이목구비도 눈동자의 색도 그대로이니 누가 봐도 세라피나 님이라는 걸 알아차릴 겁니다! 왜 고작 그 정도로 자신만만하신지 신기합니다."

어머머. 늘 나와 동행하는 카노푸스라면 그럴지도 모르지만 다른 기사가 어떻게 알아본다고 그래.

카노푸스는 참 호들갑스럽다고 생각하며 수행원답게 카노푸스의 조금 뒤쪽에 자리를 잡았다.

하지만 걸어가던 도중 카노푸스의 말도 일리가 있을지도 모른다고 생각이 바뀌었다.

확실히 기사 중에는 얼굴을 아는 사람도 있으니 조심해서 나쁠 건 없다. 그래서 고개를 숙여 앞머리로 눈동자를 가려보자 창문에 비치는 모습에선 대성녀의 흔적이 모두 사라졌다.

……으음, 좋아! 이걸로 완벽했던 변장이 한층 완벽해졌어.

흐뭇해서 히죽거리고 있었더니 내 앞에서 걷는 것에 위화감을 느끼는 카노푸스가 힐끔힐끔 뒤를 돌아보며 복도를 걷고 있다는 걸 알아차렸다.

'청기사'인 카노푸스가 저렇게 신경을 쓰면 나에게 주목이 쏠릴 것 같았기 때문에 다급히 작은 목소리로 주의를 줬다.

"카노푸스 님, 그런 식으로 힐끔힐끔 쳐다보시면 제 존재가 눈에 띄니까 앞을 봐주십시오."

"카, 카노푸스 님?!"

고지식한 호위 기사는 내 한마디 한마디에 전전긍긍하며 깜짝 놀란 듯 갈라진 목소리를 냈다.

"그렇습니다, 카노푸스 님. 여기까지 온 이상 포기하고 어떻게 제 정체를 숨길 수 있을지에 대해 전념하셔야죠. 자, 앞을 보고 걸으십시오."

그렇게 주의를 주자 카노푸스는 시키는 대로 정면을 보고 걸으면서 힘없는 목소리를 냈다.

"죄송하지만 지금 이 상황에 저는 일절 동의하지 않았습니다.

애초에 저는 당신의 결정에 이의를 제기할 수 있는 저지가 아니므로 본의 아니게 따르고 있을 뿐입니다. 부탁이니 절대로 사태를 어지럽히시면 안 됩니다."

어째서인지 카노푸스의 발언은 내 정체가 들키는 걸 전제로 하고 있었다.

어쩜 이렇게 걱정이 과할까. 그래도 그 점은 지적하지 않고 시키는 부분에 대해서만 대답했다.

"그럼, 당연하지. 나는 평화주의자니까 안심해."

내 말을 들은 카노푸스는 어째서인지 전혀 믿지 않는 모습으로 침을 꿀꺽 삼켰다.

얌전히 있겠다는 내 말을 믿지 않는 태도는 불만이었지만, 내가 동행하는 걸 인정해준 것 같아서 다행이라고 긍정적으로 생각하기로 했다.

늘 시리우스에게 보호받기만 하는 나이지만, 내 일은 스스로 수습해서 시리우스에게 폐를 끼치지 않도록 해야지!

나는 그렇게 결의하며 고개를 살짝 숙인 채 카노푸스의 뒤를 따라갔다.

회의실에 도착하자 기사들은 아직 덜 온 건지 실내에 사람이 몇 명밖에 없었다.

중앙에는 반들반들하게 닦인 커다란 원탁이 있고 그 주위에 의자가 20개 정도 놓여있지만, 자리에 앉은 사람은 네 명뿐이었다.

그러고 보면 아직 어릴 때 시리우스를 따라 기사단장 회의에 참가한 적이 있었던 걸 떠올리고 추억을 느끼고 있을 때, 최대한 눈에 띄고 싶지 않은 듯한 카노푸스는 서둘러 네 명으로부터 떨어진 자리로 다가가 재빨리 앉았다.

하지만 카노푸스의 희망과는 반대로 떨어진 자리에 앉은 걸 지적하듯 한 명의 기사가 일어나 이쪽으로 다가왔다.

"오랜만이다, 카노푸스."

가벼운 표정으로 허리에 손을 올리고 천천히 걸어오는 기사의 얼굴이 낯설었기에 누구인지 궁금해하며 전신을 훑어보자 잘 단련된 몸과 빈틈없는 분위기가 느껴졌다.

오오, 틀림없이 숙련된 기사겠구나. 앉아있었던 걸 보면 기사단장일 테니 강한 건 틀림없겠지. 그런 생각을 하고 있을 때 실실 웃으면서 카노푸스에게 말을 걸던 그 기사와 눈이 마주쳤다.

"카노푸스, 너 정말. 너만큼 매정한 녀석도 없을걸! 대성녀님의 호위 기사이니 그야 목숨을 걸어가며 보셔야 할 분을 만났다는 행운은 이해할 수 있지만, 그리고 솔직히 말해서 무지막지 부럽지만! 그렇기 때문에 조금 더 인간관계를……, ……흐억!!"

어째서인지 그 기사단장은 나와 눈이 마주친 순간 금색 머리카락이 거꾸로 서더니 놀란 듯 펄쩍 뛰어올랐다.

"……무, ……무, ……무슨, 카, 카카카카카, 카노푸스, 너 뭐야?! 어? 호, 호, 호호호, 혹시 이거 포상인가? 내가 지난번에 S랭크 마물을 토벌한 것에 포상이 내려온 거야?? 우와, 진짜 말도 안 될 만큼 가까이! 너무 존엄해서 심장이 터질 것 같아! 그리고 우, 우리와 같은 기사복을 입어주시다니, 처, 천국인가?"

"작은 눈을 부릅뜨고 똑바로 봐라, 하다르. 붉은색의 근위 기사단복을 입으신 거다. 너희와 같은 파란 기사복이 아니라."

흥분한 듯 알 수 없는 소릴 주절주절 늘어놓기 시작한 하다르라 불린 기사단장을 향해 카노푸스는 냉정하게 대꾸했다.

그러더니 카노푸스는 자연스러운 동작으로 일어나 하다르 단장에게서 나를 가리는 위치에 섰다.

하다르 단장은 그런 카노푸스의 어깨를 덥석 붙잡은 뒤 겉으로 봐도 알 수 있을 만큼 꾸아악 힘을 줬다.

"카노푸스, 적당히 좀 해! 내가 얼마나 그 모습을 보고 싶어 했는지 넘치도록 알고 있잖아?! 거 기 비 켜! 그리고 천국은 여기에 있다는 걸 내가 실감하게 해 줘!!"

무언가 알 수 없는 말다툼을 하기 시작한 두 사람을 보며 '어라? 혹시 카노푸스는 이런 걸 보여주고 싶지 않았던 걸까?' 하는 의문이 들었다.

그러고 보면 전부터 카노푸스는 기사들은 폐쇄적이고 독특한 구석이 있으니 붉은 방패 근위 기사단 외엔 접근하지 말라고 했었다.

폐쇄적인 것 같지는 않지만, 기사 특유의 표현법을 사용하는 건지 대화의 내용을 이해할 수 없다.

이런 대화를 듣고 소외감을 느끼지 않도록 카노푸스가 배려한 건지도 모른다는 생각에 고개를 갸웃거리고 있을 때, 하다르 단장이 아우성치는 걸 의아하게 여긴 기사단장들이 우르르 자리에서 일어나 다가왔다.

"뭐야. 뭘 그렇게 흥분했어? 하다르."

"늘 대성녀님 곁에서 떠나지 않는 카노푸스가 웬일로 여성 기사를 데려왔다고 해서 놀리진 말라고."

"오~ 근데 참 특이한 기사를 발굴했네. 은발의 여성 기사라니. 아이고야, 은발은 최강이자 최악의 근위 기사단장님께서 계시니 아무래도 그 이미지가……."

시끌시끌 저마다 신나게 떠들며 다가오던 기사단장들이었으나, 어째서인지 가까이 오자마자 뚝 말이 끊어졌다.

그리고는 전원이 말없이 나를 응시했다.

이대로 가만히 있는 건 실례겠지. 일개 기사라면 기사단장에게 인사해야 할 테니까.

결론을 내린 나는 숙이고 있던 고개를 들고 시선을 맞추며 살짝 목을 까딱였다.

"처음 뵙겠습니다, 카노푸스 님의 수행원으로서 동행한 세라……, 세라피입니다."

몇 초의 침묵 후, 하다르 단장을 포함한 기사단장 전원이 일제히 괴성을 질렀다.

"뜨아아아아아악?! 카, 카, 카카카카노푸스!!"

"아아아아. 마, 말씀을 걸어주셨어! 저는 승천합니다! 정말로 감사드립니다!!"

"말도 안 돼. 나는 마물 토벌에서 바로 직행했다고! 아아악, 왜 나는 기사복으로 갈아입고 오지 않은 거야!! 나, 나 지금 땀 냄새 나진 않지?! 만약 그러면 죽어야지."

"기, 기사복! 이 무슨 황금과도 같은! 전 재산보다도 더 값진 모습!! 대성녀님이 최고야!!"

순식간이 이상한 흥분상태에 빠진 기사단장들의 계기가 뭐였는지 알 수 없다.

얼떨떨하게 네 명의 단장을 바라보자 옆에 있던 카노푸스가 성가시다는 표정을 지으며 쫓아내듯 손짓했다.

"신경 꺼. 나는 오늘 회의에 참고인으로 불려왔을 뿐이고, 이 기사는…… 조언자로서 나를 따라와 준 것뿐이니까."

카노푸스의 말을 들은 기사단장들은 헉하고 숨을 집어삼키며 눈을 부릅떴다.

"기사? 기사라고? 그, 그렇구나. 오늘은 왕국 최고 회의에서 사자가 참석하기로 했지! 카노푸스, 네 말뜻은 이해했어. 화, 확실히 가볍게 참석하실 수 있는 신분이 아니니까."

"조언이라니, ……굉장한데. 나는 그 생각을, 말씀을 가까운 곳에서 들을 수 있는 거야?"

"오, 오늘을 기념일로 제정해야겠어! 나는 이미 이 만남을 마음의 페이지에 새겼다고!!"

"나도 2년 가까이 기사단장으로 일했지만 이런 영예는 처음이야! 왠지 공기가 맛있어진 느낌이 들어."

그러더니 기사단장들은 앞다퉈 원탁에서 의자를 끌고 오더니 카노푸스가 앉은 의자의 뒤에 늘어놓았다.

"세, 세라피 양. 수행원은 의자에 앉는 법도가 있으니 이쪽에 앉으십시오."

"그, 그렇습니다. 세라피 양. 이 의자에도 앉으십시오."

"세, 세라피 양. ……우와, 나 이름 불렀어. 아니, 여, 여기에도 의자가 있습니다."

"세, 세라피 양, 오늘은 공기가 맛있습니다."

기사단장들의 진지한 모습을 보며 도저히 거절할 수 있는 분위기가 아님을 이해한 나는 '친절 감사합니다.' 하고 인사하며 조심조심 한 의자에 앉았다.

그러자 기사단장들은 조금 전까지 앉아있던 자리를 버리고 카노푸스 옆에 앉았다.

"너희들, 떨어져! 그리고 어영부영 애칭처럼 들리는 이름을 함부로 입에 담지 마라!!"

그들의 행동을 본 카노푸스가 불쾌하다는 표정으로 거부했지만, 누구 하나 신경 쓰는 기색 없이 의자와 의자의 간격을 좁혔다.

""""""무슨 소리야! 이런 기회는 두 번 다시 없을 텐데. 하다못해 가까이 앉을 수 있게 해줘!!""""""

기사단장들은 다들 진지했고, 흥분한 듯 뺨이 상기되어 있었다.

하지만 나는 그 이유를 통 알 수 없었다.

나는 한 번 더 카노푸스의 말을 떠올린 뒤, 역시 폐쇄적인 것 같지는 않지만 기사 특유의 문화가 있는 것 같다고 받아들였다.

회의 시각이 되어 회의실로 안내받은 웨젠 기사단 총장은 걸으면서 실내를 둘러본 뒤 놀란 듯 눈썹을 치켜들었다.

"……왜 오늘은 다들 말석에 앉은 거지? 그것도 의자를 바싹 붙어서.”

———기사단 총장이 황당해하는 어조로 말한 대로였다.

그 후에도 기사단장들이 더 입실했는데, 그리고 처음에는 ‘뭐 하는 거야?’ 하며 놀리는 표정으로 다가왔는데. ———나와 눈이 마주치자마자 숨을 삼키고는 ‘나, 나도 가까이 앉게 해 줘!’라며 다들 의자를 붙여서 앉았다.

덕분에 입구 부근에 모든 기사단장이 빽빽하게 붙어 앉는 바람에 상석에는 아무도 앉지 않았다.

대체 무슨 문화인 건지 고개를 갸웃거리는 나였는데, 웨젠 총장의 뒤에 선 인물을 본 순간 깜짝 놀라 고개를 숙였다.

……어라? 어, 어째서 시리우스가 있는 거지?!

틀림없다. 시야에 들어온 건 아주 잠깐뿐이었지만, 내가 그를 잘못 볼 리가 없는걸.

웨젠 총장과 시리우스는 바닥을 향해 목을 푹 숙인 내 뒤를 지나간 뒤 가장 떨어진 상석에 앉았다.

거리가 있긴 해도 마주 보고 있다고 할 수 있는 위치에 앉았기 때문에 고개를 들지 못하고 계속 숙였다.

그런 나를 본 기사단장들은 ‘아하. 잠행이군요. 맡겨주십시오!’ 하며 이해했다는 양 고개를 끄덕이고는 앉은 채 가슴을 폈다.

내 앞에 빼곡하게 앉은 거구의 기사단장들이 등을 곧게 펴자 인간장벽이라고 불러야 할 법한 것이 만들어져서 시리우스가 일절 보이지 않게 되었다.

와, 역시 잘 단련된 기사단장이구나. 베일 대신 가려주는 벽이

생긴 덕분에 살았어…….

그렇게 가슴을 쓸어내리는 사이에 회의가 시작되었다.

처음에는 몸을 숨기려고 웅크리고 있었지만, 회의가 진행될수록 점점 시리우스에게 들키지 않을 것 같다는 기분이 들었다.

그래서 기사단장들 틈새로 몰래 엿보자 시리우스는 익숙한 자세로 의견을 늘어놓고 있었다.

주변 기사단장의 반응을 봐도, 아무래도 내가 몰랐을 뿐 시리우스는 자주 기사단장 회의에 참석했던 모양이다.

예산과 이번 달 일정 등의 의제가 한차례 끝나자, '마지막 의제입니다.'라는 말과 함께 최고 회의의 사자를 불렀다.

회의실에 들어온 사람은 셋째 오라버니인 리겔 오라버니였다.

상석에 앉아있던 총장, 시리우스 두 명으로부터 의자 하나를 띄운 장소에 리겔 오라버니의 자리가 마련되어 있다.

관계자 증언 시간이라며 카노푸스가 총장 앞으로 불려갔기 때문에, 나도 카노푸스의 뒤에 딱 달라붙어 따라갔다.

그러자 어째서인지 근처에 앉아있던 기사단장들이 다들 일어나 나를 감싸듯 주위를 에워쌌다. 심지어 그 주변에는 그들을 수행하는 기사들이 붙어서 도합 30명 정도 되는 집단이 되어버렸다.

그걸 본 시리우스가 차가운 표정으로 농담을 던졌다.

"……오, 카노푸스. 정예 기사단장들 전원이 수호하다니, 마치 대성녀 같은 우대인데?"

……어휴, 시리우스도 참. 심장이 철렁하는 농담이잖아.

기사단장들이 가로막아 시리우스의 시야에서 가려져 있지 않았다면 내가 여기에 있다는 걸 알고 던지는 비아냥이라고 착각했을 거야.

그렇게 조마조마한 나와 다르게 리겔 오라버니는 집단을 이루며 다가온 카노푸스를 깜짝 놀란 듯 바라보더니, 몇 걸음 앞에서 멈춘 모습을 보고 뻣뻣하게 웃은 입꼬리를 끌어올렸다.

"흥, 보란 듯이 육체를 드러내는 옷을 입고 집단으로 다가오다니, ……나를 위압할 생각이냐?"

"규정에 따른 기사복입니다. 가까이 온 것은 떨어진 자리에 앉아있었기 때문에 전하의 말씀을 잘 들을 수 있는 장소로 이동했을 뿐입니다."

기사단장 중 한 명이 감정을 읽을 수 없는 목소리로 대답했다

그런 기사단장들을 거만한 표정으로 둘러본 리겔 오라버니——왕국의 제3왕자는 토해내는 듯한 어조로 발언했다.

"붉은 방패 근위 기사단장인 시리우스 경이 의혹을 제기한 '대성녀의 바르비제 공작령 출동의 필요성'에 대해 왕국 최고 회의가 대답한다!"

웨젠 총장이 조용히 고개를 끄덕이자 오라버니는 말을 이었다.

"의혹의 내용은 바르비제 공작령에 대성녀가 출동할 필요가 있었는지 아닌지다. 알다시피 대성녀의 출동 조건은 '대성녀 말고는 대신할 사람이 없을 것'이라는 한 가지뿐. 따라서 바르비제 공작 부인이 성녀의 역할을 다하여 무사히 마물을 토벌한 본 안건에 대한 대성녀 출동 결정 자체가 오판이었던 것이 아니냐는 의문을 제시하였다."

오라버니는 입술을 꾹 깨물고는 한층 더 큰 목소리로 말했다.

"결론부터 말하자면 출동은 타당했다! 왜냐하면 바르비제 공작령의 마물 토벌에 시리우스 경이 참가했기 때문이다. 시리우스 경이 참가한다면 대성녀가 있든 없든 청룡을 토벌하는 것쯤은 쉽지! 따라서 시리우스 경이 참가한 토벌에 대성녀가 필요하지 않았다고 단언할 수는 없다! 이상이 최고 회의의 결론이다."

오라버니가 입을 다물자 본의 아니게도 수긍한 듯한 침묵이 내려앉았다.

주변 기사단장들도 작은 목소리로 '그건 그래', '시리우스 단장은 무지막지하게 강하니까', '비장의 패를 너무 꺼냈어' 하며 최고 회의의 결론을 받아들이는 발언을 수군거렸다.

카노푸스는 복잡한 표정으로, ……내가 바르비제 공작령에 필요했다는 결론은 받아들일 수 없지만 시리우스의 실력을 고평가하는 것 자체는 기쁘다는 듯한 표정으로 침묵을 지켰다.

그런 미묘한 분위기 속에서 침묵을 깨트린 사람은 역시 시리우스였다.

"그렇다면 최고 회의는 나를 파견하라는 명령을 내려야 했지. 바쁘신 대성녀의 손을 번거롭게 할 필요가 없다."

무표정으로 자르는 시리우스 앞에서 리겔 오라버니는 놀라 눈을 크게 뜨고는 말을 더듬거렸다.

"뭐? 아, 아니, 하지만, 시리우스 경. 다, 당신은 대성녀보다 더 바쁜……."

하지만 대놓고 끝까지 말을 마치지는 못했던 건지 중간에 흐지

부지 흘려버렸다.

오라버니는 확실하게 말할 수 없었던 모양이지만, 시리우스가 다른 기사단이나 여러 단체에서 오는 출동 요청을 전부 거절한다는 건 유명한 이야기다.

'대성녀의 근위 기사단장 임무만으로 일정이 꽉 찼다'는 한 마디로 모든 의뢰를 거부했기 때문이다.

———그리고 실제로 시리우스는 바빴다.

근위 기사단장의 역할을 완벽하게 다하는 것과 동시에 그 외에도 많은 업무를 보고 있기 때문이다. ……예를 들어 오늘처럼 기사단장 회의 참석이라거나.

자기 일이니까 얼마나 바쁜지도, 모든 요청을 거절하는 현 상황도 충분히 파악하고 있을 텐데 시리우스는 시치미를 뚝 떼며 입을 열었다.

"내가 대성녀보다 바쁠 리는 없지. 다음부터 내가 대신할 수 있는 일은 나에게 의뢰하도록."

"……………………………그, 그래. …………그, 그렇게 하지."

리겔 오라버니는 굉장히 못마땅한 표정으로 마지못해 대답했다.

왜냐하면 시리우스의 발언은 성의가 없고 말 뿐이라는 걸 리겔 오라버니도 눈치챘기 때문이다.

'내가 대신할 수 있는 일은 나에게 의뢰해라'라는 숭고한 말을 하고 있지만, 실제로 의뢰가 가도 시리우스가 수락하는 일은 한 번도 없을 테지.

그걸 발언한 본인은 물론이요, 받아들인 오라버니도, 주위의 기사들도 다들 이해하고 있었다.

그렇기에 전원의 표정이 떨떠름해지는 것이다.

……시리우스도 참.

내심 기가 막혀 있을 때, 시리우스는 아무렇지도 않은 듯한 태도로 입을 열었다.

"그런데 카노푸스. 관계자로서 이런 곳까지 오느라 고생이 많았군. 하고 싶은 일이 있다면 하도록 해. ……아니면 네가 데려온 은발 기사가 해도 괜찮고."

"흐억?!"

갑작스러운 시리우스의 지적에 이상한 소리가 나왔다.

거, 거라? 내 모습은 시리우스의 시야엔 거의 보이지 않을 텐데, 어느새 수행원이라는 수수한 존재인 나를 알아본 거지. 아, 혹시 회의실에 들어왔을 때인가?

"은발이라니 나와 같은 색이군. ……선택해주다니 영광이야."

시리우스는 그렇게 말을 이은 뒤, 기사단장들에게 에워싸여 보이지 않을 내 위치를 정확하게 파악한 듯 얼굴을 향했다.

그 박력에 눌린 건지 자연스럽게 내 앞을 가로막고 있던 기사단장들이 옆으로 비켜섰고 그 틈새로 내가 보이게 되었다.

힐끔 시선을 올리자, ……시리우스와 딱 시선이 마주쳤다.

시리우스는 완전한 무표정이었지만, 그리고 아무런 근거도 없지만 내가 기사로 변장했다는 걸 간파했다는 확신이 들었다. 그래서 포기하고 입을 열었다.

"으으음, 그럼 외람되오나 한 말씀 드리도록 하겠습니다."

시리우스의 요청에 정면으로 응대하려는 태도를 바람직하게 여긴 건지 기사단장들은 내 쪽으로 몸을 돌려 반짝거리는 눈으로 바라보았다.

나는 그들의 시선에 민망함을 느끼면서 조심조심 말을 이었다.

"그, 대성녀…… 님은 독단으로 일정을 변경한 것을 반성하고 계실 겁니다. 다만 대성녀님은 많은 사람을 구하고 싶어 하니, 앞으로는 더욱 그 소망을 이룰 수 있는 방향으로 일정을 조절해주신다면 감사하다고 느끼시지 않을까요."

최대한 조심스럽게 한 발언인데도, 시리우스에게 어영부영 휘둘려버린 리겔 오라버니는 일반기사처럼 꾸민 나에게서 반론 같은 말이 나온 게 몹시 화가 난 모양이었다.

내 말을 듣자 이마에 파란 핏대를 세우고는 격앙하며 소리쳤다.

"흥, 세라피나의 뜻이 그렇게 숭고할 리가! 그 녀석은 시리우스 경이 열심히 마물과 싸우고 있을 때 서덜랜드에서 젊은 기사들을 거느리고 해수욕을 즐기고 있었다!!"

"해, 해수욕?!"

완전한 사실무근이다.

제1왕자인 베가 오라버니도 어림짐작으로 같은 말을 했었는데, 아무래도 소문이 소문을 불러서 마치 사실인 것처럼 퍼지기 시작한 모양이었다.

"아니, 아, 아니거든요! 저는…… 대성녀님은 그런 적 없습니다!!"

허둥지둥 리겔 오라버니의 말에 반박하자 주변에 있던 기사단장들이 오라버니에게 살기를 뿌렸다.

"리겔 전하, 발언하실 때는 조심하셔야 합니다! 기사에 따라서는 대성녀님을 우롱하셨다고 검을 들어도 이상하지 않은 발언입니다."

"대성녀님께서 서덜랜드에서 행하신 건 미증유의 인명구조입니다! 잠을 잘 새도 없는 강행군이었는데, 하필이면 해수욕이라뇨!! 분노로 전신의 피가 끓어오를 것 같습니다!!"

"……어?!"

기사단장들의 말을 들은 나는 얼떨떨해서 그들을 둘러보았다.

……어, 어라? 내가 서덜랜드를 방문한 건 비밀이었는데, 왜 이렇게 자세한 내용이 퍼진 거지?

공식 예정을 날려 먹고 억지로 서덜랜드에 갔으니 '바르비제 공작령에 출동하지 못한 건 병 때문'이라고 퍼트렸을 텐데, 이 자리에 있는 기사단장들은 정확한 사실을 파악하고 있잖아. 기밀정보에 구멍이 숭숭 뚫린 거야??

놀란 나머지 눈을 깜빡이고 있었더니 기사단장들의 분노가 이상한 방향으로 향하기 시작했다.

"애초에 어째서 대성녀님께서 거느리시는 건 젊은 기사 한정인 거지? 연륜을 쌓은 기사의 육체가 더 보는 맛이 있을 텐데!!"

"그래, 맞는 말이야! 나보다 더 복근이 갈라진 기사는 없다고!! 대성녀님께선 나를 곁에 두셔야 했어!!"

저마다의 생각을 입에 담는 기사단장들 앞에서 카노푸스가 냉정하게 나에게 주의를 주었다.

"기사단장들의 완전한 헛소리입니다. 근육을 지나치게 단련한 나머지 뇌마저 근육이 차버린 거죠. 발언 내용은 일절 신경 쓰지 마십시오."

———결국 난장판이 되어버려 수습할 수 없게 된 회의장을 달랜 것은 웨젠 총장이었다.

"그럼 전원의 의견이 다 나왔다고 보면 되나?"

군소리를 용납하지 않는 박력으로 전원을 둘러본 후, 질문의 형식을 취하면서도 강경한 결론을 내렸다.

"향후 왕국 최고 회의는 대성녀님의 희망 사항을 더 고려하며 대성녀님의 출동을 의뢰하도록 명심할 것. 또한 시리우스가 대신할 수 있는 일이라면 그에게 의뢰한다. ……어떻지?"

두 번째 사항은 아무런 실효성도 없는 방침이라는 건 누가 봐도 명백했지만, ———이의를 제기할 수 없는 분위기에서는 어찌할 수 없었기에 다들 받아들이는 형태로 '대성녀의 출동' 안건이 종료되었다.

회의를 마치는 선언 후, 웨젠 총장이 시리우스에게 불만을 토하는 목소리가 들렸다.

"시리우스. 매번 이렇게 너 좋을 때만 나에게 역할을 떠넘기지 말라고! 나는 이미 50대란 말이다!! 그만 은퇴하게 해 줘."

……그러고 보면 은퇴를 준비하던 웨젠 기사단장을 시리우스가 붙잡은 뒤로 10년 가까이 지났지.

그리고 나와 시리우스가 만난 지도 마침 10년이다. 시간의 흐름이 참 빠르구나. 그런 생각을 하며 나는 시리우스가 웨젠 총장에게 정신이 팔려있는 사이에 슬그머니 회의장에서 빠져나갔다.

———그날 밤, 나는 녹초가 되어 내 방의 소파에 몸을 맡기고 있었다.

기사단장 회의가 끝난 뒤로 시리우스를 피하는 건 성공했지만, 그동안 내내 모든 신경을 날카롭게 벼리고 있었기 때문에 완전히 지쳐버렸다.

……아아, 시리우스는 틀림없이 은발 기사가 내 변장이라는 걸 눈치챘던 거야.

얼굴을 보면 분명 잔소리하겠지!

그런 이유로 도망 다녔는데, 내 방에 돌아와 소파에 앉자 내가 얼마나 피곤했는지 자각하게 되었다.

축 늘어져서 창문을 통해 들어오는 달빛을 받고 있었더니 조금씩 몸이 회복되는 듯한 기분이 들었다.

와, 반달이다. 운치 있고 아름답네.

창문 너머로 반쪽만 빛나는 달을 바라보고 있을 때, 어둠 속에 뜬 달의 모습이 특히 더 아름다워 보여서 밖에 나가 직접 보고 싶어졌다.

나는 슬그머니 방에서 나왔…… 다고 해도 문밖에서 대기하던 카노푸스가 말없이 따라왔기 때문에 내 생각만큼 은밀한 행동은 아니었던 것 같지만, 아무튼 정원에 발을 들여놓았다.

신발 너머로 느껴지는 풀의 감촉을 즐기며 천천히 달을 올려다 보았다.

어둠 속에서 빛을 내며 흩뿌리는 달은 무척이나 환상적이었다.

역시 직접 보는 게 한결 더 아름다움이 잘 전해진다고 절절히 감동하고 있을 때, 나를 알아본 기사가 말을 건넸다.

"세라피나 님, 이런 늦은 밤에 어쩐 일이십니까? 어두워서 발밑이 잘 보이지 않아 위험합니다."

"고마워. 달이 보고 싶어져서 밖에 좀 나와봤어."

"네?! 아, 그, 그, 그렇군요! 달이 참 아름답죠!!"

"그래, 예쁘다."

기사의 잡담에 대답하자 어째서인지 그는 얼굴이 새빨개져서 입을 다물었다.

그 후에도 잠시 달을 바라보자 지나가는 기사들이 인사 대신인 양 달밤에 뜬 달의 아름다움을 칭찬하며 갔다.

"세, 세라피나 님. 달이 아름답습니다."

"세라피나 님, 오늘 밤의 달은 정말로 아름답습니다."

———잘 보니 그들 중에 낮에 있던 회의 때 본 기사단장들의 모습이 섞여 있다.

""""""세, 세라피나 님. 달이 아름답습니다!!""""""

마치 처음 만나는 것 같은 정중한 말투로 건네는 이야기에 나는 기쁜 나머지 생긋 웃었다.

……보라고, 카노푸스. 기사단장들의 언동을 보니 아무래도 은발 기사가 대성녀라는 걸 아무도 눈치채지 못한 것 같아.

나는 최대한 아무렇지도 않은 표정을 만들며 자연스럽게 대답했다.

"고마워, 기사단장 여러분. 그래, 달이 예쁘네."

내 말을 들은 기사단장들은 순간 말문이 막혔으나—— 다음 순간에는 포효하듯 괴성을 질렀다.

"아아아아아, 들었어?! 천국은 분명 여기에 존재했다고!! 내가 누구인지 인식해주시다니!!"

"들었어! 대성녀님께서 나를 인식해주신 순간을!! 감사합니다, 대성녀님. 눈에 담게 해주십시오."

"살아있길 잘했어! 이번에야말로 옷을 갈아입고 나와서 잘했어!! 덕분에 나는 내 냄새를 신경 쓰지 않고 대성녀님께 다가갈 수 있어."

"아아, 대성녀님. 공기가 맛있습니다!"

……어쩌지. 회의 때와는 다르게 대성녀라는 신분을 밝히고 대화하고 있는데도 그들이 왜 흥분한 건지 모르겠다.

카노푸스의 말대로 기사는 폐쇄적이고 독특한 구석이 있기 때문에 이해하기까지 시간이 걸리는 건지도 모르겠네. ……그런 식으로 간신히 받아들이고 있을 때, 뒤에 있던 카노푸스가 기사단장들을 향해 날벌레라도 쫓아내는 듯한 손짓을 했다.

"빛에 꼬이는 벌레라고 해도 수가 너무 많군. 바쁜 기사단장님들이니 일하러 돌아가시는 게?"

나는 깜짝 놀라 카노푸스를 바라보았다.

아무리 '청기사'라고 해도 기사단장에게 무례한 태도다.

카노푸스의 불경한 대응에 다들 화를 낼 줄 알았는데…….

""""세상에! 대성녀님의 호위 기사가 '나쁜 벌레'로 대했어!! 하하하하하, 경계해야 할 대상으로 인식되다니 참으로 영광이구나!!""""

네 명의 기사단장들은 호쾌하게 웃기 시작했다.

나는 놀란 눈으로 기분 좋아 보이는 기사단장들을 바라보았다.

……평소 붉은 방패 근위 기사단의 기사들과 함께 있는데, 소속이 다른 기사단장이라는 이유로 언동을 이해할 수 없다니 나도 아직 멀었구나.

시무룩해졌지만, 바로 마음을 다잡고 '더 기사들을 이해할 수 있도록 노력해야지!'라고 다짐했다.

내 뒤에서는 카노푸스가 '전부 오해입니다. 이 이상 혼란을 초래하는 결단은 하지 말아 주십시오……' 하고 난처한 듯 혼잣말을 중얼거리는 목소리가 들렸다.

―――다음 날 시리우스와 만났을 때, 어째서인지 잔소리도 설교도 일절 날아오지 않았다.

그리고 그게 내 경계심을 자극했다.

내가 기사로 변장해서 몰래 회의에 잠입했다는 걸 눈치챘을 텐데 무죄방면으로 눈감아줄 리가 있나?

시리우스의 명석한 두뇌는 무엇 하나 잊지 않으니까, 잘 담아두었다가 여차할 때 끄집어내서 가장 효과적으로 설교할 생각인지도 모른다. 거기까지 생각이 미치자 조마조마해진 나는 시리우스 앞에서 고개를 푹 숙였다.

"왜 그래? 세라피나."

분명 내 마음을 알고 있을 텐데도 시치미를 떼는 시리우스를 향해 나는 고개를 숙인 채 입을 열었다.

"시리우스, 어제 기사단장 회의에 대해서 하고 싶은 말이 있지? 뜸 들이지 말고 바로 잔소리든 설교든 해 줘."

시리우스는 재미있다는 듯 피식 입꼬리를 올렸다.

"너는 교섭술이 엉망이야. 그런 발언을 하면 네가 기사단장 회의에서 무슨 일을 저질렀다는 게 확정되는데 말이다. 하지만 나는 기분이 좋으니까, 어제 일은 불문에 부쳐줄게."

"뭐?! 어, 어째서?"

시리우스가 주의를 줘야 하는 내 언동을 눈감아주다니, 처음 있는 일 아닌가? 놀라서 쳐다보자 그는 즐거운 듯 미소 지었다.

"이제 내가 본 건 미래의 환상일지도 모른다는 생각이 들었거든. 현실이 아니었던 존재에 설교하는 것도 웃기는 일이잖아?"

"……미래의 환상?"

시리우스가 하고 싶은 말을 이해하지 못해 얼굴을 찡그렸다.

"그래. 나는 어제 널 쏙 빼닮은, 은발금안의 기사를 보았어. 네게 딸이 태어난다면 그런 색을 지닐지도 모르지."

와장창. 쨍그랑. 주변의 시녀들이 들고 있던 화병이나 잔 등을 일제히 떨어트렸다.

'어?! 괘, 괜찮아?' 하고 시녀들에게 말을 걸자 전원이 얼굴을 붉히며 시선을 바닥으로 내리고 있다.

세상에. 평소엔 침착한 시녀들이 이렇게 동요하다니, 시리우스의 발언에는 무슨 의미가 있었던 거지?

그런 생각을 하다가, 드물게도 시리우스의 발언을 이해하지 못한 걸 보아 어쩌면 '기사단 특유의 표현법'을 사용한 건지도 모른다는 가능성이 떠올랐다.

"흐흠, 그렇단 말이지. 그쪽이 그렇게 나온다면……."

나는 반격할 생각으로 가득 차 시리우스를 도발하듯 바라보았다.

그리고 마음속으로 '시녀들이 이해했다면 나도 스스로 알아차릴 수 있을 거야!' 하고 결심하고 한동안 시리우스가 한 말의 의미를 계속 고민했다.

그동안 시리우스는 내내 기분이 좋아 보였다.

【SIDE】 아르테아가 제국 황제(皇帝) 레드 루비 「여신의 족적을 발견했다고?!」

"뭐라고? 피아를 발견했어?!"

나는 실외의 탁 트인 장소에서 방금 막 건네받은 서간을 읽으며 혼잣말이라고 할 수 없을 만큼 큰 목소리를 냈다.

동시에 '믿어지지 않아. 믿을 수 없어. 못 믿겠어.' 하는 말을 마음속으로 되풀이했다.

'피아'…… 그것은 반년 전에 만난 여신의 이름이다.

———그녀와 만난 나브 왕국 풍으로 말하자면 전설의 대성녀님을 연상하게 만드는 붉은 머리카락과 금색 눈동자.

——우리 아르테아가 제국 풍으로 말하자면 창생의 여신을 연상하게 만드는 붉은 머리카락과 금색 눈동자.

그런 상징적인 모습을 지니고 우리 형제를 구원해준 지고의 존재. 그게 피아였다.

피아는 탁월한 능력으로 마물을 쓰러트리더니 평생 짊어지고 가야 한다고 각오했던 저주를 풀고 제국의 미래를 맡겨주었다.

지금 이곳에 황제로서 서 있는 건 그녀 덕분이다.

그렇기에 그녀를 한 번 더 만나 나라를 다스리는 입장에 설 수 있게 된 것에 감사 인사를 하고 싶다고 절실히 바랐으나, ……시종징은 말했다.

『제국 황실의 혈통과 관련된 중요한 시기이기 때문에 특별히 여신께서 현현하시어 힘을 빌려주신 겁니다. 두 번이나 만나 뵐 수는 없습니다.』

지극히 타당한 이야기라고 생각하면서도 포기할 수 없어 기사단 총장과 동생을 나브 왕국에 보냈더니, 얼마 지나지 않아 피아의 족적을 찾았다는 보고가 들어왔다.

뜻밖의 소식을 듣고 참을 수 없어 뛰쳐나간 또 한 명의 동생에게서 도착한 것이 지금 읽는 서간이다.

『피아를 찾았어. 이제부터 함께 왕국 북부의 가자드 영지로 향할 거야.』

"어. 그게 뭐야. 나도 가고 싶어……."

솔직한 심정을 흘리자 뒤에 있던 기사단 부총장이 커다란 몸을 움찔거렸다.

그리고는 큼직한 손으로 내 팔을 덥석 붙잡았다.

"안 됩니다! 폐하마저 떠나시면 제 목이 날아갑니다!!"

얼굴을 딱딱하게 굳히고 경고하는 부총장을 보고, 확실히 황위 계승권 제1위와 제2위인 동생들에다 나마저 제국에서 뛰쳐나가면 혼란에 빠지게 될 거라고 그 말의 타당함을 인정했다.

하지만…….

"네 말이 옳다는 것과 내가 하고 싶은 일을 하지 못한다는 건 다르지! 어째서 나는 지금 이런 기상천외한 몰골로 숲 입구에 있는 거냐?! 보석이 덕지덕지 붙어서 움직이기 불편한 차림새로 숲에 들어가려 하다니, 복장과 장소가 일치하지 않는 것도 정도가 있지!! 도저히 제정신으로 보이지 않는구나!!"

불평을 늘어놓으며 손가락질한 곳에는 울창한 숲이 자리 잡고 있었다.

그리고 나 자신은 황성에서도 거의 입지 않는 호화찬란한 옷을 입고 왕관마저 쓴 채 숲의 입구에 서 있다.

게다가 내 주변에는 나를 수행하는 많은 중신과 기사들이 서 있었다.

언짢음을 그대로 드러내는 내 표정을 본 부총장은 조금 전과는 달리 중재하는 듯한 억지 미소를 지었다.

"폐하, 의식입니다. 가장 격식이 높은 '정령의 숲'에서 존엄하신 황제 폐하께서 '감사의 기도'를 바치는 중요한 의식입니다. 그 의식을 위한 예복이고, 어차피 숲 깊은 곳까지 들어가진 않습니다."

안다. 그 정도는 알고 있다.

이 숲은 먼 옛날 수많은 정령이 살고 있었다던 소중한 장소다. 그러므로 1년에 두 번 치르는 기도 의식은 황제가 직접 집행하는 중요한 행사가 되었다는 것 정도는 안다.

그걸 알아보기 쉽게 보여주는 의도로서 가장 격식 높은 차림새를 하고 내가 직접 의식에 임한다는 것도 안다.

더불어 수행인 중에 과거에 정령과 가장 가까운 관계였다는 성녀들이 있다는 건 고대 정령에게 경의를 표하기 위한 연출이라는 것도 전부 다 안다.

"확실히 이 숲에는 신비한 힘이 있어 아무도 숲 깊은 곳까지 들이가지는 못하지. 그러니 아무리 숲에 들어가기 부적절한 차림새라고 한들 문제는 없고."

나는 체념과 함께 작게 중얼거렸다.

———실제로 이 숲에는 해명되지 않은 힘이 작용하고 있다.

그 누구도 숲속 깊은 곳에는 절대 들어가지 못한다.

숲에 들어가면 고작 몇 걸음 만에 방향을 잃어버린다.

오랫동안 걸어도 몇 번이나 같은 길을 지나갈 뿐, 최종적으로는 숲의 입구로 돌아오게 된다.

결국 입구 주변을 한참 동안 계속 걷게 되는 셈이다.

정령이 사라진 지 오래되었다고 하는 숲이지만, 아직 무언가 힘이 남아있는 거겠지.

그런 생각을 하며 나는 고대 정령들에게 경의를 표하기 위해 전통에 따른 엄숙한 의식을 진행했다.

도중에 '정령에게 인사'를 하기 위해 숲 안에 들어갔지만, 다리가 아파질 때까지 걸은 끝에 도착한 곳은 다른 이들이 기다리는 숲의 입구였다.

……역시나. 알고는 있었지만, 아무래도 나도 정령에게 선택받지 못한 모양이다.

전승에 따르면 '정령에게 사랑받는 자'라면 숲속 깊은 곳까지 들여보내 준다고 하지만…… 실제로는 누구 한 명 깊은 곳까지 들어간 자가 없으니 그냥 전승인 게 틀림없다.

전통에 따른 의식이란, 실질적 이익이 없는 게 많다. 이것도 그중 하나일 것이다.

그렇게 스스로를 타이르며 엄숙하게 의식을 진행했다.

간신히 종반에 접어들었을 때, 커다란 보석이 가득 박힌 의식용 단검이 나에게 바쳐졌다.

말없이 받아든 후 칼날을 내 쪽으로 돌려 손가락을 살짝 그었다.

상처가 난 쪽의 팔을 똑바로 뻗자 그 손끝에서 뚝뚝 피가 흘러내려 바닥에 흡수되었다.

"아르테아가 제국 황제 레드 루비 아르테아가의 피를 이 땅에 바친다. 예로부터 이 땅을 수호하는 정령들에게 영원한 감사를 올리노라."

몇 초의 시간이 지난 뒤, 순서에 따라 성녀들이 앞으로 걸어 나와 내 상처 위에 손을 올렸다.

"성녀의 치유의 힘을 정령께 바칩니다."

그 후 전원이 같은 주문을 외웠다.

""""존엄한 황제의 상처여, 정령의 이름 아래 흔적도 없이 사라지거라.""""

그러자 다친 부분이 어렴풋한 흰색으로 빛나더니 손가락에 낸 상처가 순식간에 치유되었다.

"……오오, 고작 몇 초 만에 상처가 아물다니!"

"기적의 힘이다!!"

귀족들 사이에서 웅성거림이 들렸지만, 나는 마음속으로 '표면만 그은 얕은 상처니까'라는 덤덤한 감상을 흘렸다.

하지만 바로 내 역할을 떠올리고 성녀들을 향해 몸을 돌린 뒤 '멋진 힘이었다' 하고 칭찬했다.

……만약 피아를 만나지 않았다면 기도만으로 상처를 치유하다니 대단한 힘이라며 이 성녀들의 능력에 감탄했겠지.

하지만 이미 내 안에선 성녀의 힘을 공경하는 마음은 사라지고 말았다.

때문에 잔잔한 마음으로 상처가 사라진 손가락을 멍하니 바라보았다.

……성녀들의 힘과 피아의 힘은 너무나도 다르구나…….

"폐하, 부탁드리니 조금 더 감동한 표정을 지어주십시오. 지금은 제국의 황제가 성녀님들의 힘에 탄복하는 장면이어야 합니다."

부총장이 소곤소곤 작은 목소리로 주의를 주었다. ……하지만.

나는 표정을 지운 채 부총장에게 시선을 던지고 읊조리듯 말했다.

"……만약 내가 오른팔이 잘린 적이 있다고 한다면 너는 믿겠는가?"

"네?"

"나는 오른쪽 팔꿈치 아래쪽을 마물에게 먹힌 적이 있다. 그걸 성녀가 눈 깜짝할 사이에 치유했다면, ……그것이야말로 성녀의 힘이라고 한다면?"

부총장은 순간 내가 눈을 뜬 채로 잠들어버린 게 아닌지 의심하는 표정을 보였다. 하지만 내 언짢은 얼굴을 보고 정상적으로 각성 상태임을 이해한 듯 완만하게 고개를 저으며 생각에 잠기는 표정을 지었다.

"폐하께서 말씀하시는 건 반년 전에 황제(皇弟) 전하분들과 함께 나브 왕국까지 나가셨던 '저주 해주를 위한 토벌 의식' 때의 일입니까?"

"그래."

"보통은 '결손을 치유한다는 건 불가능합니다'라고 대답드릴 겁니다. 하지만 저희는 실제로 태어나셨을 때부터 짊어지셨던 '출혈 저주'가 풀린 기적을 목격하였죠. ……그렇다면 창생의 여신께선 결손마저 치유할 수 있는 겁니까?"

"그렇지. 하지만 너무 깨끗하게 낫는 바람에 상처 하나 남지 않았다. 덕분에 나 자신조차 그건 꿈이었던 게 아닌지 반신반의할 때가 있어."

일부러 의심하는 어조로 말하자, 부총장은 얼굴을 찡그리며 타이르는 듯한 말을 했다.

"폐하께서 만나신 분은 틀림없는 '창생의 여신'이십니다. 여신의 힘을, 혹은 성녀의 힘을 의심하시면 안 됩니다."

그 말대로다. 피아는 틀림없는 여신. 그것을 의심해선 안 된다.

"네 말대로군."

나는 감탄하는 어조로 진심으로 부총장의 말에 동의했다.

그 정도로 대단한 힘을 눈앞에서 보았다. 피아가 창생의 여신이 아닐 리 없고, 꿈일 리도 없다.

나는 무심코 하늘을 올려다보며 이 하늘이 이어진 저편에 있을 피아를 생각했다.

인간의 몸에 있어서는 안 될 힘을 숨긴, 왕국에 사는 다정한 여신을.

——하지만 현재의 그녀를 떠올리던 도중 퍼뜩 정신을 차리고 안절부절못할 만큼 마음이 술렁거렸다.

왜냐하면 지금 그녀는 인간의 몸을 빌리고 있기 때문이다. 답답할 때도, 난처할 때도 있을 것이다.

그렇기 때문에 곁에서 모시고 받들며 돕는 것이, 구원받은 나의 역할인데…….

"젠장!"

나는 낮게 욕설을 뱉은 뒤 자유롭게 행동할 수 없는 황제라는 신분에 새삼스러운 불편을 느꼈다.

그 후 부러움과 함께 피아의 곁에 있을 두 동생을 그렸다.

내가 내 손으로 조력하지 못한다면, 대신 너희가 피아를 보조해다오.

물론 내가 부탁할 필요도 없이 그 두 사람은 피아의 바람을 이루는 일에 전념할 것이 뻔하지만.

그렇게 생각하며 '아아, 황제란 어찌 이렇게 불편한 신분인가!'를 마음속으로 100번 반복한 뒤, ——최소한의 위안으로서 피아와 재회했을 때 나눌 대화를 상상했다.

밝고 활발하고 자애로운 여신은 나와 만났을 때 무어라 말할까?

그리고 나는 뭐라고 대답할까?

……그렇게 몇 번이고 상상한다.

내 머릿속에 떠오르는 건 '레드, 오랜만이에요' 하며 놀라는 피아, '레드, 잘 지내셨어요?' 하며 미소 짓는 피아였는데……. 어차피 현실은 상상을 몇 배나 뛰어넘기 마련임을 깨닫는 것은 한참

후의 이야기.

대륙에서도 1, 2위를 다투는 대국 아르테아가 제국의 황제가 '창생의 여신'이 아닌 일개 기사와 재회하기까지는 조금 더 많은 시간을 기다려야만 한다…….

전생한 대성녀는
성녀임을 숨긴다

후기

안녕하세요, 5권을 읽어주셔서 감사합니다!

덕분에 이 시리즈도 5권까지 나오게 되었습니다.
1권 발매로부터 약 2년이 지났는데, 본 작품 안에서의 시간 경과는 반년 정도일까요.
가족의 비호 하에 있던 피아가 기사가 되고, 동료가 늘어나고, 점점 세계가 넓어져 갑니다.
이번에는 언니와 자빌리아를 만나러 왕국 최북단에 있는 가자드 영지를 방문했습니다.
왕국 최남단의 서덜랜드는 이미 방문했으니, 이로써 왕국의 남북을 답파한 셈이 되네요.
피아는 왕국 내를 여기저기 돌아다니고 있기 때문에 지도를 실을 수 있는 단행본은 이해하기 쉬워서 다행입니다.

그리고 이번 권에서 피아가 드디어 그린, 블루와 재회하게 되었습니다.
다행이라는 마음을 담아 제국 형제를 표지에 그려달라고 했습니다.

장남과는 재회하지 못했으니 같이 표지에 넣을 수도 없고, 그렇다고 혼자만 빠지면 섭섭하니까 흑백 삽화로 등장합니다.

컬러도 흑백도 전부 멋져요. chibi 님, 이번에도 근사한 일러스트를 그려주셔서 감사합니다!

자 그럼, 책날개에도 적었지만 이번 5권의 발매 기념으로 캠페인 기획을 실시하게 되었습니다.

PV를 만들어주셨는데, 캐릭터별로 대사를 고르느라 고생이었어요.

생각했던 것보다 더 캐릭터의 대사 수가 많은 데다, 멋진 대사와 웃기는 대사 등 노선이 다른 걸 비교하는 게 힘들었죠.

예를 들어 고양이와 스마트폰 중 뭐가 좋냐고 물어보는 느낌입니다. 덕분에 매일 고민이 많았습니다.

그 결과 어떤 대사로 정해졌는지는, ……담당 편집자님과 상의하면서 골랐으니까 직접 봐 주시면 좋겠습니다.

더불어 출판사 홈페이지에서 레이와 3년 ○월까지 캐릭터 인기투표를 실시 중입니다.

나중에 1위 캐릭터의 숏 스토리를 해당 홈페이지에서 무료 공개할 예정이니, 좋아하는 캐릭터가 있는 분은 물론이고 막연히 투표해볼까 생각하는 분도 다음 페이지에서 투표해주세요.

이 작품은 캐릭터 등장 자유도가 높으므로 인기 캐릭터는 앞으로도 등장을 시키는 등 여러분과 함께 즐기고 싶으니, 부디 잘 부탁드립니다.

https://www.es-novel.jp/special/daiseijo/

(QR코드)

그런데, 이번 권은 5월에 발매될 예정이므로 후기를 쓰는 지금은 조금 시점이 빠릅니다.

5월 앞에는 4월이 있죠. 만우절이 있죠. 홀랑 속았습니다.

당일 아침에 전화가 와서 '수영하러 가기로 약속했는데 왜 안 온 거야? 잊어버린 거 아니야? 빨리 수영복으로 갈아입고 와!'라는 항의가 왔습니다.

청천벽력 같은 이야기에 순간 얼떨떨했지만, 필사적으로 항의했죠.

"아니, 4월이잖아! 이런 시기에 내가 수영하고 싶어 할 리가? 그런 약속한 적 없어!!"

그러자 '하하하, 진지하긴. 만우절이야!'라며 웃더라고요.

"뭐?! 마, 만우절? ~~잘도 이런 성의 없는 거짓말로 속이려고 했겠다!!"

반박은 했지만, ……네. 그런 성의 없는 거짓말에 속았습니다.

분류하자면 트집 잡기에 들어가려나요.

발언하자마자 그걸 깨닫고 '내년에야말로 내가 속이겠어!!' ……하고 맹세한 순간, 작년 4월 1일에도 같은 맹세를 했었다는 걸 떠올렸습니다. 네, 작년에도 똑같이 속았더라고요.

아무리 멋지게 맹세해봤자 잊어버리면 의미가 없습니다.
내년에는 기억력을 증강하고 싶습니다.

마지막으로 여기까지 읽어주셔서 감사합니다.
이 작품이 책으로 나오기까지 힘을 보내주신 여러분, 읽어주신 여러분, 정말 감사합니다.
덕분에 이번에도 서적화 작업이 즐거웠습니다.

전생한 대성녀는 성녀임을 숨긴다 5

2022년 5월 14일 1판 1쇄 발행

저 자 토야
일러스트 chibi
옮 긴 이 현노을
발 행 인 유재옥
본 부 장 조병권
담당편집 정영길
편 집 1 팀 김준균 김혜연 박소연
편 집 2 팀 정영길 조찬희 박치우
편 집 3 팀 오준영 곽혜민 이해빈
미 술 김보라 박민솔
라이츠담당 한주원 이승희
디 지 털 박상섭 최서윤 김지연
발 행 처 ㈜소미미디어
인쇄제작처 코리아피앤피
등 록 제2015-000008호
주 소 서울 마포구 토정로 222, 403호(신수동, 한국출판콘텐츠센터)
판 매 ㈜소미미디어
마 케 팅 한민지 최정연 박종욱
물 류 허석용
전 화 편집부 (070)4164-3962, 3963 기획실 (02)567-3388
판매 및 마케팅 (070)4165-6888, Fax (02)322-7665

ISBN 979-11-384-1057-1 04830
ISBN 979-11-384-0200-2 (세트)